BASTEI
LÜBBE

Von Jan Gaspard ist bei BASTEI LÜBBE TASCHENBÜCHER erschienen:

15481 Offenbarung 23 – Die Wahrheit ist unsterblich

Über den Autor:

Der Name Jan Gaspard ist ein Pseudonym. Der reale Mensch dahinter: einer der verwegensten Rechercheure des 21. Jahrhunderts. Ein Mann mit vielen Biografien. 64 unterschiedliche Visitenkarten geben seine augenblickliche Existenz wieder.
Offenbarung 23 erscheint zeitgleich als Hörspielreihe bei Lübbe-Audio.

JAN GASPARD

OFFENBARUNG

Die Wahrheit ist nicht genug

THRILLER

BASTEI LÜBBE

BASTEI LÜBBE TASCHENBUCH
Band 15613

1. Auflage: Januar 2007

Vollständige Taschenbuchausgabe

Bastei Lübbe Taschenbücher in der Verlagsgruppe Lübbe

Originalausgabe

Lektorat: Wolfgang Neuhaus/Jan Wielpütz
Umschlaggestaltung: Bianca Sebastian
Titelbild: Fabian Maerz
Satz: hanseatenSatz-bremen, Bremen
Druck und Verarbeitung: Nørhaven Paperback A.S./Viborg
Printed in Denmark
ISBN 3-404-15613-9

EINFÜHRUNG

Das reale Geschehen: Mitten in Berlin verschwindet am 17. Oktober 1998 die Hacker-Legende Tron. Der »geniale Code-Knacker, der beste in Europa« (so die Bild-Zeitung vom 26.10.1998), war der Star der Internet-Gemeinde; kein Verschlüsselungssystem war vor ihm sicher, keine Datenbank dieser Welt konnte seinem Hack widerstehen. Doch anstatt den Vermissten zu suchen, an dem Nachrichtendienste aus aller Welt wie auch mächtige Konzerne größtes Interesse hatten, konfiszieren staatliche Stellen erst einmal Trons Computer. Fünf Tage nach seinem Verschwinden ist der Hacker tot. Die Umstände seines Todes sind bis heute ungeklärt. War es Selbstmord – wie die Polizei sagt? Oder war es Mord – wie Familie und Freunde anhand der offiziellen Ermittlungsergebnisse meinen belegen zu können?

Die Verschwörung: Der ebenso geniale wie für die Welt viel zu gutmütige Tron musste sterben, weil Angehörige des uralten Mithras-Kultes ihn aufgrund seines immensen Wissens zum neuen Messias des anbrechenden Wassermannzeitalters machen wollten. Die Inkarnation des Bösen in dieser Welt, als »Baron« Chef eines bekannten Industriellen-Clans, sah durch dieses Vorhaben ihre eigenen Interessen massiv bedroht. Doch nichts ist wie es scheint in einer

Welt, die von grandiosen Inszenierungen, finsteren Verschwörungen und dem wahren Wissen der Menschheit bestimmt wird. Trons Tod war nicht das Ende seiner Passion. Es war vielmehr der Anfang einer Suche nach seiner gar nicht mystischen, sondern ganz und gar realen Wiedergeburt. Dafür hat Tron die zu seinen Lebzeiten entschlüsselten Wahrheiten über die großen Rätsel und Geheimnisse der Menschheit in eigenen Chiffren versteckt und dem hinterlassen, der seinem Pfad zu folgen in der Lage sein wird. Doch wer ist der Auserwählte, der als neues Lichtkind auch die allergrößten Geheimnisse lösen kann? Gepflastert mit weiteren, genauso erschreckenden wie logischen Wahrheiten über die großen Zusammenhänge in Geschichte und Mythen der Menschheit, machen sich Jan Gaspard (Ian G./ Cautes) und Parish Lesanne Crooks (Tupac Amaru Shakur/ Mercurius) auf die Suche nach dem Kandidaten für diese unglaubliche Aufgabe, unterstützt von den übrigen Mitgliedern ihres Mithras-Kultes.

PROLOG

Goldenbraun klingen Sonnenstrahlen auf altem Stein. Älter als das Sein. Mein Auge schleicht mit glänzendem Fell die Stufen hinab. So hell. Ins Grab. In die blauen Kammern. Die Sterne wollen jammern über das Ende der Welt. Ihr Licht das Zelt der Unendlichkeit. Zum Wundern bereit. Der Ewigkeit Kleid. Der Stier wird nun brüllen in seiner unbändigen Kraft. Der ganzen Welt Macht wird sichtbar in dieser Nacht, die einen Sohn gebären wird. Der Weisheit Hirt. Baumeister und Heiler. Weitertreiber der Keiler zu neuen Zeichen. Drei Tropfen der Schreiber Blut muss reichen zu seinem Opfer. Den Zauber zu bannen in diesen Kammern. Türmt auf nun die Steine, begrabt hier die Gebeine der Sterblichen. Verderblichen. Sie werden die Kunst der Ägypter niemals schauen. Nur Monumente bauen. Diese Erdenbürger. Habt Acht auf die Würger! Und ihre Töne. Sie haben – Töchter.«

1.

Mein Name ist Jan Gaspard. Was ich Ihnen jetzt erzählen werde, ist die Wahrheit. Auch wenn Ihnen manches noch unglaublich vorkommen wird, so wurde doch nichts von mir hinzugefügt oder bewusst weggelassen. Dieses Buch ist mein Protokoll jener Ereignisse, die sich, von immer mehr Menschen aufmerksam verfolgt, mitten unter uns zugetragen haben und die in ihrer ganzen Tragweite mittlerweile große Teile der Menschheit erschüttern.

Diese Geschichte beginnt am 1. November 1998. Und sie beginnt in einem Berliner Park, einem kleinen Park gegenüber der U-Bahn-Station Britz-Süd im Berliner Bezirk Neukölln. Hier, wo keine zwei Wochen zuvor mein Freund und Hackerkollege Tron – Boris F. – tot aufgefunden wurde. Und wo nun der Mann, den alle nur als Baron kannten, seine Pistole auf mich richtete und auf die linke Seite meines Brustkorbs zielte, um mich mit einem Schuss ins Herz zu töten.

»Beenden wir es ein für alle Mal.« Der Baron sprach gefährlich leise. Und dann drückte er auch schon ab.

Ich sah das Mündungsfeuer, sah die Patronenkugel aus dem Lauf austreten und wie in Zeitlupe auf mich zukommen. Ich spürte, wie das Geschoss durch meinen Mantel und das Hemd in meinen Körper drang. Ich spürte, wie es an einer Rippe anstieß und die Richtung nach unten änderte. Und wie es durch mein Herz fuhr, um dann auf der rechten Seite des Brustkorbs vor einer Rippe stecken zu bleiben.

Nachdem ich den ersten brutalen Schmerz im Griff hatte, versuchte ich mich wieder gerade aufzurichten, blickte meinem Widersacher fest in die Augen und begann, mit aller Umsicht den Gürtel um meinen Hals zu lösen, mit dem der Baron mich vor dem Schuss zu erhängen versucht hatte. Keine Sekunde nahm ich den Blick von meinem Gegner.

Und ich weidete mich an der wachsenden Panik, die sich auf dem Gesicht dieses Mannes abzeichnete.

»Verschwinden Sie, Baron, verschwinden Sie«, presste ich schließlich durch meine geschlossenen Lippen hindurch. »Hauen Sie ab, solange ich Sie noch gehen lasse. Und versuchen Sie nie wieder, mich zu töten. Meine Wunder sind größer als Ihre.«

Der Baron wich mit entsetzter Miene und rückwärts gehend vom Ort seiner bisher wohl größten Niederlage. Dann warf er sich herum, und ich hörte, wie er losrannte und mit ganz und gar unaristokratischer Hast über den Kiesweg zurück zu seinem Wagen stürmte. Ich hielt mich noch aufrecht, bis ich in der Ferne das Auto des Barons starten und losfahren hörte. Dann brach ich entkräftet zusammen.

Der Abend war kalt, und ich spürte augenblicklich die Feuchte des Waldbodens auf der Haut. Viel schlimmer noch aber war das Gefühl, wie mir das eigene Blut in warmen Stößen in den Brustkorb strömte. Mir blieben vielleicht noch zehn Minuten, dann wäre ich innerlich verblutet. Mit letzter Kraft wühlte ich in der Tasche nach meinem Handy und wählte die Nummer des Operators.

Zum Glück funktionierte mein Verstand noch reibungslos. Keine fünfhundert Meter von hier, erinnerte ich mich, befand sich das Krankenhaus Neukölln, in dessen Pathologie der Baron zwei Wochen zuvor die Leiche Trons bis zu deren Entdeckung »zwischengelagert« hatte. Genau dort ließ ich jetzt anrufen und einen Notarzt zu mir dirigieren. Tatsächlich dauerte es keine zwei Minuten, bis ich die Sirenen des Krankenwagens hörte.

Beim Anblick des Sanitäters mit dem typischen Koffer verlor ich schließlich doch mein Bewusstsein und versank in tiefer Ohnmacht.

Das Erste, woran ich mich dann wieder erinnern kann, ist der noch nebelhafte Anblick der Intensivstation eines Krankenhauses. Mein letzter verzweifelter Plan war demnach aufgegangen. Ich war im Hier und Jetzt. Ich war in einem Hospital. Und ich lebte.

»Ja, wir haben noch einen letzten glimmenden Funken in Ihrer Fackel des ewigen Feuers gefunden, verehrter Cautes.«

Ich schaute zur linken Seite meines Bettes, denn von dort kam die Stimme, die mir irgendwie vertraut erschien.

»Mondrial«, brachte ich schließlich hervor. Das Sprechen bereitete mir größere Mühe als erwartet.

»Nicht sprechen, werter Freund. Ihre durchlöcherte Lunge ist noch lange nicht so weit. Aber Sie hatten unverschämtes Glück, das muss ich sagen. So viel Glück, dass es sich wahrscheinlich kaum erahnen lässt. Ich konnte aber dafür sorgen, dass Ihr kleines Geheimnis hier nicht gleich zur medizinischen Sensation aufgebauscht wurde. Außer vielleicht für den behandelnden Arzt – sind Sie für alle hier ein ganz normaler Patient. Ach ja, ich habe Ihnen neue Sachen zum Anziehen besorgt. Sind in einer Tasche unter Ihrem Bett. Dort finden Sie auch Ihr Equipment, den Laptop und so weiter.«

»Wie …?« Zu mehr reichte mein Atem noch nicht.

»Sie möchten wissen, wie ich von Ihrem … sagen wir, *Unfall* erfahren habe? Nun, Sie erinnern sich? Sie waren mit unserem Kronos gerade beim Essen, als Sie so plötzlich von der Bildfläche verschwanden. Kronos versuchte noch herauszufinden, wo Sie auf einmal abgeblieben waren, doch in dem Hotel, in dem Sie beide zusammen gespeist hatten, wusste man nur, dass Sie sehr plötzlich und im Laufschritt das Haus verlassen hatten.

Daraufhin vermutete Kronos, dass etwas äußerst Dringendes an Sie herangetragen worden war, dass Sie aber sehr genau wüssten, was Sie tun. Also aß er in Ruhe ohne Ihre Gesellschaft zu Ende und informierte mich dann, ich solle die Augen aufhalten, wo Sie abgeblieben sein könnten. Anschließend verließ er Berlin, wahrscheinlich in Richtung Zürich.

Nun, ich tat ihm den Gefallen, hielt tatsächlich die Augen offen und fand Sie noch in derselben Nacht hier in diesem Krankenhaus, in diesem Zimmer. Und nach einem Gespräch mit Ihrem behandelnden Arzt – der froh war, dass sein unbekannter und halbtoter Patient durch mich einen Namen bekam – habe ich dafür gesorgt, dass hier mit der notwendigen Diskretion vorgegangen wird.«

Allmählich wurden meine Gedanken klarer.

»Weiß …?« Wieder versagte mir die Stimme.

»Nein, Kronos weiß nicht, wo Sie sind und was Ihnen zugestoßen ist. Ich dachte mir, dass Sie gerne selber entscheiden möchten, ob jemand von diesem kleinen Wunder erfahren soll oder nicht. Ihr Arzt allerdings weiß um Ihr kleines Geheimnis. Aber da auch er wegen der üblicherweise mit einer Schussverletzung einhergehenden bürokratischen Unannehmlichkeiten froh war, einen Grund zu finden, die Polizei in diesem Fall nicht zu rufen, hat er sich mit einem von mir vorgeschlagenen Arrangement einverstanden erklärt.«

»Was …?« Allmählich hasste ich meine Sprachlosigkeit.

»Unsere Kultgemeinschaft ist ja seit neuestem Besitzer des dezenten kleinen Reisebüros, in dem seinerzeit Trons Freundin gearbeitet hat. Ich konnte dieses ein wenig heruntergekommene Etablissement für unsere Zwecke erwerben. Ihr Arzt durfte sich über ein ganzes Paket von Freiflügen seiner Wahl freuen, die es ihm ein wenig erleichtern sollen, Wort zu halten und Schweigen zu wahren …«

Die Tür des Krankenzimmers öffnete sich.

»Wenn man vom Teufel spricht, nicht wahr, Doktor? Ihr Patient ist gerade erwacht.«

Ich sah den mürrischen jungen Assistenzarzt eintreten, der vor gar nicht langer Zeit in eben diesem Krankenhaus schon die Verletzungen behandelt hatte, die ich mir bei meinem schmerzhaften Zusammentreffen mit der wilden Kybele zugezogen hatte.

Damals war ich in dieses Krankenhaus gekommen, weil ich hier die Leiche meines Freundes Tron vermutete. Nun lag ich selber hier, nachdem der Baron mich an demselben Baum umzubringen versucht hatte, an dem schon Tron gestorben war. Was für eine seltsame Duplizität der Ereignisse!

Der junge Arzt schloss vorsichtig die Tür hinter sich.

»Sie sind aber schnell zu uns zurückgekehrt, Herr Bast.«

Mondrial war also umsichtig genug gewesen, wieder meinen Decknamen anzugeben.

»Ich brauche Ihnen wohl nicht zu sagen, was für ein unglaubliches Glück Sie gehabt haben. Jeder andere Mensch mit dieser Verletzung wäre auf der Stelle tot gewesen. Nun ja, vielleicht nicht *jeder* andere. Es ist eine seltsame Anomalie, die Sie da haben. Weltweit dürfte es nur eine Hand voll

Menschen geben, die ebenfalls diese biologische Abweichung aufweisen. Ich hatte bisher nur davon gelesen. Und nach Ihrer Einlieferung und der Notoperation habe ich es noch einmal nachgeschlagen.«

Der junge Arzt machte eine Pause und grinste.

»Aber«, fuhr er dann fort, »wie viele dieser Leute können wohl von sich sagen, dass ihnen diese Anomalie schon einmal das Leben gerettet hat? Sie, Herr Bast, können es mit Fug und Recht jetzt von sich behaupten.«

Ich blickte den Arzt an, der sich in eine regelrechte Euphorie geredet hatte.

»Sie …« Verdammt, brachte ich denn immer nur ein einziges Wort hervor?

»Sie möchten wissen, ob ich Sie operiert habe? Ja, das habe ich, denn ich möchte mich als Herzchirurg spezialisieren. Und wie Sie sehen, bietet der Notdienst immer wieder Gelegenheit, auf diesem Gebiet neue Erfahrungen zu sammeln. Allerdings war nicht damit zu rechnen, was für eine besondere Situation Ihr Fall mir liefern würde. Aus der Meldung des Notarztes ging nur hervor, dass Sie eine Verletzung im Herzbereich hatten, eine Schuss- oder Stichwunde. Es war nicht sofort zu erkennen, weil eine typische Austrittswunde fehlte. Und dass die Kugel an einer Rippe stecken geblieben war, konnte zu dem Zeitpunkt ja niemand ahnen.

Der Notarzt hatte keine Erklärung, weshalb Sie bei einer solchen Verletzung nicht längst tot waren. Außerdem war verdächtig wenig Blut ausgetreten, wie er mir zutreffend berichtet hat. Aber insgesamt – verzeihen Sie mir die Offenheit – haben wir Ihnen bei einer solchen Verletzung keine große Chance gegeben. Wahrscheinlich habe ich deswegen das Okay bekommen, Sie zu operieren. Ich konnte nicht mehr viel verkehrt machen.«

Sein Enthusiasmus ließ den Assistenzarzt offensichtlich alle vornehme Zurückhaltung vergessen. Mein Gesichtsausdruck musste ihm aber doch verraten haben, dass ich von dem Gesagten unangenehm berührt war, denn der Arzt schluckte, bevor er fortfuhr: »Aber Sie wollen sicher wissen, wie es um Sie steht und was wir weiter mit Ihnen vorhaben. Nun, wir hatten Sie zwei Tage im künstlichen Koma. Die Wundheilung schreitet erstaunlich schnell voran, sodass wir Sie schon jetzt wieder zurückgeholt haben. Das Projektil, von dem Sie getroffen wurden, hat insgesamt viel weniger Schaden angerichtet, als der Schütze es sich wahrscheinlich erhofft hatte.«

Der Arzt bemerkte, dass seine gewiss vortreffliche forensische Analyse mich emotional nicht unberührt ließ. Wieder stutzte er und schluckte, setzte dann aber mit unverändert schonungsloser Offenheit seine Rede fort.

»Ich meine, wer auf einen anderen schießt, tut das ja mit einer eindeutigen Absicht, nicht wahr? Er will verletzen oder töten. Und was das angeht, hat der Schütze in Ihrem Fall, Herr Bast, fast alles richtig gemacht. Der Schuss war ein wenig in die linke Körperhälfte versetzt und traf genau zwischen die vierte und fünfte Rippe, wobei die Kugel leicht an der vierten Rippe anschlug. Aber man zielt ja quasi blind zwischen die Rippen, muss gewissermaßen den Weg der Kugel durch die Kleidung und den Körper vorausplanen. Was das betrifft, war der Schuss, der auf Sie abgefeuert wurde, eine Meisterleistung. Der Schütze war ein Profi, würde ich sagen. Oder er war das genaue Gegenteil und hatte Anfängerglück.«

Völlig deplatziert lachte der Arzt über seinen vermeintlichen Gag. Doch als Mondrial keine Miene verzog, während ich böse dreinblickte, brach das Lachen des Arztes so unvermittelt ab, wie es eingesetzt hatte.

»Nun, äh … was wollte ich eigentlich sagen? Ach ja, Ihr Herz hat von dem Schuss wesentlich weniger abbekommen als die Lunge, was mehr als ungewöhnlich ist. Was mich jetzt aber interessieren würde, Herr Bast: Haben Sie davon gewusst? Ich meine, dass Sie für einen Schuss durchs Herz sozusagen unverwundbar sind? Das heißt, nicht wirklich unverwundbar, sonst wären Sie ja nicht hier …«

Wieder hätte der junge Arzt beinahe gelacht, aber diesmal blieb ihm sein bemühter Scherz regelrecht im Halse stecken.

»'tschuldigung. Ich bin den zynischen Umgangston von uns Ärzten gewohnt. Ich hoffe, Sie sehen es mir nach. Aber Ihre Anatomie, Herr Bast … also, so etwas bekommt man nicht alle Tage zu sehen. Und ich habe das alles entdeckt, kaum dass ich den Schnitt gesetzt hatte. Direkt über der Eintrittswunde. Ich hatte erst überlegt, einen großen Brustkorbschnitt zu machen, wollte dann aber etwas Minimalinvasives ausprobieren …«

Statt einer neuerlichen Entschuldigung für seine geradezu brutale Offenheit, in meiner Person kaum mehr als ein Versuchskaninchen gesehen zu haben, verzog der junge Arzt diesmal nur kurz den Mundwinkel.

»Und es war gut, dass ich diese Entscheidung getroffen hatte. Sonst hätten Sie jetzt einen halben Meter Naht senkrecht zwischen Kinn und Bauchnabel, statt der zehn Zentimeter waagerecht, mit denen wir letztlich ausgekommen sind. Und Sie hätten viel länger bei uns bleiben müssen als die paar Tage, die jetzt vermutlich reichen werden. Also machen Sie sich deswegen keine Sorgen. Ihr Freund«, der Arzt zeigte auf Mondrial, »sagte mir, dass Sie ein sehr ungeduldiger Patient sind, der so schnell wie möglich zurück zu seinen Pflichten möchte. Wie gesagt, noch zwei Tage Beobachtung, dann können Sie wahrscheinlich nach

Hause. Aber keine wilden Katzen einstweilen – Sie wissen, was ich meine. Ihre Lunge braucht alle Luft, die sie kriegen kann. Jetzt ist nicht die Zeit für zusätzliche Belastungen.«

Der geschwätzige Bursche zwinkerte mir wegen seiner schlüpfrigen Andeutung tatsächlich zu.

»Was … wollen …?« Immerhin reichte meine Luft jetzt schon für zwei Worte.

Der Arzt blickte von mir zu Mondrial, dann wieder zu mir, als wüsste er nicht recht, ob er mit der Sprache herausrücken sollte, was er wirklich von mir wollte und um welchen heißen Brei er bisher herumgeredet hatte.

Schließlich gab er sich einen Ruck, als müsse er all seinen Mut zusammennehmen, und fragte: »Wussten Sie eigentlich … wissen Sie eigentlich, was für ein seltsames Herz Sie haben? Ich meine, waren Sie darauf vorbereitet, dass Sie einen solchen Angriff überleben konnten?«

Der Arzt schaute zu Mondrial, als wollte er sich vergewissern, dass er nicht zu viel gefragt hatte. Dann fügte er erklärend an: »Ich frage nur aus rein medizinischem Interesse, Herr Bast. Schließlich scheint es ja so zu sein, als hätten Sie selbst noch den Rettungswagen gerufen.«

Ich bewegte den Kopf, um den jungen Mann besser anschauen zu können. Dann versuchte ich den rechten Arm zu heben, was wegen der Schläuche und Sonden nicht auf Anhieb klappte.

Doch Mondrial umrundete das Bett, kam mir zu Hilfe und gab den Schläuchen und Leitungen mehr Spiel, sodass ich den Arm besser bewegen konnte.

Ich suchte den Blick des jungen Arztes und nickte. Dann schlug ich mir mit der jetzt freien, zur Faust geballten Hand ganz leicht gegen die rechte Brust.

»Ah ja«, gab der Doktor sein Erkennen zu verstehen.

»Natürlich, ich habe es mir gedacht. Herzanomalien sind ja die häufigsten Geburtsfehler beim Menschen. Solche Fehler werden meist schon bei der Geburt entdeckt. Wobei … wer mag in Ihrem Fall von einem Fehler sprechen, Herr Bast, wo gerade er Ihnen das Leben gerettet hat?«

Zum ersten Mal lächelte der junge Arzt entspannt; trotzdem entstand eine fast peinliche Pause, die vermuten ließ, dass der Mediziner mit seinen Fragen noch nicht zu Ende war.

»Ja«, begann er schließlich wieder, »wer käme bei einem gezielten Schuss auf das Herz eines anderen schon auf den Gedanken, dass er einen Menschen mit spiegelverkehrter Körpersymmetrie vor sich hat? Statt auf der linken Seite schlägt das Herz bei Ihnen weiter rechts. Der Schuss trifft zwar, doch die sonst zur Körperinnenseite liegenden Blutgefässe mindern die Einschlagswucht des Projektils, und der sehr viel empfindlichere Herzmuskel bleibt nahezu unverletzt. Die Verletzung ist dann zwar immer noch lebensgefährlich, aber nicht in jedem Fall tödlich. Blutgefäße zu operieren ist sehr viel einfacher, als einen Eingriff am Herzen vorzunehmen. Es ist dann ein Wettlauf mit der Zeit, weil die Gefahr besteht, an solchen Verletzungen innerlich zu verbluten. Doch bei raschem Handeln kann ein Verletzter gerettet werden, wie man in Ihrem Fall, Herr Bast, ja sehen kann.«

Ich gebe zu, dass ich wegen der Geschwätzigkeit des jungen Mannes zunehmend genervt war.

»Und?«, entfuhr es mir ziemlich ungeduldig.

»Nun ja«, druckste der Weißkittel herum, »verzeihen Sie bitte meine für Sie wahrscheinlich aufdringliche Neugierde. Doch als Arzt, auch als junger Assistenzarzt, bekommt man mit der Zeit so einiges zu sehen. Ungewöhnliches. Abnormes. Manches naturbedingt, manches von

Kollegen hingepfuscht. Ihr spiegelverkehrtes Herz ist naturbedingt, versteht sich. Schließlich werden allein in Deutschland jedes Jahr sechstausend Kinder mit einem Herzfehler geboren. Doch diese Anomalie ist nicht gefährlich, sondern mitunter sogar sehr nützlich, wie sich bei Ihnen ja gezeigt hat. Doch eine Sache beschäftigt mich in diesem Zusammenhang, Herr Bast, und seit der Nacht, in der ich Sie operieren durfte, muss ich ständig darüber nachdenken. Seitdem frage ich mich unentwegt: Wo haben Sie sich die unglaublich vielen Narben überall am Körper zugezogen? Es müssen Hunderte sein. Die Operationsnarbe, die vom Eingriff bleiben wird, wird da kaum noch auffallen. Es gibt ja kaum einen Zentimeter Ihrer Haut, der nicht irgendwann einmal eine sichtbare Verletzung davongetragen hat, sieht man von Hals und Gesicht ab. Was ist Ihnen passiert, Herr Bast, dass Ihr ganzer Körper so schlimm verwundet wurde? So viele Verletzungen … da reicht doch ein einziges Leben gar nicht aus, sich die alle zuzuziehen.«

2.

Die nächsten zwei Tage hatte ich viel Zeit, über Tron und seinen angeblich selbst verschuldeten Tod nachzudenken. Der Plan unseres Mithras-Kultes, ihn als Messias des Wassermannzeitalters durch eine tatsächlich lebende Reinkarnation zu ersetzen, besaß etwas Faszinierendes, Neues und Einzigartiges. Doch war dieser Plan jetzt noch umzusetzen? Mit einem Selbstmörder als Galionsfigur?

Es würde schwierig werden, denn der Freitod als Todsünde war in der Gesellschaft, der Tron angehört hatte, ein fest im Bewusstsein der Menschen verankertes Dogma.

Aber vielleicht war es dennoch möglich. Schließlich sollte mit Tron als wiedergeborenem Mithras ja ein ganz neues Weltbild, ein vollkommen neues Menschheitszeitalter Wirklichkeit werden. Und ich ahnte allmählich, wie es sich unter den neuen Bedingungen formen ließ.

All die Rätsel, die Tron Zeit seines Lebens gelöst hatte, um sie für diese Aufgabe in bis jetzt auch mir noch völlig unbekannten Chiffren zu verstecken – dies würde die Lösung sein.

Wobei wir eine Chiffre ja schon hatten: Die CD, die Tron zusammen mit dem Rapper Tupac aufgenommen hatte, der nun als Parish Lesanne Crooks endlich sein eigenes Leben führen durfte und so zum Mercurius unseres Kultes wurde.

Ich hatte diesen Gedanken noch nicht zu Ende geführt, als die Tür meines Krankenzimmers sich öffnete und eben dieser Mann den Raum betrat.

»Parish! Was machst du denn hier?«

Zum Glück hatte meine Stimme in den letzten zwei Tagen ihre alte Vitalität wiedererlangt.

»Ich besuche eine unsterbliche Seele am Krankenbett. Weißt du, dass du in klinikweiß einfach lächerlich aussiehst? Wird Zeit, dass du wieder in deine schwarze Kultkluft kommst. Wie du siehst, trage ich sie bereits. Es gibt Dinge, die dulden keinen Aufschub.«

»Und ich hatte mich schon so an die Ruhe hier gewöhnt. Die haben hier nicht mal einen Internetzugang. Es war wie Urlaub, eine Zeit lang von der Welt vergessen werden. Was mich jetzt allerdings ein wenig beunruhigt ist, dass du den Weg hierher gefunden hast. Wer da draußen weiß inzwischen von meinem stillen Asyl hier? Ich dachte, ich wäre an einem vollkommen diskreten Ort.«

»Keine Sorge, mein Freund. Außer Mondrial und mir hat nur dein Bruder Tom Kenntnis von deinem derzeitigen Aufenthalt. Aber warum diese merkwürdige Geheimniskrämerei?«

Ich blickte auf einen Punkt an der Wand hinter Parish.

»Hat Mondrial, der Perser unseres Kultes, dir auch gesagt, warum ich hier liege? Nahezu hilflos und praktisch außer Gefecht gesetzt! Hat er dir gesagt, *was* mich so außer Gefecht gesetzt hat?«

Parish stutzte.

»Nein. Zauberst du hier etwa an deiner Wiedergeburt, so wie ich vor zwei Jahren in Las Vegas in einem verschwiegenen Krankenhaus an meiner Unsterblichkeit gebastelt habe?«

Ich blickte Parish wieder an.

»Nein, eigentlich hat der Krankenhausaufenthalt bei mir genau die umgekehrte Funktion wie seinerzeit bei dir. Du wolltest dich mit einem vermeintlich tödlichen Schuss, der auf dich abgefeuert wurde, aus deiner inszenierten Identität herausstehlen und dieses alte Ich auf diese Weise zur Legende machen. Ich hingegen muss mich nach einem normalerweise tödlichen Schuss wieder in meine eigentliche Identität hineinmogeln.

Aber du hast recht, im Grunde ist es eine bemerkenswerte Duplizität der Ereignisse. Eine vielleicht sogar einzigartige Symmetrie des Lebens. Die gleiche meuchlerische Tat bei dir und bei mir. Das gleiche Bild des Geschehens, hinter dem jedoch völlig unterschiedliche, geradezu konträre Wahrheiten stehen. Es würde sich bestimmt lohnen, eingehender über dieses eigenwillige Muster des Lebens nachzudenken. Aber deswegen hast du sicher nicht den Weg zu mir gesucht, nicht wahr? Was macht eigentlich dein Flugzeug? Alles auf die Reihe bekommen?«

Ein schmerzlicher Zug legte sich auf Parishs Gesicht.

»Ja, alles geregelt. Still und heimlich. Was mich immer wieder wütend macht. Und der Verdacht liegt nahe, dass derjenige, der das Massaker unter meinen Leuten angerichtet hat, auch für deine Zwangspause hier verantwortlich ist. Stimmt's?«

»Stimmt. Doch aus dem gleichen Grund, warum wir den Mord des Barons an deinen Piloten für uns behalten haben, wird auch meine Rekonvaleszenz in diesem Krankenhaus unsere Verschlusssache bleiben. Es ist gefährlicher, wenn unsere Verletzlichkeit sichtbar würde, als wenn wir uns durch Rache Genugtuung verschafften. Außerdem sind wir nicht die Spieler in diesem Spiel, auch wenn Menschen wie der Baron uns immer wieder dazu machen wollen. Wir sind die Regisseure. Die Chronisten. Die Priester und Opferhelfer unseres ewigen Gottes. Was die Menschen dieser Welt untereinander an Händel haben, ist unsere Sache nicht.

Wir sind für den großen Rahmen verantwortlich, für die Matrix – dass der Lauf der Geschichte seinen gewohnten Gang nehmen kann. Doch wir dürfen auf keinen Fall ins Blickfeld der Menschen geraten. Nicht jetzt, nicht zu dieser Zeit. Das wird warten müssen. Deshalb die Geheimniskrämerei.«

Parish nickte, ohne den Blick von mir zu nehmen.

»Du treibst Spielchen mit den Menschen, nicht wahr, werter Cautes? Der große Rahmen, die Matrix – wer hat sie denn entworfen? Wer hat den großen Plan denn ausgearbeitet?«

Ich musste lächeln.

»Du willst mit Riesenschritten den nächsten Weihegrad

erklimmen, guter Mercurius, ja? Du willst schon jetzt nicht mehr nur der Rabe Corax sein, obwohl du die eigentliche Aufnahme in unseren Kult noch nicht einmal richtig absolviert hast. Du greifst schon jetzt nach dem Diadem der Venus, dem nächsten der sieben ewigen Planeten im Kosmos. Aber gut. Der Plan … wer hat ihn entwickelt, wer hat ihn entworfen? Du weißt es, wir haben bereits darüber gesprochen. Es gehörte zu deinem ersten Weg, zu den ersten Wahrheiten, die du auf dem Pfad der Erleuchtung erfahren hast.«

Ich sah das Erkennen in Parishs Augen.

»Die Menschen selbst. Natürlich! Das Leben der Menschen ist Menschenwerk. Keine jenseitigen Götter. Nur Bilder und Symbole. Aber handeln … das tun die Menschen schon selber. Der Plan ist die Natur des Menschen, nicht wahr?«

»Exakt. Seine Natur. Und die Mechanik seiner Handlungen. Der Plan liegt im Wesen des Menschseins. In seinem Willen, seinen Emotionen, seinen Reflexen, seinem Geist und seinem Wissen. Und in den biologischen Apparaten, die ihn zum Menschen machen. Das Menschsein ist eine sich selbst gestaltende Schöpfung. Manche nennen es Evolution. Aber das trifft es nicht ganz, denn da wird in der Theorie viel dem Zufall überlassen. Die eigentliche Gesetzmäßigkeit, die dahinter steht, wird völlig übersehen.«

»Was für eine Gesetzmäßigkeit?«, unterbrach Parish meinen Redefluss.

»Erinnerst du dich, was der Kopte in Kairo dir gesagt hat? Die ewigen Jahreszeiten des Lebens. Der Rhythmus der Zeitalter. Die Geschichte der Menschheit schwingt in bestimmten Perioden, in denen große Fragen auftauchen, wobei dann die richtigen Antworten gesucht werden. Das tut allerdings nicht ein Mensch allein, sondern die Menschheit als Ganzes, als Einheit. Und sie, die Menschheit, ist sich dieser Suche in ihrem Alltag eigentlich gar nicht bewusst. Was auch der Grund dafür sein mag, dass es uns gibt … uns, die wir ein wenig auf die Menschheit aufpassen müssen.«

Parish versuchte, das Gehörte zu verdauen.

»Und woher hast du diese Weisheit, Ian?«

»Aus den Schriften natürlich. Aus meinen Quellen. Man nennt es das *Wissen der Alten.* In der Morgendämmerung der Menschheit, zu Beginn des Bewusstseins, war der Mensch seinen Urinstinkten noch sehr nahe. Er *wusste* instinktiv. Und erahnte, erfühlte so das Wesen seines Menschseins und die Systematik seiner Bestimmung. Menschen, die sich diese Fähigkeit bis heute erhalten haben, nennen wir Propheten, Wahrsager oder Orakel. Es sind Menschen, die die Zukunft des Menschseins erfühlen können. So gelangten die großen Prophezeiungen in die Schriften, und durch die Schriften in die Gegenwart. Allerdings ist es wie bei Tron: Es gibt immer weniger Menschen, die sich darauf verstehen, diese verschlüsselten Prophezeiungen zu enträtseln und damit das Schicksal der Menschheit sichtbar zu machen. Menschen wie Jesus, Mohammed oder Buddha. Auch Tron war so ein Mensch. Ein Entschlüsseler von Geheimnissen. Ein Magier der versteckten Codes. Und er hatte das reine Herz eines Kindes, was ihn zum Messias machte.«

Parish schwieg eine Zeit lang, als müsste er das Gehörte erst verdauen, was vermutlich auch der Fall war. Schließlich sog er hörbar die Luft ein und seufzte.

»Also gut«, sagte er. »Ich verstehe. Man muss die Dinge nehmen, wie sie sind, und das Beste daraus machen. Dafür sind wir ja die Magier aus dem Morgenland, oder? Die Hohepriester des Mithras aus dem alten Perserreich, der eigentlichen Wiege der menschlichen Zivilisation. Selbst wenn es nicht so wäre, wie du sagst – wir haben die Macht, es dazu zu *machen*. So wie wir aus einem wahrscheinlich autistischen Inzestkind seinerzeit den Messias des Zeitalters der Fische gemacht haben, nicht wahr?«

Ich lachte.

»So ist es, Mercurius. Es kommt nicht darauf an, was etwas ist, sondern was daraus gemacht wird. Wäre doch schade, wenn Trons Tod in diesem trostlosen Parkgelände keinen Kilometer von diesem Krankenhaus entfernt keine tiefere Bedeutung hätte. Dieser Tod wäre vollkommen sinnlos; er wäre die unglaubliche Verschwendung eines kostbaren Menschen und großen Geistes. Selbst der Teufel sagte, er würde um diesen gewaltigen Verlust weinen, als er Tron holen kam. Und wir haben tatsächlich die Macht, aus diesem sinnlosen Geschehen etwas unglaublich Großes zu machen. Etwas Gewaltiges. Und noch mehr. Es war Trons Wunsch, dass wir helfen, seiner Tat für alle Zeit die Glorie der Bestimmung zu verleihen. Denk daran, was er mir bei unserem letzten Gespräch gesagt hat: Ich solle dem Pfad seiner Passion folgen. Und ich sollte dich suchen. Und dich, Parish, habe ich ja schon gefunden. Nun wird es wohl unsere Aufgabe sein, Trons Passion tatsächlich nachzuzeichnen. Wir müssen seinem Pfad doch folgen. Ich habe die letzten Tage viel darüber nachgedacht. Es wird doch an uns sein, seine weiteren Chiffren zu finden, die er für seine künftige Reinkarnation hinterlassen hat. Und sie für den, der ihm nachfolgen wird, vorzubereiten. Und über den Wiedergänger und seinen Pfad zu wachen. Die CD von dir und Tron haben wir ja bereits. Schauen wir, wo wir weitere solche Rätselspiele für die Nachwelt entdecken.«

3.

Ich horchte in mich hinein. Ich hatte gerade sehr viel gesprochen für einen, der vor zwei Tagen kaum noch eine Stimme gehabt hatte. Nun spürte ich meine Schwäche. Doch in Anbetracht der Tatsache, wie schwer meine Verletzungen gewesen waren, war meine Genesung erstaunlich schnell vonstattengegangen, wie der junge Assistenzarzt es sinngemäß ausgedrückt hatte.

Auch wenn ich eigentlich noch gern ein paar Tage der Erholung in diesem Asyl verbracht hätte – nun begann ich, die Sonden und Leitungen, die meine Vitalfunktionen bisher überwacht hatten, von meinem Körper zu lösen.

»Was tust du da?«, wollte Parish wissen.

»Das siehst du doch. Ich entlasse mich selbst aus dem Krankenhaus. Wir haben eine Aufgabe zu erfüllen. Und je schneller wir damit anfangen, umso besser. Gibst du mir bitte mal die Tasche, die unter dem Bett steht? Da müssten neue Klamotten für mich drin sein.«

Parish kam näher und bückte sich unters Bett. Ich hörte, wie er eine Tasche hervorzog. Derweil hatte ich endlich sämtliche Ver- und Entsorgungsleitungen von meinem Körper entfernt und setzte mich auf. Ein Stich fuhr mir durch den Brustkorb.

»Oh Mann, das wird nicht leicht. Sonderlich fit bin ich wirklich noch nicht. Aber es muss gehen.«

Parish richtete sich auf, eine schwarze Reisetasche in den Händen.

»Hältst du es für eine gute Idee, jetzt schon das Krankenhaus zu verlassen? Eine Schussverletzung ist kein Pappenstiel. Ich muss es wissen, denn ich habe da auch so meine Erfahrungen …«

Ich schaute Parish an.

»Ich weiß. Vor irgendeinem Studio in New York, nicht wahr? Aber ich verrate dir ein Geheimnis: Wusstest du, dass die alten Kelten einen noch älteren Heiltrank hatten, der ihre tödlich verletzten Krieger zurück ins Leben geholt hat? Was ist solches Wissen anderes als das Wissen der Alten? Das ist Magie!«

»Oder ein Taschenspielertrick alter Zauberer.«

Plötzlich wurde die Tür des Krankenzimmers aufgerissen, und eine sichtlich aufgeregte Krankenschwester stürzte herein.

»Was tun Sie da? Legen Sie sich sofort wieder hin! Sie können doch nicht …«

Ich schwang mich vorsichtig aus dem Bett, stellte mich ganz langsam vor der Krankenschwester auf und blickte ihr fest in die Augen.

»Doch, ich kann. Ich danke Ihnen für die Pflege, die Sie mir haben angedeihen lassen, aber jetzt muss ich los. Ich bin ein viel beschäftigter Mann. Wenn Sie so freundlich wären … ich möchte mich anziehen.«

Die junge Frau wurde rot im Gesicht, drehte sich um und eilte aus dem Zimmer, nicht ohne die Tür krachend ins Schloss zu werfen.

»Eins muss man dir lassen, Ian. Du weißt, wie man Frauen in Erregung versetzt.« Parish lachte.

»Ach ja? Gib mir lieber meine Sachen.«

Fünf Minuten später war ich fertig angezogen und wunderte mich, wie perfekt alles passte. Selbst der neue lange schwarze Mantel war genau das Modell, das ich einst selbst für mich ausgewählt hatte.

Gerade als Parish und ich uns auf den Weg machen wollten, ging die Zimmertür erneut auf. Diesmal war es der junge Assistenzarzt, der sicherlich von der Krankenschwester wegen meines unerhörten Vorhabens alarmiert worden war.

»Herr Bast! Ich sehe, Sie sind bereits reisefertig. Ihr Freund, Herr Mondrial, hatte ja schon angedeutet, dass Sie ein sehr ungeduldiger Patient sind. Aber ich möchte Sie noch nicht ziehen lassen, wenngleich ich zugeben muss, dass die Wundheilung bei Ihnen ganz erstaunliche Fortschritte gemacht hat. Sie haben fantastisches Heilfleisch. Aber schon wieder raus ins Leben, das bei Ihnen ja offensichtlich nicht ohne Gefahren ist …? Sie sollten es sich überlegen.«

»Da gibt es nichts zu überlegen«, versetzte ich. »Sie haben sehr gute Arbeit geleistet, Doktor. Seien Sie stolz darauf. Einen so schwer verletzten Patienten so schnell entlassen zu können – meinen Glückwunsch. Den Rest wird jetzt die Natur besorgen. Vertrauen Sie mir.«

Ich schüttelte dem verdutzten Mediziner mit seinen zwei Plastikkugelschreibern in der Brusttasche seines Kittels die Hand, schlug Parish leicht auf die Schulter und verließ das Zimmer. Ich bemerkte, wie Parish dem Arzt noch kurz einen verschwörerischen Blick zuwarf und mir dann folgte.

Parishs dunkle Limousine wartete vor dem Eingang – offensichtlich sehr zum Ärger eines Krankenhausmitarbeiters, der stürmisch auf Parishs Fahrer einredete. Der aber saß stoisch hinter dem Steuer und zeigte keine Regung.

Als Parish und ich Anstalten machten, in den Wagen zu steigen, richtete der tobende Angestellte seine Aufmerksamkeit auf uns. Doch Parish schlug ihm einfach die Tür vor der Nase zu, und schon fuhr der Wagen an.

»Da ist sie hin, die Diskretion«, sagte ich.

»Meinst du, dass das Rumpelstilzchen da eben den Baron auf deinen Verbleib während der letzten Tage aufmerksam machen könnte?«

Ich nickte. Diese Befürchtung hatte ich tatsächlich, schließlich hatte der Baron seine Spitzel und Informanten überall. Und genau dieses Krankenhaus hatte dem Teufel ja schon mindestens einmal als Stützpunkt für seine Machenschaften gedient, als er Tron hier nach dessen Tod bis zur Entdeckung der Leiche »zwischengelagert« hatte.

»Aber warten wir's ab«, überlegte ich. »Wir müssen dem Baron früher oder später sowieso noch einmal unsere Aufwartung machen.«

»Warum? Was willst du von dem Kerl? Ich wäre lieber nicht dabei. Das Schlachtfeld in meinem Flieger noch einmal sehen zu müssen, hat meine Sympathie für den Baron nicht gerade gesteigert.«

»Und doch müssen wir zu ihm, auf die eine oder andere Weise. Denn er hat die Server von Tron an sich gebracht. Und an die müssen wir heran, wenn wir erfahren wollen, wo Tron seine Chiffren versteckt hat.«

»Wie willst du das anstellen? Freiwillig wird der Baron dir die Dinger niemals herausgeben.« Parish grinste gefährlich. »Oder willst du ihn zur Herausgabe zwingen?«

Ich dachte nach. Nach den jüngsten Ereignissen im Park hatte ich sicher eine gewisse Macht über den Baron erlangt – er hatte offensichtlich Angst vor mir bekommen, als seine tödliche Kugel mich nicht töten konnte. Doch es war fraglich, ob diese Angst über einen längeren Zeitraum hinweg anhielt. Der Baron war ein durch und durch abgeklärter und abgebrühter Mann; dieser Rückfall in archaische Ängste hatte ihn selbst wohl am meisten überrascht.

Ja, wie hatte Tron bei unserem letzten Gespräch gesagt: »Denk immer daran, dass der Teufel sich stets mit Zeichen überlisten ließ.« Eine gezielte Pistolenkugel, die nicht tötete, war gewiss ein machtvolles Zeichen für einen solchen Mann.

Aber trotzdem – übertölpeln ließ der Teufel sich deswegen jetzt bestimmt nicht mehr.

»Ich glaube nicht, dass uns das so gelingen würde. Vor allem nicht, wenn er mitbekommt, dass wir ein echtes Interesse an Trons Hinterlassenschaft haben. Umso größer wird dann sein eigenes Interesse an den Daten auf Trons Rechnern – an die er selbst derzeit gar nicht herankommt, wie der Baron mir bei unserem jüngsten Zusammentreffen gestand.«

»Ist das so?«, wollte Parish wissen.

»Ja. Tron war der begnadetste Kryptograf der Gegenwart. Er hatte seine Daten verschlüsselt. Und der Baron hat nicht den richtigen Schlüssel, sonst wäre er ja nicht so sehr an Trons Person interessiert gewesen. Aber lass uns mal nachdenken«, überlegte ich laut. »Der Baron hat zweifellos auch ein besonderes Interesse an den Aufzeichnungen Trons, sonst hätte er sie sich ja nicht mit einem solchen Aufwand aus Trons Zimmer besorgen lassen. Und er muss auch wissen, was ein anderer über ihn herausbekommen haben könnte.

Und vielleicht, so denkt sich dieser Teufel wohl, könnte er in Trons Unterlagen auch noch Neuigkeiten über den einen oder anderen seiner Widersacher finden, beispielsweise über uns. Das würde der Baron sich auf keinen Fall entgehen lassen. Neuigkeiten und Informationen sind ja sein vorrangiges Geschäft. Wie heißt es so schön: Wissen ist Macht. Und nun wollen *wir* uns ja auf die Suche nach einem neuen Geheimnisentschlüsseler machen. Da der Baron früher oder später erfahren würde, dass wir von dem Weg, den wir in dieser Sache eingeschlagen haben, nicht so leicht abzubringen sind, können wir ihn doch selbst darauf aufmerksam machen – und ihn mit der Möglichkeit nach einem neuen Geheimnisentschlüsseler vielleicht aus der Reserve locken.«

»Würde er den nicht ebenfalls umbringen?«

»Der Baron hat Tron doch gar nicht umgebracht. Tron hat sich offenbar selbst getötet, ohne dass der Baron an sein Wissen herankommen konnte.«

»Das sagt der Baron. Oder hast du handfeste Beweise? Denk daran, was Kronos uns gesagt hat, als er noch Sunleitner war, unsere Sonne, und nicht der Saturn unseres Kultes: Tron ist vor seinem Tod gefoltert worden. Die Wunden in den Augen, die bei der Obduktion dokumentiert wurden, sind der Beweis.«

»Boris wusste, dass ihn Schmerz und Tod erwarteten. Glaubst du nicht, dass er auch darauf vorbereitet war, diese Schmerzen zu ertragen, ohne schwach zu werden? Hätte er nicht die Kraft dazu gehabt, wäre er nicht mit dem Baron mitgegangen.«

Parish schaute mich ungläubig an. Schließlich sagte er: »Trotzdem. Der Baron ist nicht vertrauenswürdig. Der einzige Beweis, dass er Tron nicht getötet haben soll, ist seine Aussage – und die Tatsache, dass er dich nicht töten konnte, auch nicht mit einer normalerweise tödlichen Pistolenkugel. Vielleicht hat er Tron ja gar nicht an diesem ominösen Baum aufgehängt, sondern zuvor an einem anderen Ort erwürgt. Überleg doch: Tron lag mehrere Tage im Kühlraum und wurde erst dann an dem Baum gefunden. Er war vorher schon tot.«

Ich musste lächeln. Aus Parish war tatsächlich Mercurius geworden, der bei den Griechen Hermes genannt wurde; und der war nicht nur als Götterbote der Schutzgott der Wege und des Verkehrs, der Kaufleute und Diebe, sondern auch der Redekunst und der Magie.

»Was du sagst, Mercurius, das hat was. Und es nährt Zweifel in mir, ob ich mich nicht zu schnell habe überzeugen lassen, dass Tron seinem Leben selbst ein Ende gesetzt hat. Als Kurier des göttlichen Wissens kommt es ja dir zu, uns andere auf mögliche Irrungen hinzuweisen, damit wir mit göttlich inspirierten Zweifeln unsere Ansichten noch einmal überprüfen. Und das hast du diesmal erreicht. Aber jetzt und hier werden wir wohl nicht klären können, was mit unserem Boris wirklich geschah und was in diesem vermaledeiten Park tatsächlich passiert ist … oder weiß der Teufel wo.« Ich zwinkerte Parish zu.

»Lass uns jetzt zusehen, dass wir uns auf unser nächstes Ziel konzentrieren: Trons Pfad zu suchen und seine Chiffren zu finden. Auch wenn wir nicht diejenigen sein werden, die diese Chiffren entziffern, sollten wir doch wissen, um was es sich dabei handeln könnte und wie man sie einsetzt. Die Frage, ob Tron ein Selbstmörder ist oder doch ein Mordopfer, klären wir später.«

»Und wo wollen wir mit der Suche nach Trons letztem Pfad anfangen? Damit wären wir doch wieder bei den beschlagnahmten Rechnern und Servern von Boris. Und die liegen nach wie vor beim Baron.«

Ich nickte.

»Wir werden unsere ganze Zauberkunst aufbringen müssen, um uns möglichst unbemerkt Zugang zu diesen Gegenständen verschaffen zu können. Und wie gesagt, der neue Geheimnisentschlüsseler könnte der Köder sein, mit dem wir uns diesen dicken Fisch angeln.«

Parish zog die Stirn kraus.

»Was meinst du?«

»So oder so, der Baron wird ebenfalls Interesse an diesem neuen Jungen haben, den wir suchen und hoffentlich auch finden werden. Diese Jungs sind die modernen Seher. Und die wirklich Mächtigen umgeben sich gerne mit Sehern … Hackern, Spionen, Markt- und Meinungsforschern.«

»Bist du nicht selbst Hacker, Ian?« Parish grinste frech. »Welchen Mächtigen dienst du denn?«

Mit todernster Miene antwortete ich: »Was für eine Frage. Bis vor zwei Wochen Tron. Und ansonsten unserem Mithras. Und bald vielleicht der Reinkarnation des neuen Messias des Wassermannzeitalters.«

Parishs Gesicht nahm wieder einen fragenden Ausdruck an.

»Also, was machen wir nun?«

»Lass mich überlegen. Dein Fahrer bringt uns in die Innenstadt, vermutlich, um uns bei einem Hotel abzusetzen. Was hältst du davon, wenn wir zuvor einen kleinen Abstecher zu einigen ... sagen wir, *Freunden* machen? In einer Seitenstraße nicht weit von dem Reisebüro, aus dem du seinerzeit die echte Nolo entführt hast.«

»Freunde, ja?«, fragte Parish. »Na gut, die Besuche, die wir bisher zusammen unternommen haben, waren jedes Mal sehr interessant. Also, wo soll's hingehen?«

Ich erteilte Chip, Parishs Fahrer, genaue Anweisungen, und bald schon fuhren wir über den Kurfürstendamm stadtauswärts, um irgendwann links in eine kleine Seitenstraße abzubiegen. Noch zweimal mussten wir den Straßenzug wechseln, dann waren wir am Ziel.

Ich wies Chip an, die Straße noch ein wenig weiter hinaufzufahren und dann zu halten. Wir parkten in der kleinen Nebenstraße gegenüber einem überraschend großen, imposanten Hotelgebäude.

Parish und ich stiegen aus.

»Sieh mal, Mercurius, wie das Hotel da drüben heißt. Kannst du mit dem Namen etwas anfangen?«

»Avalon«, las Parish vor. »Die Nebel von Avalon. Die Artussage. Der Heilige Gral. Die Tafelrunde. Und die Insel der Feen und Druiden, glaube ich. Ist Artus nicht nach

Avalon in die ewigen Jagdgründe eingegangen? Was wollen wir in dem Hotel? Wen wollen wir dort treffen?«

Ich ging die Straße ein Stück zurück.

»Nicht das Avalon ist unser Ziel, sondern das Gebäude links daneben. Das mit den Fahnen an der Fassade. Schauen wir mal, ob jemand zu Hause ist.«

Wir stiegen mehrere Stufen zu einem bogenförmigen Portal hinauf und betraten eine Vorhalle, die ziemlich schmucklos war, wären da nicht bronzene Geländerverzierungen in Form des typischen Winkelmaß- und Zirkel-Zeichens gewesen, die zusammen das Symbol der Pyramide mit dem allsehenden Auge bildeten.

»Sind wir hier in einer Freimaurerloge?«, fragte Parish sichtlich irritiert.

»Ja«, antwortete ich und versuchte mich zu orientieren. »Das hier ist die Johannisloge *Urania zur Unsterblichkeit* im Orient Berlin.«

Parish klang jetzt sehr nachdenklich.

»Seltsamer Name. *Johannisloge.* Ist nicht Johannes ... Johannis ... einer deiner Namen, Ian? Die Langform deines Kurznamens *Ian*?«

»Ja«, antwortete ich knapp und forderte Parish mit einer Geste auf, mir rechter Hand die Treppe hinunter ins Kellergeschoss zu folgen.

»*Urania zur Unsterblichkeit* ... was bedeutet das? Und *Orient Berlin*? Wir sind hier doch nicht in Asien.«

Während wir hinuntergingen erwiderte ich: »Du denkst beim Wort Orient an den Nahen Osten, aber das deutsche Wort ›orientieren‹, in dem der *Orient* ja auch wieder steckt, offenbart noch eine weitere, tiefere Bedeutung dieses Begriffs, die auch die eigentliche Bedeutung ist: *Orient* ist die verkürzte Form des lateinischen Begriffs *oriens sol*, und das bedeutet ›aufgehende Sonne‹. Und die aufgehende Sonne kennst du.«

»Mithras!«

»Genau. Unter anderem.«

»Ist das hier ein Mithräum?«

»Nicht im eigentlichen Sinne. Es ist eine Freimaurerloge. Aber hier im Keller …« Wir waren in einem dunklen Kellergang mit Steinfußboden angelangt, von dem schwere Eichentüren abgingen; wir öffneten eine und standen in einem weiteren Kellergang. Statt Kunstlicht erleuchteten hier lodernde Fackeln den Flur. »Hier gibt es den Tempel der Loge, lauter fensterlose Räume unter dem Bodenniveau. Irgendwie kann man da natürlich den Vergleich mit den alten Mithräen ziehen, wenn man will.«

»›Im Orient Berlin‹ bedeutet also ›in der aufgehenden Sonne Berlin‹?«, fragte Parish.

»Ja, das ist eine der Bedeutungen des Untertitels dieser Loge. Aber auch die Assoziationen zum Wissen des eigentlichen Orients sind natürlich nicht zufällig gewählt – das Wissen, das sich all die Jahrhunderte und Jahrtausende gegen die Doktrin des Christentums behaupten konnte. Und schließlich meint Orient einfach auch immer nur den Osten als solchen, und Berlin liegt nun mal im Osten Deutschlands.«

»Und *Urania zur Unsterblichkeit*? Was ist damit gemeint?«

Ich war mittlerweile vor einer weiteren schweren Eichentür stehen geblieben.

»Urania ist die Muse der Sterndeuter, also lautet der Name: ›Die Sterndeuter zur Unsterblichkeit.‹ Auch das müsste dir nach unserem jüngsten Ägyptentrip ein Begriff sein, mein guter Mercurius. Noch ein Rat unter Brüdern. Sobald ich an diese Tür klopfe, bist du ein Hohepriester des Mithras. Wir sind wieder als Gesandte unterwegs, wie weiland die Heiligen Drei Könige …«, ich klopfte mit einem schweren Türklopfer an das alte Holz, »... mein guter Mercurius.«

»Du kannst dich auf mich verlassen, o Cautes«, gab Parish theatralisch zurück.

4.

Es dauerte eine Weile, bis die Tür sich tatsächlich öffnete. Ein mittelgroßer, älterer, in vornehmen englischen Tweed gekleideter Mann erschien im Türspalt.

»Ah, ich habe es schon geahnt«, setzte ich an. »Wo Avalon liegt, kann Meister Merlin nicht weit sein. Ich freue mich aufrichtig, Euch hier zu sehen. Erlaubt Ihr, dass mein Bruder Mercurius und meine Wenigkeit Euren geweihten Boden betreten? Als Freunde und Gäste? Als Pilger, die auf ihrem Pfad ein wenig ausruhen wollen von der gewöhnlichen Welt?«

»Cautes mit der Fackel!«

Unser Gegenüber war sichtlich überrascht.

»Na, das ist ja der richtige Ort für einen solch ungewöhnlichen Besuch. Wir haben hier ja Fackeln ohne Ende. Und entsprechend schlechte Luft. Und einen schwarzen Mann bringt Ihr mit, einen schwarzen Hermes. Einen neumondigen Thot sozusagen. Aber tretet doch ein.«

Unser Gastgeber machte den Weg in einen aus Natursteinen gemauerten, beinahe felsigen Raum frei, der nur karg mit einigen massiven Stühlen und einem Tisch möbliert war.

»Ein Asyl also sucht Ihr hier vom Trubel der Menschen? Da geht es Euch wie mir, denn auch ich bin hier ja nur

Gast bei unseren Urania-Brüdern. Und Ihr, werter Cautes, könnt Ruhe offensichtlich gut gebrauchen. Ihr seht in der Tat sehr mitgenommen aus. Was ist Euch widerfahren, dass Ihr so geschwächt anzusehen seid?«

Ich versuchte, gequält zu lachen.

»Was gibt es noch, das ich einem so großen Seher wie Euch Neues erzählen könnte, hochwürdiger Merlin? Das, was Euch an diesen Ort geführt hat, bestimmt im Augenblick auch unser und damit mein Schicksal. Wir haben den großen verheißenen Sohn der Sonne verloren. Wieder wurde das ewige Lichtkind gemeuchelt. Und ich bin dem elenden Meuchler bei seinem Frevel in die Quere gekommen.«

Der Druide wies auf die Stühle.

»Setzt Euch, dass Euch das Stehen nicht noch mehr Kräfte raube.«

Parish und ich kamen der Aufforderung nach, warteten jedoch, bis der Druide sich zuerst gesetzt hatte, und folgten dann erst seinem Beispiel.

»Ja, es scheint, als wäre der große Sol Invictus, der unbesiegbare Sonnengott, nun doch einmal besiegt worden. Oder wir haben uns in diesem Lichtkind wieder alle nur geirrt. Der Orient Berlin hat sich die letzten Wochen in einen wilden Hühnerhaufen aller möglichen Zünfte, Logen und sonstigen Geheimnisträger verwandelt, um genau diese Frage zu klären. Überall gibt es Konsultationen, merkwürdige Koalitionen und mit finsterer Miene geführte Beratungen. Daher vermute ich, Opferhelfer des Mithras, dass auch du zu solchen Konsultationen hier erschienen bist. Was mir sehr schmeicheln würde. Aber ich habe nicht den blassesten Schimmer, wie ich dir und deinem Freund helfen kann. Also, Ian, was möchtest du wirklich?«

Ich schaute Parish an, der mit funkelnden Augen die Änderung der Anrede durch den Druiden registrierte. Doch er war klug genug, dazu keine seiner neugierigen Fragen zu stellen. Er hatte begriffen, dass für ihn wieder einmal eine Zeit des Zuhörens und Lernens gekommen war.

Und tatsächlich war aus dem Treffen mit dem obersten Druiden, das anfangs eine offizielle Zusammenkunft unter Brüdern unterschiedlicher Gemeinschaften spirituellen Inhalts war, unversehens ein höchst konspiratives Gespräch geworden, das sich nun auch mit durchaus weltlichen Themen beschäftigen durfte. Ich war gespannt, ob diese feine Veränderung im Charakter dieses Besuchs Parish bewusst würde.

Ich atmete tief durch, bevor ich zu reden anfing; die verbrannte Luft in dieser Gruft war nichts für meine lädierte Lunge.

»Nun, teurer Saint Clair, es ist tatsächlich so, das ich ... wir ... vielleicht deine Hilfe brauchen. Mein Mithras, dein Sol Invictus, wird vielleicht doch unbesiegbar sein. Ich bin mir jedoch sicher, dass deine Horoskope dir dieses Geheimnis längst offenbart haben, das den meisten noch verborgen ist. Warum sonst solltest du hier in Berlin sein? Dir mit Gewöhnlichen deine Wunden zu lecken, ist ja sonst nicht an dir. Oder einen Verlust zu bedauern. Ein Druide wie du kennt die Vergangenheit, doch er gestaltet die Zukunft. Das ist seine Bestimmung, sein Auftrag. Und vielleicht bietet die Zukunft ja eine Chance, die Vergangenheit ... sagen wir einmal, zu korrigieren.«

»Ein Zauber also führt dich her. Ich gebe gern zu, du machst mich neugierig, Ian. Oder sollte ich Cautes sagen?«

Ich musste innerlich schmunzeln. Ian für die äußere Welt, Cautes für das Geheime.

»Sag Ian zu mir. Nun, es geht um ganz weltliche Dinge ... vorerst jedenfalls. Tron ist tot, doch wir sollten uns intensiver mit seinen Rätseln und Geheimnissen beschäftigen, denn er hat uns eine Erbschaft hinterlassen, ein geheimes Evangelium, von dem bisher nur sehr wenige etwas ahnen. Außerhalb meines Kultes ist es nur eine Person, und das bist du.«

Der Mann mit Namen Saint Clair fühlte sich offensichtlich geschmeichelt.

»Das ist zu viel der Ehre. Und ganz sicher ist sie nicht ohne Hintergedanken. Schließlich bist du ein Opferhelfer deines Gottes. Willst du am Ende mich für eine deiner Intrigen opfern, *Johannes*?«

Wieder eine neue Anrede. Diesmal, um versteckt und in aller Untertänigkeit um die Möglichkeit zu bitten, einen ehrlichen Blick auf meine wahren Absichten werfen zu dürfen.

Ich schaute Saint Clair längere Zeit schweigend an, um mir seiner Redlichkeit absolut sicher sein zu können. Schließlich erwiderte ich: »Kein Opfer. Ich brauche lediglich deine Hilfe. Doch wenn du mir diese Hilfe gewährst, wird es nicht ohne Gefahren für dich abgehen. Es könnte dich umbringen. Das ist das Risiko. Aber diese Gefahr würde nicht von meiner Seite ausgehen, darauf gebe ich dir mein Wort, hier vor meinem Bruder Mercurius. Der, gegen den es geht, ist jener, der vielleicht mit einem Schwert in der Hand auf dich wartet.«

Saint Clair verzog den Mund.

»Und so wie du aussiehst – verzeih, Ian –, versteht er offensichtlich mit dem Schwert umzugehen«, sagte er. »Aber es geht hier doch wohl nicht allein um Rache, für die du mich benutzen willst?«

»Deine Frage ist berechtigt. Und irgendwie sieht es ja immer nach Rache aus, wenn man gegen den zu Felde zieht, der den ersten Streich führte, auch wenn man eigentlich etwas ganz anderes im Sinn hat. Doch es ist keine Rache, wofür ich deine Hilfe brauche, Saint Clair. Rache ist etwas Rückwärtsgewandtes, das einen mit einer ungeliebten Vergangenheit aussöhnen soll. Aber das ist meine Sache nicht, so wie ja auch du das Gewesene nur nutzt, um die Zukunft zu gestalten. Dass es dabei ausgerechnet gegen den geht, der seinen letzten Streich tatsächlich gegen mich geführt hat, liegt in der Natur der Sache. Er ist der Schatten zu meinem Licht, die Finsternis, die meiner Sonne – unserer Sonne – gegenübersteht. Wenn ich meine Fackel emporhebe, werde ich stets seine dunklen Machenschaften treffen. Das lässt sich leider nicht vermeiden. Doch mit Rache hat es nichts zu tun. Das wäre so, als wollte man der Nacht zürnen, dass sie dunkel ist.«

Saint Clair hob den Kopf und blickte zur Decke.

»Du verlangst viel von mir. Nicht weniger als Verrat. Denn der, um den es hier offenbar geht, steht mir näher als dir … steht näher hinter mir, um es einmal so auszudrücken. Was wäre denn der Lohn für ein solch ungeheures Wagnis? Ich kann mir nicht vorstellen, dass du bei einem solch verwegenen Anliegen mit leeren Händen zu mir gekommen bist.«

Wieder musste ich innerlich grinsen. Wie sehr sich doch immer wieder Konspiration auf Korruption reimte.

»Du wirst lachen, Saint Clair – ich bin mit *gänzlich* leeren Händen zu dir gekommen. Was aber nicht heißen soll, dass dich für deine Hilfe kein gehöriger Lohn erwartet. Doch ich möchte dir nicht nur irgendeine Bezahlung anbieten. Du weißt am besten, was mir deine Hilfe wert sein sollte. Und das wäre dann auch der Preis, den ich für dein Wohlwollen und deine Tat zu zahlen bereit bin.«

Saint Clair schien abzuwägen und die Möglichkeiten zu überdenken, die ihm der Persilschein bieten könnte, den ich ihm darbot. Und tatsächlich setzte die Gier einmal mehr den Verstand und die Vorsicht außer Kraft.

»Welch große Worte, Ian! Und eine große Vergütung, die der ungeheuren Bitte aber gewiss angemessen ist. Nun denn, so soll es geschehen. Dann verrate mir, was dein Plan in dieser Sache ist und welchen Part du dabei mir zugedacht hast. Dann nenne ich dir meine Bedingungen.«

Ich schaute Parish an, der keine Miene verzog. Dann wandte ich mich wieder dem Druiden zu.

»Dieses Erbe von Tron, von dem ich sprach, befindet sich irgendwo in den Aufzeichnungen, die der Baron an sich gebracht hat. Er ahnt noch gar nicht, welchen Schatz er da in den Händen hält. Ihm genügt im Augenblick das Wissen, dass kein anderer an diese Aufzeichnungen herankommt, weil er sie unter Verschluss hat und sie als so perfekt verschlüsselt betrachtet, dass weder er noch jemand anders sie je wird dechiffrieren können.«

Saint Clair schüttelte den Kopf.

»Wenn die Aufzeichnungen Trons so perfekt verschlüsselt sind, wie kannst *du* dann hoffen, sie enträtseln zu können? Bist du am Ende ein noch größerer Geheimnisentschlüsseler als Tron? Wieso richtet dein Ehrgeiz sich auf diese Daten, dass du dafür solche Risiken einzugehen bereit bist?«

Ich lachte.

»Als Kryptograf reiche ich nicht an Tron heran. Nicht in dieser Welt. Und nicht für diese Zeit. Aber um seine eigentlichen Aufzeichnungen geht es derzeit auch gar nicht.«

»Nicht?« Mein Gegenüber war sichtlich verblüfft. »Worum geht es dann?«

»Um Boris' Terminkalender. Um seine Aufzeichnungen, wann er was getan hat.«

»Wie bitte?«

Saint Clairs Erstaunen wuchs.

»Ja. Denn überleg mal, woraus es besteht. Überleg, was wir heute an Aufzeichnungen beispielsweise über Jesus Christus besitzen. In den Evangelien steht überwiegend, wohin Jesus sich begab, wann und wen er traf und was er da und dort getan hat. Die Evangelien berichten in erster Linie von dem Weg, den der Heiland in seinen letzten Jahren gegangen ist, als er seine Berufung angenommen hatte. Sie berichten von seiner Passion, seinem Leidensweg. Meine derzeitige Aufgabe besteht darin, die Passion Trons nachzuzeichnen. Zu ermitteln, wann er sich wo aufgehalten hat und was er für die Nachwelt Wichtiges getan hat. Und dafür brauche ich seinen Kalender, der vermutlich in einer Outlook-Datei steckt, die vom Baron bisher unbeachtet geblieben ist.«

Ein erkennendes Lächeln erschien auf Saint Clairs Gesicht.

»Natürlich, ein Passionsweg. Jeder anständige Märtyrer hat einen, und erst recht diejenigen, die zum Messias aufsteigen sollen. Und bei unserem Tron passt ja alles, außer dass es keine Zeugen für seine Hinrichtung gibt. Aber wie kommst du darauf, Ian, dass der Baron mich an Trons Kalender heranlässt? Er schöpft doch sofort Verdacht, wenn ich ihm gegenüber nur Trons Aufzeichnungen erwähne.«

»Der Baron schöpft auch Verdacht, würdest du *nicht* irgendwann nach Trons Unterlagen fragen, weil er sich dann nämlich fragen müsste, ob du bereits auf andere Weise an das Wissen unseres Hackerkönigs herangekommen bist. Du weißt, dass der Baron stets gegen alles und jeden misstrauisch ist. Also, so oder so – Angst, dass man ihn hintergehen könnte, hat er auf jeden Fall. Dann kannst du auch direkt auf ihn zugehen und um Einblick in die Dateien und Dokumente Trons bitten. Der Baron wird dir keine Chance einräumen und damit die mögliche Gefahr durch dich gering einschätzen. Er wird dir natürlich auf die Finger schauen, doch er wird sehen, dass selbst du mit all deiner druidischen Kraft an Trons Verschlüsselungen scheiterst, wie alle anderen vor dir.

Welche Notizen du dir nebenbei machst, um hinter den Schlüssel von Trons Kryptografie zu kommen, wird ihn zwar auch interessieren, aber er wird erst einmal nichts damit anfangen können. Er wird glauben, du brauchst es für deine Horoskope, um aus den daraus möglichen zeitlichen Berechnungen auf Trons Verschlüsselungsideen zu schließen. Den eigentlichen Wert dieser Aufzeichnungen aber wird außer uns niemand kennen.«

»Darf ich Euch fragen, edler Cautes, was Ihr aus diesem Protokoll der Passion Trons zu lesen erhofft, falls dieses Wissen für meine Ohren bestimmt sein darf? Nur den Passionsweg Trons nachzuzeichnen ist doch nicht Euer einziger Wunsch?«

Ich traf eine Entscheidung.

»Da ich Euch, Merlin, in einem Händel der Welt zu meinem Verbündeten machen möchte, sehe ich keine Veranlassung, nicht auch dieses Wissen mit Euch zu teilen, dem ersten Druiden. Also hört. Wir hoffen mithilfe dieses Pfades, den das Lichtkind vor seinem Tod beschritten hat, seine wirkliche und wahrhaftige Reinkarnation zu finden. Eine wirkliche Wiedergeburt, einen anderen Menschen aus Fleisch und Blut, jedoch der gleiche Geist, die gleiche Seele. Kein Trick, kein doppelter Boden.

Es ist also ganz anders als damals bei dem Mann aus Nazareth, der ja seinen Tod am Kreuz nur vortäuschte, um sich dann als Wiederauferstandener noch einmal seinen Jüngern zu zeigen – bevor er schließlich als lebendiger Mensch für immer von der Bildfläche, zumindest der damals bekannten Welt, verschwand, wobei er dem Okzident ein leeres Grab und eine gewaltige und grandiose Legende hinterließ.«

5.

Parish rührte sich.

»Verzeiht mein Nachfragen, Cautes. Doch als geringster unter den Weihegraden steht es mir wohl zu, ein Lernender zu sein. Darum erklärt mir: Wie meint Ihr das genau, was Ihr gerade gesagt habt? Wie hat der Mann, den die Welt Jesus Christus nennt, seinen Tod vortäuschen können?«

Ich lachte auf.

»Ich kann sehr gut verstehen, Bruder Mercurius, warum gerade diese Legende Euch so brennend interessiert. Darum sei Euch die Frage gestattet. Und ich werde sie gern beantworten, wenn unser Gastgeber hier«, Saint Clair nickte wohlwollend, »mir diesen Exkurs erlaubt. Wir haben ja bereits verschiedentlich und ausführlich über die Offenbarung des Johannes gesprochen, wie sie in der Bibel steht und wo sie ursprünglich herkommt. Aber es gibt ja auch noch einen weiteren Text in der Bibel von *einem* Johannes – das sogenannte Johannes-Evangelium. Vielleicht weißt du ja, dass sich Bibelkundige vieler Epochen darüber gewundert haben, dass sich dieses Evangelium von den drei anderen, die als Neues Testament in die Bibel Eingang gefunden haben, in weiten Teilen unterscheidet.

Während bei Markus, Matthäus und Lukas ziemlich idealisierende Darstellungen von Jesus' Leben wiedergegeben werden, ergeht Johannes sich in ziemlich naturalistischen

Beschreibungen dessen, was Jesus getan und was ihm widerfahren ist.

Nun hört zu, Mercurius, was uns mein Namensvetter von Jesu Kreuzigung berichtet, und lasst es Euch mit Eurem neuen Wissen möglichst langsam auf der Zunge zergehen, jedes einzelne Glied in der Kette von Jesu Ende. Manches wird Euch auf neue Weise offensichtlich und auf alte Weise bekannt vorkommen.

Ich zitiere aus dem neunzehnten Kapitel, beginnend mit dem achtundzwanzigsten Vers: ›Danach, als Jesus wusste, dass schon alles vollbracht war, sprach er, damit die Schrift sich erfülle: Mich dürstet. Da stand ein Gefäß mit Essig. Sie aber füllten einen Schwamm mit Essig und steckten ihn auf ein Ysoprohr und hielten es ihm an den Mund. Als nun Jesus den Essig genommen hatte, sprach er: Es ist vollbracht! Und neigte das Haupt und verschied.

Weil aber Rüsttag war und die Körper nicht am Kreuz bleiben sollten den Sabbat über – denn dieser Sabbat war ein hoher Feiertag –, baten die Juden Pilatus, dass den Gekreuzigten die Beine gebrochen und sie von Kreuz genommen würden. Da kamen die Soldaten und brachen dem ersten die Beine und auch dem anderen, der mit ihm gekreuzigt war. Als sie aber zu Jesus kamen und sahen, dass er schon gestorben war, brachen sie ihm nicht die Beine; sondern einer der Soldaten stieß ihm den Speer in die Seite, und gleich kam Blut und Wasser heraus.‹ Soweit das Bibelzitat. Was meint Ihr dazu, Mercurius?«

Der Angesprochene schüttelte den Kopf.

»Ich weiß nicht. Hundertmal gehört, aber wahrscheinlich nicht verstanden. Welch verborgene Botschaft also habe ich in diesem Text zu sehen, großer Lehrer?«

»Ihr sagt Lehrer und meint Geheimniskrämer«, erwiderte ich lächelnd. »Aber gut, ich erkläre es Euch. Nehmen wir den Essig. Man könnte sich doch fragen, warum da ein Gefäß mit dieser Flüssigkeit wie zufällig am Richtplatz der Römer steht. Oder eben ganz und gar nicht zufällig. Vielleicht rechnete jemand damit, dass der Delinquent nach etwas zu trinken fragt. Wobei man sich wundern kann, dass die Soldaten sich noch die Mühe machten, Jesus tatsächlich etwas zu trinken zu reichen, und zwar so, dass er es in seinem Zustand aufnehmen konnte – mit einem Schwamm, der zudem ebenfalls gerade zufällig zur Hand ist.

Aber vermuten wir einfach mal, dass das Vorhandensein des Essigs an diesem Ort und zu diesem Zeitpunkt alles andere als ein Zufall war, sondern einem Akt der Berechnung entsprang. Dann muss man sich doch fragen: Was könnte der Grund für ein solch seltsames Arrangement sein?

Gemeinhin sieht man im Reichen des Essigs als Getränk an einen Durstigen eine weitere Niedertracht der Römer gegenüber Jesus. Aber schauen wir doch einmal, was der Essig bei einem Gekreuzigten wie Jesus verursacht, der offensichtlich kurz vor dem Tod steht und wahrscheinlich viel Blut verloren hat. Zum einen weiß man aus der Naturmedizin, dass Essig, in kleinen Dosen eingenommen – etwa durch einen Schwamm –, den Kreislauf anregt. Im Winter sollte man solche Arznei einnehmen, wenn man friert, um dem Körper neue Wärme zuzuführen. Insofern ist es eine wünschenswerte Wirkung für jemanden, der einen hohen Blutverlust zu kompensieren hat. Aber Essig hat auch durchschlagende Nebenwirkungen. Die stark abführende Wirkung ist berüchtigt. Wie viel mehr muss das für einen geschwächten Körper gelten.

Jesus nahm den Essig zu sich und tat seinen letzten Seufzer. So steht es bei Johannes. Wahrscheinlich versagten die Schließmuskeln, was gemeinhin als ein letztes, für Augenzeugen deutliches Zeichen für den Eintritt des Todes gilt. Wenngleich man in diesem Fall berechtigterweise einwenden könnte, dieser letzte Schnaufer Jesu wurde durch den Essig nur simuliert. Doch weiter im Text. Wir lesen nun davon, dass den beiden anderen Delinquenten, die mit Jesus zusammen gekreuzigt wurden, die Beine gebrochen wurden. Die umstehenden Juden setzen Pilatus unter Zeitdruck, weil sie zum bevorstehenden Sabbat gewissermaßen reinen Tisch machen wollen. Wie zynisch, könnte man denken. Aber was ist, wenn die Umstehenden wussten, dass der Mann am Kreuz noch einen letzten Funken Leben im Leib hatte, den es zu erhalten galt? Dazu musste Jesus so schnell vom Kreuz herunter wie nur möglich, sonst wäre er tatsächlich gestorben. Und wie auf Kommando erfüllt sich dieser seltsame Wunsch, und mehr noch: Wie durch eine Vorsehung werden Jesus auch nicht die Beine gebrochen, wie sonst bei einer Kreuzigung üblich, um den sofortigen Tod herbeizuführen. Die beiden anderen Gekreuzigten kamen nicht so gut weg. Ihnen wurden tatsächlich die Beine gebrochen. Und wahrscheinlich starben sie an dieser letzten Tortur schließlich auch.

Jesus aber war bereits tot, heißt es. Wieso ihm also noch die Beine brechen? Stattdessen stechen die Soldaten ihm eine Lanze in die Seite, um zu sehen, ob er sich noch regt. Aber er regte sich nicht. Es trat lediglich Blut und Wasser, als Wundsekret, aus der frischen Wunde. Und das ist merkwürdig. Denn zu diesem Zeitpunkt soll Jesus ja tot gewesen sein. Aber wer eine Leiche verletzt, wird sicher kein sprudelndes Blut mehr zu sehen bekommen …«

Parish unterbrach mich.

»Jesus war gar nicht tot? Mein Gott!«

»Nicht nur Euer Gott, Mercurius, nicht nur Euer Gott. Jesus lebte, als er vom Kreuz genommen wurde. Und die

Juden, die ihm diesen Dienst erwiesen – Joseph von Arimathäa, der Pilatus um dieses Recht bat und es erhielt, sowie dessen Leute –, haben das gewiss erkannt. Schließlich waren sie Juden und wussten um die Gründe, warum das Schächten in ihrer Religion erfunden worden war.«

»Nur ein lebender Körper kann ausbluten. Ist der Leib tot, fließt kein Blut mehr. Jesus aber blutete, weil er noch lebte!«, stieß Parish hervor.

»Ja, die Konsequenzen dieser Entdeckung sind überaus weitreichend. Die Christen erklären, dies sei ein erstes Blutwunder. Schließlich war Jesus wahrer Gott und wahrer Mensch zugleich. Und da falle eine Kleinigkeit wie eine nach dem Tod blutende Wunde nicht ins Gewicht. So etwas habe man sich nicht mit Ratio, sondern mit dem Glauben zu nähern. Wir aber bleiben mal bei dem, was der Evangelist Johannes in seinem Text weiter übermittelt. Wir sind immer noch im neunzehnten Kapitel, Vers achtunddreißig: ›Danach bat Josef von Arimathäa, der ein Jünger Jesu war – jedoch heimlich, aus Furcht vor den Juden –, den Pilatus, dass er den Leichnam Jesu abnehmen dürfe. Und Pilatus erlaubte es.‹ Nun, das hatten wir schon. Doch jetzt: ›Es kam aber auch Nikodemus, der vormals in der Nacht zu Jesus gekommen war, und brachte Myrrhe gemischt mit Aloe, etwa hundert Pfund. Da nahmen sie den Leichnam Jesu und banden ihn in Leinentücher mit wohlriechenden Ölen, wie es beim jüdischen Begräbnis Sitte ist. Es war aber an der Stätte, wo er gekreuzigt wurde, ein Garten und im Garten ein neues Grab, in das noch nie jemand gelegt worden war. Dahin legten sie Jesus wegen des Rüsttags der Juden, weil das Grab nahe war.‹«

»Unglaublich«, stieß Parish hervor. »Von wegen Rüsttag. Der Mann war schwer verletzt und konnte nicht lange transportiert werden. Er brauchte sofort eine Wundversorgung. Ich wette, die Leinentücher waren Verbände und diese Aloe-Substanz eine Heilsalbe. Nicht wahr?«

»Natürlich. Myrrhe wird seit alters her zur Wundbehandlung eingesetzt. Sie wirkt auf der Haut unmittelbar desinfizierend, zudem zusammenziehend, was den Wundverschluss und in der Folge die Narbenbildung auf natürliche Weise fördert. Noch deutlicher wird der hier gezielt eingesetzte Arzneicharakter der von Nikodemus benutzten Spezereien aber bei der Aloe, bei der es sich wahrscheinlich um Aloe vera gehandelt haben dürfte. Von Alexander dem Großen wissen wir, dass er damit die Wunden seiner im Krieg verletzten Soldaten behandeln ließ – erfolgreich, wie ich hinzufügen muss. Verantwortlich dafür dürfte die stabilisierende Wirkung der Aloe bei Patienten mit starken Schockzuständen sein, die zum Beispiel durch hohen Blutverlust hervorgerufen werden. Wir dürfen wohl mit Recht annehmen, dass Jesus in seinem frischen Grab nahe der Jerusalemer Richtstätte ganz sicher einen schweren Schock hatte, verursacht durch massiven Blutverlust. Also war es eine vernünftige Entscheidung, diesen Schock auf die zur damaligen Zeit einzig richtige Art und Weise zu behandeln.

Aus neueren Forschungsarbeiten wissen wir übrigens, dass ein bestimmtes polymeres Kohlenhydrat aus dem schleimigen Pflanzensaft der Aloe eine starke kreislaufstabilisierende Wirkung bei Verletzten entfaltet. Und Nikodemus hatte ja reichlich von diesen wunderbaren Substanzen dabei, wobei man sich natürlich wieder fragen darf, warum er sie gerade zu dem Zeitpunkt und noch dazu in solch großer Menge mit sich führte. Aber halten wir einmal nüchtern fest: Joseph von Arimathäa und sein Helfer Nikodemus tun mit der vermeintlichen Leiche Jesu genau das, was für einen schwer verletzten Jesus das absolut Richtige in der damaligen Zeit gewesen wäre. Drängt sich dann aber nicht zwangsläufig der Schluss auf, dass Jesus gar nicht tot war, als er von Kreuz genommen wurde?«

»Ja, sicher. Ich fasse es nicht … der Tod Jesu war nur getürkt, er hat die Marter überlebt. Er war viel mehr ein Idol, als ich ahnte. Aber …«

Ich konnte mir denken, welcher Gedanke Parish jetzt gerade erfasst hatte.

»Aber Ihr fragt Euch, guter Mercurius – wenn Jesus nicht am Kreuz starb, wie den Christen seit fast zweitausend Jahren von zahllosen Kanzeln verkündet wird, wo ist er dann abgeblieben? Was wurde aus ihm? Was hat er mit seinem so trickreich geretteten Leben angefangen? Nun, der Reihe nach. Jesus wurde an einem schwarzen Freitag, dem Karfreitag, ans Kreuz geschlagen. Am darauf folgenden Montag, also Ostermontag, kam Maria Magdalena an das Grab Jesu und entdeckte, dass der runde Grabstein vor der riesigen Grabhöhle weggerollt war. Das Grab selbst war leer. Noch ein Wunder, mag man denken. Doch wenn sich der scheintote Jesus dank der guten Pflege durch Nikodemus und Joseph von Arimathäa wieder einigermaßen erholt hatte, ist klar, dass er das Grab so schnell wie möglich verlassen musste, bevor die Römer den Schwindel bemerken konnten. Und tatsächlich wandelt in den folgenden Wochen Christus durch die Lande. Kapitel zwanzig des Johannes-Evangeliums, ab Vers vierzehn, wo von Maria Magdalenas Entdeckung berichtet wird:

›Und als sie das sagte, wandte sie sich zurück und sieht Jesus dastehen und weiß nicht, dass es Jesus ist. Spricht Jesus zu ihr: Weib, was weinst du? Wen suchst du? Sie meint, es sei der Gärtner, und spricht zu ihm: Herr, wenn du ihn weggetragen hast, dann sage mir, wo du ihn hingelegt hast, dann will ich ihn holen. Jesus sagt zu ihr: Maria! Da wandte sie sich um und spricht zu ihm: Rabbuni, das heißt Meister. Jesus sagt zu ihr: Rühre mich nicht an!‹ Soweit diese Textstelle.«

»Wie sich doch alles wunderschön zueinander gesellt, wenn man es aus diesem anderen Blickwinkel betrachtet«, kommentierte Parish und schüttelte ungläubig den Kopf. »Selbstverständlich musste er sich verkleiden, damit er nicht entdeckt und dann *wirklich* getötet werden konnte. Und er hat sich gut verkleidet, als Gärtner. So gut, dass nicht einmal seine engsten Vertrauten ihn erkannten. Gibt es da nicht auch die Geschichte vom ungläubigen Thomas, der seine Hände in Jesu Wundmale legen musste, bevor er wirklich glauben konnte, dass es sein auferstandener Heiland war, der da vor ihm stand? Und drei Tage nach der Kreuzigung taten die Wunden bestimmt noch fürchterlich weh, und die Narben waren noch ziemlich frisch – klar, dass er Maria Magdalena da nicht erlaubt hat, ihn zu berühren. Die Schmerzen und die Gefahr, dass die Wunden sich wieder öffneten, waren zu groß. Was für eine grandiose Inszenierung! Meine Güte – sind Römer, Juden und der Rest der Welt auf den Arm genommen worden?«

»So würde ich es nicht gerade ausdrücken«, meldete Saint Clair sich erstmals zu Wort. »Es ist doch völlig legitim, das eigene, massiv bedrohte Leben auf eine solche Weise retten zu wollen. Wer diesen Trick kennt und in die Not gerät, ihn anwenden zu müssen, wird sich diesem Wissen nicht widersetzen können und es auf jeden Fall einzusetzen versuchen. Diese allerletzte, verzweifelte Chance würde kein Mensch ungenutzt lassen. Gelingt aber diese großartige Finte – was für ein Zauber, was für ein Wunder! Und bei allem Staunen über die wahren Hintergründe der Geschehnisse von damals muss man auch anerkennen, was für eine geniale organisatorische Leistung das war. Und was für eine Kameradschaft, was für eine Bruderschaft da offenbar wird, die gemeinsam das Wunder der Wiederauferstehung Jesu vollbracht hat.«

»Wie meint Ihr das, ehrwürdiger Merlin? Welche Bruderschaft?«

Saint Clair grinste. »Nun, Nikodemus und Joseph von Arimathäa, die ihren Freund und Bruder Jesus retteten, der zum Christus werden sollte. Drei Männer – Brüder –, die eine gemeinsame Verschwörung, wenn man so will, verabredeten und erfolgreich umsetzten. Und eine Verschwörung war es. Denken wir an den Essig und Jesus' Ausruf: ›Es ist vollbracht!‹ Das alles war abgesprochen und lief nach einem genauen Plan ab. Auch das Grab ist ja gerade wie auf Bestellung fertig geworden. Und aus anderen Quellen wissen wir, dass es tatsächlich das Familiengrab des vornehmen Joseph von Arimathäa gewesen sein soll. Drei Männer, eine Verschwörung. Was für eine Parallele, wenn man bedenkt, was wir drei hier tun …«

Eine Pause entstand, doch ohne dass sie peinlich gewesen wäre. Vielmehr wurde jedem von uns wohl die ganze Tragweite dessen bewusst, was wir hier taten.

Schließlich war es Parish, der mit seinem ungebrochenen Wissensdrang die Stille in diesem freimaurerischen Kellergewölbe beendete.

»Aber was wurde jetzt aus dem Mann – Bruder –, den man Jesus, den Christus, nannte?«

»Wohl gesprochen, Mercurius«, erwiderte ich. »Auch das ist eine eher merkwürdige Geschichte für jemanden, der mit einem allein christlichen Weltbild aufgewachsen ist. Also öffnet Euch dem, was als die eigentliche Wahrheit verstanden werden will, indem Ihr aufhört zu glauben, sondern Euch allein auf das verlasst, was Euch der gesunde Menschenverstand eingibt und Eure Vernunft Euch gebietet. Ihr habt eben den heiligen Thomas erwähnt, Mercurius. Ihm muss man wohl folgen, will man wissen, was mit Jesus bei seiner sogenannten Himmelfahrt wirklich geschah. Aber wisst Ihr eigentlich, was die ursprüngliche Bedeutung des Wortes *Thomas* ist?«

Parish schüttelte den Kopf.

»Der Name Thomas stammt aus dem Aramäischen, jener Sprache, die Jesus und seine Jünger wohl vorrangig benutzten. Es bedeutet ›Zwillingsbruder‹.«

»Cautepates, in der Welt genannt Tom, Euer schwarzer Widerpart als Opferhelfer des Mithras und Euer zweieiiger Zwillingsbruder …«

»Exakt. Namen sind mehr als Schall und Rauch. Sie erzählen Geschichten – aber das muss ich einem Menschen, der sich einst Tupac Amaru und Machiavelli nannte, wohl nicht erklären. Der Thomas aus der Bibel jedenfalls trägt zudem noch den Titel Didymus, was ebenfalls Zwilling bedeutet – diese Eigenschaft dieses Mannes wird also in den Quellen noch einmal überhöht, woraus manche Gelehrte den Schluss ziehen, bei Thomas handle es sich um einen Zwillingsbruder Jesu.

Allerdings gibt es auch noch eine andere Interpretation für diesen Titel des Thomas. Benutzt wird diese verstärkende Bezeichnung *Didymus* nämlich nur im Johannes-Evangelium, bei den anderen Evangelisten heißt es stets einfach nur *Thomas.* Daraus könnte man schließen, dass eigentlich nicht Jesus und Thomas, sondern Johannes und Thomas Zwillingsbrüder gewesen waren.«

»Aber …«, Parish sah mich mit wachsender Ungläubigkeit an, »Ian und Tom!«

Ich nickte und schaute zu Saint Clair, dem Druiden, dessen Gesicht einen tiefernsten Ausdruck angenommen hatte. Er bemerkte meinen Blick, schaute mich an und sagte:

»Beim Kirchenhistoriker Eusebius von Casarea, dem ersten echten Kirchenhistoriker und einem der christlichen Kirchenväter, findet sich überdies der Hinweis, dass der Evangelist Johannes auch mit dem in der Bibel selbst namenlosen Lieblingsjünger von Jesus Christus identisch ist, dem Jünger, der beim Abendmahl an der Brust Jesu liegen durfte.«

»Ein Schelm, wer Böses dabei denkt«, versetzte ich. »Aber Eusebius schrieb tatsächlich: ›Danach gab Johannes, der Jünger des Herrn, der auch an seinem Busen ruhte, sein Evangelium heraus, als er sich in Ephesus in der Asia aufhielt.‹ Und dieser Johannes muss sich Eusebius zufolge in Ephesus aufgehalten haben, bis zum Beginn des zweiten nachchristlichen Jahrhunderts, mindestens bis zur Regierungszeit von Kaiser Trajan. Somit wäre er mindestens hundert Jahre alt geworden.«

Saint Clair schaute mich immer noch konzentriert an.

»Wenn er nicht noch viel älter wurde. Vom Tod des Apostels Johannes wissen wir historisch ja nur sehr wenig, fast gar nichts …«

»Stimmt. Allein Eusebius und Irenäus, auf den Eusebius sich in seinen eigenen Aufzeichnungen berief, berichten von Johannes' Tod kurz vor dem Jahr einhundertsiebzehn. Und natürlich die ›Legenda Aurea‹, die *Goldenen Legenden* des Jacobus de Voragine. Aber bei der kann man natürlich wieder nach dem Wahrheitsgehalt fragen, schließlich konnte Johannes nach diesen Legenden unbeschadet einen Kelch voller Gift trinken, überstand ein Bad in einem Kessel voll siedendem Öl und erweckte Tote. Und in diesen Legenden *stirbt* er gar nicht: Nach seiner letzten Predigt unter dem Motto ›Kindlein, liebet euch untereinander‹, die starke Züge der freien Liebe der Blumenkinder hat, steigt Johannes in sein grottenähnliches Grab am Burghügel von

Ephesus und verstirbt in einer alles überstrahlenden Lichterscheinung, um dann post mortem seine Schüler und eigenen Jünger zu segnen. Eine seltsame Geschichte, findet Ihr nicht, Merlin? Sie ähnelt Eurer Avalon-Legende von Artus doch sehr.«

»Wenn es denn nicht einfach gut gemachte Taschenspielertricks sind, von denen dort wieder volkstümlich berichtet wird. So wie bei der Kreuzigung Jesu«, gab Saint Clair zurück.

»Ihr habt recht. Es klingt doch sehr danach, und wer sollte das besser beurteilen können als der größte lebende Druide? Aber wer interessiert sich heute wirklich noch dafür, was dem historischen Apostel Johannes an seinem Lebensende widerfuhr. Wir sprachen ja eigentlich über Jesus und was aus dem geworden ist, der unserem Tron seinerzeit vorausging. Kommen wir zu dem seltsamen ungläubigen Thomas zurück. Von ihm ist ziemlich gut belegt, dass es ihn auf seinen Missionsreisen bis nach Indien verschlug, erst in den Norden, dann die Küste hinunter bis ins heutige Chennai, das bis vor zwei Jahren nur als Madras bekannt war. Dort gibt es die prächtige Santhome-Kathedrale auf einem gleichnamigen Berg, in der bis in die heutige Zeit Teile der Reliquien des heiligen Thomas aufbewahrt werden. Genau genommen der Rest, den die abendländisch-christlichen Entdecker den indischen Brüdern ließen.

Tatsächlich gibt es in Indien eine bis auf den heutigen Tag erstaunlich große christliche Gemeinde, die aber historisch nur wenig mit der römisch-katholischen Kirche zu tun hat, wie wir sie kennen, weshalb man deren Angehörige davon unabhängig als *Thomaschristen* zusammenfasst. In der Tat haben die Thomaschristen und ihre Kirchen sich unabhängig vom Abendland entwickelt. Es war für die ersten Europäer ein regelrechter Schock, als sie nach

Indien kamen und dort Christen vorfanden – wo sie die Wilden doch eigentlich erst missionieren wollten. Man tat es dann trotzdem, weil die vom heiligen Thomas inspirierten Lehren anders klangen als das, was man von Rom und Byzanz aus den Menschen predigte, und man nahm den Thomaschristen sozusagen im selben Abwasch gleich die meisten ihrer Reliquien und Kirchenschätze weg. Allerdings huldigten die indischen Christen auch zuvor nicht völlig losgelöst vom Rest der Welt ihrem neuen Glauben. Ihr Bischof, der wie in allen christlichen Ost-Kirchen Metropolit genannt wird, stammte über sehr lange Zeit hinweg stets aus Persien beziehungsweise aus dem heutigen Irak, von wo aus er in sein Amt eingesetzt wurde. Aber das nur am Rande.

Es gab und gibt also eine sehr lange christliche Tradition in Indien. Älter sogar als die eigentliche römische Tradition, denn Thomas kam schon im Jahr zweiundfünfzig nach Christus in Nordindien an, im heutigen Kaschmir. Und wie der Zufall es dann wieder einmal will, finden sich ausgerechnet dort, wo Thomas auf indischem Boden seine Missionsarbeit aufnahm, ziemlich gute Spuren von Jesus selbst …«

»In Indien?«, fragte Parish ungläubig dazwischen. »Was hat ihn denn ausgerechnet dorthin verschlagen?«

»Nun, eine ziemlich große jüdische Gemeinde. Juden sind von alters her gute Kaufleute, und durch Kaschmir führt einer der ältesten Handelswege der Menschheit, die Seidenstraße. Genau an einem der Knotenpunkte dieser alten Handelsroute liegt Srinagar, die Hauptstadt von Kaschmir. Und genau dort befindet sich bis heute der aus antiker Zeit stammende Roza-Bal-Schrein, in dem der Legende nach ein greiser Jesus am Ende eines langen Lebens seine letzte Ruhe fand.«

»Ein Jesus-Grab? In Indien?«

Manche Vorstellungen sind nur schwer zu akzeptieren.

»Ja«, setzte ich deshalb nach. »Mit einem ziemlich schlagkräftigen Beweis. Dort gibt es neben dem steinernen Sarkophag, in dem Jesus ruhen soll, ein Steinrelief, das die Abdrücke eines Fußpaares zeigt – eine in Indien sehr verbreitete Verehrungsform für Götter und Heilige. Das Seltsame an diesem Fußpaar ist nur, dass das Relief auch ganz genau die Wundmale der Kreuzigung zeigt, die Jesu Füße bis an sein Ende gezeichnet haben müssen. Doch in Indien wurde diese bestialische Hinrichtungsmethode nie praktiziert. Sie war eine Erfindung der Römer.«

Parish schien sich mehr und mehr mit dem Unglaublichen anzufreunden.

»Indien. Jesus ging also nach Indien. Ist das so? Aber wie kam es dann zur Legende der Himmelfahrt? Eine Erfindung, um sein Überleben und seine Flucht zu tarnen?«

»Nicht wirklich«, antwortete ich bedächtig. »Jesus wurde am Karfreitag ans Kreuz geschlagen, am Ostermontag war er aus seinem Grab verschwunden – oder besser, von seinem Krankenlager. Ostermontag – eigentlich ein seltsamer Name für das Auferstehungsfest eines christlichen Heilands, nicht wahr? Normalerweise erklären Historiker diesen Namen damit, dass die alten Kirchenväter damals ein bis Jesus' Erscheinen verbreitetes heidnisches Frühlingsfest zugrunde legten, das der germanischen Frühlingsgöttin Eostrae gewidmet war – eine Frühlingsgöttin, die mit der lateinischen Aurora identisch sein soll, der Göttin der Morgenröte. Eostrae soll also eine Lichtgöttin gewesen sein. Kommt Euch das bekannt vor, Mercurius? Und ihr Fest soll dem zunehmenden Licht des Frühlings gewidmet gewesen sein.

Allerdings hat diese Theorie einen Schönheitsfehler,

nämlich, dass sie nur Theorie ist. In der germanischen Mythologie taucht die Göttin Eostrae gar nicht auf. Sie scheint tatsächlich eine Erfindung neuzeitlicher Sprachforscher zu sein, um die Bedeutung des Osterfests zu erklären und zu untermauern. Doch was man in den germanischen Quellen sehr wohl findet, ist der Begriff *ostan*, und der ist nichts anderes als das Wort für die Himmelsrichtung *Osten*. Was also hält einen vernünftig denkenden Menschen davon ab, das Osterfest für eine Gedächtnisveranstaltung für Jesu Flucht *nach Osten* anzusehen?«

»Ach du dickes Osterei!«, entfuhr es Parish.

»Wie wahr. Da hat der Heiland seiner Kirche ein ziemliches Kuckucksei ins Nest gelegt. Statt Auferstehung von den Toten eine Flucht in den wahren Orient, in das wirklich ferne Asien, auf der Seidenstraße bis nach Srinagar. Womit wir bei Christi Himmelfahrt wären.«

Ich machte eine dramatische Pause, die Parish – die Neugier in Person – nicht lange aushielt.

»Nun mach es nicht so spannend, Ian«, vergaß der schwarze Mann ganz die mithräische Sprachkunst. »Was steckt hinter der Himmelfahrt des Heilands?«

Ich konnte es mir nicht verkneifen, Parish noch ein wenig zappeln zu lassen, wobei ich ihn belustigt anschaute. Schließlich aber hatte ich Erbarmen mit ihm.

»Kommt Ihr nicht selbst darauf, Mercurius? Ihr, der es in solchen Inszenierungen zur wahren Meisterschaft gebracht hat? Überlegt, Srinagar liegt auf einer Höhe von tausendsiebenhundert Metern über dem Meeresspiegel. In Sichtweite der Stadt – und mutmaßlich dem Zentrum von Jesu Wirken dort – befindet sich der Bergtempel Shankaracharya auf dem gleichnamigen Hausberg von Srinagar, immerhin auf mehr als dreitausendreihundert Meter Höhe. Das ist dann für jemanden, der aus der Gegend um das Tote

Meer stammt, einer der am tiefsten gelegenen Regionen der Welt, eine ziemlich eindrucksvolle *Himmelfahrt* – im wahrsten Sinne des Wortes hinauf aufs Dach der Welt, wie das Gebirge, auf dessen Höhen sich Srinagar befindet, ja auch genannt wird: der *Himalaja.*«

6.

Ich lehnte mich auf dem schweren Stuhl zurück, auf dem ich saß. Ich hatte nun doch wieder sehr viel gesprochen, und das Reden hatte meinen noch arg geschwächten Körper mehr mitgenommen als erwartet. Ich fühlte tiefe Müdigkeit und Erschöpfung in den Gliedern und sehnte mich nach einem Bett, zumindest aber nach einer belebenden Tasse Kaffee.

Ich blickte Saint Clair an.

»Was denkst du? Und wichtiger noch – was wird nun dein Preis sein für deine Hilfe, um die ich dich bat?«

Der Angesprochene schaute auf die Tischplatte.

»Deine Kultgemeinschaft hofft also tatsächlich, dieses Mal eine echte Seelenwanderung zustande zu bringen? Von einem Geheimnisentschlüsseler auf den nächsten. Ich nehme an, du hast einen Plan, wie du das für deinen Gott zustande bringen willst. Doch es wird spannend zu beobachten sein, ob dein neuer Messias an das Wissen heranreicht, das dieser Tron zu seinen Lebzeiten angesammelt hat.

Du fragst, was mein Preis für meine Hilfe bei deiner kleinen Konspiration sein wird? Nun, hör gut zu: Ich möchte eine Option auf diesen neuen Tron. Ich möchte die Möglichkeit versprochen haben, deine Kreatur, mein guter Ian, zumindest einmal für meine Zwecke benutzen zu dürfen.«

Mein Staunen war echt.

»Du benötigst einen Kryptografen? Warum engagierst du keinen? Die stehen doch sogar in den Gelben Seiten!«

»Ich brauche nicht irgendeinen Mastermind. Es geht um das größte Rätsel in meiner Druidengemeinschaft. Und dafür brauche ich das größte Talent auf diesem Gebiet, denn wir selbst haben uns seit fünfzehn Jahrhunderten an diesem Geheimnis die Zähne ausgebissen. Da braucht es schon einen besonderen intuitiven Geist, um eine Antwort auf die größte unserer Fragen zu finden.

Wir hatten vor knapp einem Jahr in dieser Sache auch Kontakt mit diesem Boris, dem Tron. Und er versprach, uns zu helfen. Leider verstarb er, bevor er mir und den Meinen von den Ergebnissen seiner Recherchen berichten konnte. Eigentlich bin ich vor zwei Wochen nur deshalb hierher nach Berlin gekommen, um mich mit dem Tron zu treffen und wie verabredet unseren Deal abzuschließen. Aber wie du dir denken kannst, kam er nicht zum vereinbarten Treff.«

»Wobei sollte unser Tron dir helfen?«, wollte Parish von Saint Clair wissen.

Der sah den Schwarzen überrascht an. »Teilt Ihr, der Mercurius genannt wird, alle Eure Geheimnisse mit mir? Ich glaube nicht. Warum also sollte ich Euch in die wirklich großen Mysterien meines Ordens einweihen, die nur den Würdigsten der Meinen offenbart sind? Oder seid Ihr jener, der dem Tron auf seinem Pfad nachfolgen soll, um seinen Platz in dieser und allen anderen Welten zu übernehmen? Glaubt Ihr deshalb die Berechtigung zu haben, diese Frage stellen zu dürfen?«

Saint Clairs Erwiderung hatte aufkeimende Wut über Parishs unverhohlene Neugier verraten. Daher war es sicher besser, wenn ich an seiner statt dem Druiden antwortete.

»Unser jüngster Planet Mercurius hier ist natürlich nicht der, den wir erst mit deiner Hilfe zu finden hoffen, Saint Clair. Mein Bruder ist bloß ein von Grund auf neugieriger Mensch, wie er selbst schon gesagt hat. Aber ich akzeptiere deinen Preis, den du mir als Bezahlung für deine Hilfe bei unserer Suche genannt hast. Wenn wir den Anwärter auf Trons Erbe, das neue Lichtkind, gefunden haben, wird er auch dir für deine Suche zur Verfügung stehen. Schließlich warst offensichtlich auch du mit deiner großen Frage eine Station auf der Passion des geopferten Messias. So wird unser Handel wohl ein Teil der großen Bestimmung sein, die wir hier gemeinsam zu erfüllen versuchen.« Ich erhob mich. »Saint Clair«, fuhr ich fort, »ich freue mich, in dir einen mächtigen Verbündeten gefunden zu haben. Ich wünsche dir nun viel Erfolg bei deiner neuen Mission. Möge dir die Aussicht auf bevorstehende, große Erkenntnisse als helles Licht leuchten auf dem gefährlichen Pfad, den du für uns alle beschreiten wirst. Gestatte, dass wir uns jetzt zurückziehen. Wie du selbst gesehen hast, bin ich noch nicht ganz bei Kräften, und meine letzten Reserven sind fast aufgebraucht. Ich danke dir für deine zuvorkommende Gastfreundschaft, die du uns Fremden hast angedeihen lassen.«

Damit verneigte ich mich vor dem Druiden, und Parish tat es mir gehorsam nach. Dann verließen wir den Freimaurerkeller, der Teil des großen Tempels dieser Loge ist.

Saint Clair blieb ohne weiteren Gruß an uns in seiner finsteren Klause zurück. Schweigend erreichten Parish und ich die Straße und die dunkle Limousine.

Als wir im Fond Platz genommen hatten, fragte ich Parish: »In welchem Hotel wohnst du? Oder hattest du noch keine Gelegenheit, dir eins auszusuchen?«

Parish schüttelte den Kopf.

»Ich bin vom Flieger direkt ins Krankenhaus gekommen.«

»Okay, dann lass uns zum Adlon fahren. Ich will es nobel und behaglich … und ich brauche einen guten Kaffee. Und bitte warte mit all deinen weiteren Fragen, bis ich wieder frisches Leben in den Knochen habe. Du hast ja gesehen – die falschen Fragen am falschen Ort und zur falschen Zeit können tödlich sein. Saint Clair stand kurz davor, dir den Kopf abzureißen.«

»Aber …«, hob Parish an.

»Gib Ruhe bitte, ich bin wirklich fertig. Später.«

Und ich schloss die Augen und ließ mich in die Polster sinken.

Ich musste augenblicklich fest eingeschlafen sein, denn als ich die Augen wieder öffnete, parkten wir bereits vor dem Hotel. Und Parish rief laut auf mich ein, weil er offenbar große Mühe gehabt hatte, mich zu wecken.

Wir stiegen aus und betraten das elegante Foyer. Ohne große Umstände ließen wir uns Zimmer anweisen. Doch statt diese Zimmer sogleich zu beziehen, lenkte ich meine Schritte nach rechts zum Restaurant *Quarré*, wo wir auf bequemen Stühlen Platz nahmen.

Sofort setzte Parish wieder an, mir seine Fragen zu stellen. Doch mit einer bestimmten Bewegung winkte ich ab, und Parish verstummte augenblicklich. Schweigend warteten wir auf den Kellner und bestellten Kaffee und Sandwiches.

Als der Lunch uns schließlich serviert wurde, stürzte ich mich offenbar wie ein wilder Löwe auf die Beute, denn als ich meine erste Gier gestillt hatte, sah ich auf und blickte in das sichtlich irritierte Gesicht meines Gegenübers.

»Du hattest wohl Hunger«, war sein einziger Kommentar.

Ich hob entschuldigend die Schultern, schob mir aber weiterhin belegte Brote in den Mund und spülte mit frischem, duftendem Kaffee nach. Anschließend fühlte ich mich ein wenig besser, auch wenn ich merkte, dass ich nun deutlich kurzatmiger war. Also machte ich es mir als Raubtier gemütlich, um meinem Körper Gelegenheit zu geben, seine Arbeit zu leisten.

»Erklärungen?«, fragte ich schließlich über meinen kämpfenden Leib hinweg.

»Erklärungen! Aber gute«, bekam ich zur Antwort.

»Okay«, begann ich. »Wir waren gerade auf feindlichem Terrain, trotz aller kultivierten Freundlichkeit. Saint Clair und seine altehrwürdige Druids Society gehören zum Einflussbereich des Barons, und Saint Clair hat sich gerade bereit erklärt, einen kleinen Verrat in unserem Auftrag zu wagen, damit wir an Trons Kalender herankommen.

Hatte ich schon erwähnt, dass Saint Clair aus Schottland stammt? Und dass er eigentlich Verlegerkollege von unserem Kronos ist? Jedenfalls wird der Schotte wohl ein eigenes Süppchen kochen wollen. Das ist das Schöne an diesen Geheimorganisationen: Sie arbeiten nicht nur gegeneinander, oft sind sie sich auch in den eigenen Reihen nicht grün. Du wurdest ja schon Zeuge, dass es auch in unserem Mithraskult nicht ganz ohne innere Konflikte abgeht. Der Tod unseres alten Kronos durch die Hand seines Nachfolgers ist ein nur allzu beredtes Beispiel dafür. Allerdings diente diese zeremonielle Tötung auch noch einem anderen Zweck.«

»Und der wäre?«, fragte Parish in die entstehende Pause hinein.

»Es gibt kein stabileres Bündnis zwischen Männern als ein gemeinsam erfülltes Blutopfer. Das ist wie bei den Indianern – eine Art Blutsbrüderschaft. Aber wir sprachen von Saint Clair. Ich hatte bisher keine Ahnung, dass auch er eine von Trons Chiffren in den Händen halten könnte. Das war zusätzliches Glück. Der Druide hilft uns. Und als Bezahlung führt er unser künftiges Lichtkind auch noch zu einer der Chiffren, die wir suchen und die das Lichtkind zur wahren Reinkarnation des Messias, des Mithras, machen sollen. Besser kann man es wohl nicht treffen.«

»Wieso war meine Neugier eine Beleidigung für Saint Clair?«, wollte Parish wissen. »Er selbst war doch auch neugierig mit seiner Frage nach dem Sinn unserer Suche.«

»Aber er tat es auf sehr höfliche Weise und mit der vorauseilenden Einsicht, dass er eigentlich keine Berechtigung hätte, uns diese Frage zu stellen. Du dagegen hast ihm deine plumpe Neugier um die Ohren gehauen. Er musste daraus schließen, dass du gar kein ordentliches Mitglied einer geheimen Bruderschaft bist – was ja auch stimmt, denn deine offizielle Aufnahme in den Kreis der Sieben hat bekanntlich noch gar nicht stattgefunden. Das aber bedeutet für den Druiden, dass du gar keine Berechtigung hattest, dieses Heiligtum der Freimaurer, ihren Tempel, zu betreten. Das besonders Heikle dabei: Saint Clair ist bei den Urania-Brüdern selbst nur Gast und hat ein schweres Sakrileg begangen, indem er einen Uninitiierten in ihr Haus ließ.«

Parish gab ein missmutiges Brummen von sich und fragte: »Was macht dieser komische Kerl eigentlich in dieser Freimaurer-Gruft? Wohnt er da? Kann er sich kein anständiges Hotelzimmer leisten? Woher wusstest du, dass du ihn dort vermuten konntest?«

»Das sind jetzt aber eine Menge Fragen auf einmal«, entgegnete ich. »Woher ich von Saint Clairs Anwesenheit wusste? Trons außergewöhnliche kryptologische Begabungen sind in unseren einschlägigen Kreisen nicht lange ein

Geheimnis geblieben. Und Tron hat ja auch genug dafür geschuftet, im Hackermilieu einen gewissen Ruf zu erlangen. Also war klar, dass mit seinem Verschwinden und seiner mutmaßlichen Ermordung all jene hier auf der Bildfläche erscheinen würden, die an Trons Wissen teilhaben wollten. Ich bin mir sicher, dass in den letzten drei Wochen alle Geheimzirkel, Nachrichtendienste und obskuren Sekten ihre Emissäre nach Berlin geschickt haben, um in dieser Richtung tätig zu werden. Und dabei geht es wild durcheinander, weil die meisten Protagonisten in diesem Spiel nicht nur einer Loge, einem Orden oder einer Zunft angehören, sondern stets auf mehreren Hochzeiten gleichzeitig tanzen, um besser informiert zu sein.

Saint Clair ist Druide, er ist sogar der erste Druide der uralten Druids Society. Und er ist Sternendeuter, Astrologe – einer der besten, was aber auch kein Wunder ist. Auf seinem Schloss in den schottischen Highlands besitzt er eine der umfangreichsten bibliotheken Sammlungen zu diesem Thema. Achttausend Jahre lang zeichnen die Menschen nun schon auf, was sich in den Gestirnen tut und welche Ereignisse sich damit hier auf der Erde vergleichen lassen. Die meisten noch existierenden Quellen darüber – aus all den Jahrtausenden, all den unterschiedlichen Kulturen – vereint dieser Mann in seinen heiligen Hallen. Wenn wir einmal mehr Zeit haben, werde ich dir berichten, aus welcher bedeutenden Familie er eigentlich stammt.

Aber zurück zu dem, was Saint Clair da in seinem Keller macht. Die Räume dort sind abhörsicher und absolut diskret. Genau der richtige Platz für konspirative Konsultationen, von denen dieser Tage sicherlich Hunderte hier in der deutschen Hauptstadt stattfinden. Wir sind nicht die Einzigen, die jetzt in dieser besonderen Zeit ein wenig am Rad der Geschichte drehen wollen, du wirst sehen.

Die Logenbrüder der Urania zur Unsterblichkeit verehren auf gewisse Weise Saint Clair. Für sie ist er etwas Besonderes, denn seine Horoskope sind exzellent, wie ich schon sagte. Du würdest staunen, wer ihn nicht nur hier in Berlin alles aufsucht, um sich von ihm die Zukunft voraussagen zu lassen. Politiker, Wirtschaftsbosse, Show- und Sportgrößen aus aller Welt. Ein Großteil des Erfolges seiner Zeitungen und Zeitschriften verdankt Saint Clair den darin abgedruckten Horoskopen, die in seinem Verlag natürlich absolute Chefsache sind. Wer in der Welt der Geheimwissenschaften und Geheimbünde zu Hause ist und um Saint Clairs Talente weiß, ist nicht nur regelmäßiger Leser seiner Horoskope, er lässt sich von ihnen tatsächlich in seiner Lebensgestaltung beeinflussen.«

»Wirklich? An Horoskope glaubt doch kein Mensch mehr«, kommentierte Parish.

»Das denkst du. Warum wohl heißt diese Freimaurerloge ausgerechnet *Urania*, und dann auch noch *Urania zur Unsterblichkeit im Orient Berlin*? Die Jungs dort sind Sternenkinder. Würdest du dich öfter hier in Berlin aufhalten, wüsstest du zudem, dass es in dieser Stadt unter dem Namen Urania das älteste … nun, Science-Center, würden wir heute sagen, sowie die älteste öffentliche Sternwarte der Welt gibt, beides gegründet gegen Ende des neunzehnten Jahrhunderts, wahrscheinlich von Mitgliedern dieser Freimaurerschaft. Und finanziert mit dem Geld des Werner von Siemens, dem großen deutschen Industriellen.

Aber diese Sternengläubigkeit ist ja nur die eine Seite, weshalb Saint Clair bei den Logenbrüdern gewisse Privilegien besitzt. Als Brite genießt er noch aus einem anderen Grund besonderes Ansehen bei den hiesigen Freimaurern. Deren Ur-Loge wurde bereits Mitte des achtzehnten Jahrhunderts gegründet, und zwar ursprünglich von französischen Gelehrten, die der damalige deutsche König, Friedrich der Große, in die Stadt geholt hatte. Diese Franzosen nahmen einige Jahre nach Gründung ihrer Loge zur allgemeinen Überraschung den Bruder des damaligen englischen Königs George III., Herzog Eduard August von York, in ihre Bruderschaft auf. Damals erhielt die Loge den Namen *Royal York zur Freundschaft.* Seitdem gibt es ganz besondere Bande zwischen Berlin und Britannien.

Übrigens war diese königliche Loge bereits zum Ende des Jahrhunderts so angewachsen, dass sie in vier Schwesterlogen aufgeteilt werden musste – neben *Urania zur Unsterblichkeit* hießen sie *Friedrich Wilhelm zur gekrönten Gerechtigkeit, Pythagoras zum flammenden Stern* und *Zur siegenden Wahrheit.*

Fast zweihundert Jahre gingen die Brüder hier in aller Verschwiegenheit und ziemlich erfolgreich ihren Geschäften nach, bis zum Beginn der Hitler-Diktatur, mit der die gesamte Freimaurerstruktur in Deutschland zusammenbrach. Die Nazis hatten Anstoß daran genommen, dass gemäß dem in den Geheimbünden vertretenen aufklärerischen Gedankengut in den Reihen der Logenbrüder traditionell Angehörige aller Konfessionen zu finden waren – also auch Juden. Und das machte diese Organisation im höchsten Maße verdächtig. Daher gingen die Logen in den Untergrund, veranstalteten Familienausflüge statt Tempelversammlungen. Sie nennen diese Phase die *Zeit der Dunkelheit* – in Anlehnung daran, dass sie eigentlich, wie die meisten anderen Geheimorganisationen, im Grunde auf der Suche nach dem Licht sind. Doch auch diese finstere Epoche ging vorüber, und schon ein Jahr nach Kriegsende gingen bei der Urania und der Mutterloge *Große Loge Royal York zur Freundschaft* die Lichter wieder an. Trotz der Kriegsverluste waren die Reihen binnen fünf Jahren bereits wieder so gefüllt, dass man am 23. Januar 1950 die *Vereinigte Großloge von Berlin* gründen konnte.«

Ich sah Parish ostentativ gähnen. Offenbar hatte er noch kein besonderes Verständnis für verborgene Botschaften. Also bestellte ich neuen Kaffee und wechselte das Thema.

»Was hältst du davon, Parish, wenn wir die Wartezeit nutzen, bis Saint Clair uns erste Ergebnisse liefert, indem wir mit den Informationen, die wir bereits haben, die ersten Puzzleteile von Trons Leben zusammenfügen? Aus deinen Gesprächen mit Boris müssten sich doch einige Anhaltspunkte ableiten lassen. Worüber habt ihr euch denn ausgetauscht, außer über dein eigenes Leben und eure gemeinsame CD?«

Sofort hatte ich wieder die Aufmerksamkeit des Schwarzen.

»Na ja, über alles Mögliche. Über die Kennedy-Morde zum Beispiel und über Marylin Monroe. Und über große Katastrophen wie den Absturz des Zeppelins *Hindenburg* und natürlich den Untergang der *Titanic.*«

»Hast du eine Idee, was Trons Chiffren zu diesen Themen sein könnten? Also, so etwas wie eure gemeinsame CD zu deiner eigenen Legende als Tupac Amaru Shakur?«

Ich konnte Parish ansehen, dass er sich das Hirn über diese Frage zermarterte. Schließlich schüttelte er den Kopf.

»Das Einzige, was mir in diesem Zusammenhang einfällt, sind bestimmte Kaffeebohnen, die er sich auf Jamaika beschaffen wollte. Aber die sehen nicht nach einer Verschlüsselung à la Tron aus – da steckt ja kein Programmcode drin. Und welche großen Rätsel der Menschheit damit zu tun haben, hat er mir eigentlich auch nicht erzählt.«

Ich überlegte.

»Kaffeebohnen, ja? Wenn es um Codes geht, könnte hier vielleicht der Gen-Code gemeint sein. Vielleicht war Boris einer bestimmten Gensequenz aus dem Erbgut von Kaffee auf der Spur. Ich könnte mir denken, worum es ihm dabei ging. Das wäre dann allerdings ein ziemlich großes Rätsel der Menschheit. Weißt du auch, ob er auf Jamaika fündig geworden ist?«

»Keine Ahnung. Aber ich denke schon. Hätte er nicht gefunden, was er suchte, hätte er bestimmt noch häufiger davon geredet. Boris konnte mit Niederlagen nicht besonders gut umgehen. Das war ja wohl auch sein Antrieb, in allen Dingen Perfektionist zu werden. Hätte er in der Karibik nicht gefunden, wonach er gesucht hat, hätte er immer wieder davon angefangen, um vielleicht doch noch auf eine geniale Idee zu kommen, das Problem zu lösen.«

»Bemerkenswert beobachtet«, kommentierte ich. »Also Kaffeebohnen. Aus Jamaika. Hast du noch weitere Anhaltspunkte?«

»Tulpen, schwarze Tulpen. Da gibt es wohl einen Roman von Alexandre Dumas dem Älteren: *Die schwarze Tulpe.* Von dem hat Tron mir mal erzählt. Er hielt Dumas für eine ganz außergewöhnliche Persönlichkeit, in dessen Werken mehr Wahrheit stecke als in der offiziellen Geschichtsschreibung. Hilft dir das, Ian?«

»Ja.«

Und ob es mir half! Der Name Alexandre Dumas traf mich wie ein Donnerschlag. Der Autor von Werken wie *Die drei Musketiere* oder *Der Graf von Monte Christo* war dafür berühmt, dass er seine Geschichten von fiktiven Personen in original historische Zusammenhänge gestellt hatte. Und er hatte einen todsicheren Instinkt für Geschichten, die ewig leben würden.

»Wusstest du, Parish, dass der Vater vom alten Dumas Mulatte war und aus der Karibik stammte? Schon wieder die Karibik, allerdings nicht Jamaika, sondern diesmal das heutige Haiti. Dumas' Vater wurde als Sklave geboren, der uneheliche Sohn eines französischen Plantagenbesitzers, der noch von seinem eigenen Vater als Sklave an einen anderen Plantagenbesitzer verkauft wurde. Natürlich – Dumas. Oh Mann!«

Parish starrte mich an. Er konnte natürlich nicht verstehen, was mich dermaßen aufwühlte.

»Du hast etwas entdeckt, Ian, nicht wahr? Sei nicht wieder solch ein Geheimniskrämer, der sich über uns Unwissende lustig macht …«

»Tue ich das? Sorry, ist nicht meine Absicht. Aber was Alexandre Dumas betrifft … mir ist gerade tatsächlich einiges sehr deutlich geworden, als der Name fiel. Das war der entscheidende Hinweis, den wir gesucht haben. Dumas schrieb nämlich nicht nur *Die schwarze Tulpe*, von der Tron dir erzählte. Dumas, ein Freimaurer – ja, schon wieder die Freimaurer –, hat sein ganzes Werk zu riesigen Chiffren zusammengepuzzelt. Kein Wunder, dass Tron sich für solche Geheimnisbücher interessierte. Erinnerst du dich, ob Tron auch den Roman *Die Bartholomäusnacht* erwähnt hat? Das war der dritte Roman von Dumas, erschienen im Jahr 1845. Ich denke, auch der wird einiges mit dem zu tun haben, was künftig unsere Aufgabe sein wird.«

»Nein, Boris hat diesen Romantitel mir gegenüber nie erwähnt.«

»Vielleicht, weil es nicht der ursprüngliche Titel des Buches war. Es bekam ihn erst durch eine ziemlich große und erfolgreiche Verfilmung, die 1994 in den Kinos lief. Dumas selber hat seine Werke am liebsten mit *dreigliedrigen* Namen betitelt, jedenfalls die wirklich wichtigen. So wie *Die schwarze Tulpe* oder *Die drei Musketiere*, wobei Letzterer die Drei sogar noch einmal explizit nennt.«

»Was hat es denn mit dieser Drei auf sich?«

»Die Drei ist die ultimative Zahl der Freimaurer – aber nicht nur der Freimaurer, denn sie haben ja im Prinzip nur die gemeinsamen Einflüsse vieler anderer Gruppen und Kulturen in sich aufgenommen. So teilten etwa die Ägypter die Zeit in drei Weltenalter auf, das Jahr in drei Jahreszeiten und den Tag in drei Tageszeiten – Morgen, Mittag, Abend. Bei den Kelten spielte die Triade von Vergangenheit, Gegenwart und Zukunft sowie die von Geburt, Leben und Tod eine sehr große Rolle. Die Drei war also das Dasein an sich. Und fast alle Kulturen hatten den Himmel, die Erde und eine Unterwelt. Die Christen schließlich adaptierten dies alles in der Trinität von Vater, Sohn und Heiligem Geist.

Die Freimaurer nun, als die ›Hinterdiewahrheitblicker‹, scherten sich nicht weiter um die Ausdeutungen der Zahl Drei, sondern nahmen sie selbst als Born der Weisheit, die all diese Deutungen und Wahrheiten in sich vereinte. Wenn Dumas also eine Dreiheit als Namen für einen Roman wählt, ist es von ihm als Hinweis gedacht, dass sich mindestens eine ewige Wahrheit darin verbirgt. Nehmen wir seinen Roman, den man heute unter dem Titel *Die Bartholomäusnacht* kennt. Die Geschichte in diesem Buch handelt von einem der übelsten Pogrome der Menschheitsgeschichte. Der Schauplatz ist das Paris des sechzehnten Jahrhunderts. Am 24. August 1572 sollte dort die Hochzeit des protestantischen Heinrich von Navarra, Herzog von Bourbon, der spätere König Heinrich der Vierte, der übrigens am Ende seines Lebens bei einem Mordanschlag drei Stiche mit einem Messer ins Herz eine Zeit lang überlebte …«, ich zwinkerte Parish zu, »… dieser Heinrich sollte mit einer Schwester des katholischen Königs verheiratet werden, die zugleich Navarras Cousine war. Tausende protestantische Hugenotten kamen damals nach Paris, um diese Hochzeit als große Aussöhnung zwischen Katholiken und Protestanten zu feiern. Was niemand ahnte – die Mutter des damaligen Königs Karl des Neunten, die diese Hochzeit ihrer eigenen Tochter erst eingefädelt hatte, wollte die Feierlichkeiten nutzen, um das Hugenottenproblem aus französischer Sicht ein für alle Mal zu lösen, indem in der Nacht vom 23. auf den 24. August so viele Protestanten wie möglich getötet werden sollten.«

»Es war also nichts weiter als eine riesige Falle?«, fragte Parish.

»Ja. Eine Falle, die dem Machterhalt des katholischen Königs dienen sollte und die leider vortrefflich funktionierte, denn tausende Hugenotten fielen in der Bartholomäusnacht den Katholiken zum Opfer, wobei sich das immer weiter ausweitende Blutbad schließlich über Tage hinzog. Fast alle Protestantenführer starben.«

»Und was hat das mit dem zu tun, das wir heute vorhaben, vierhundertsechsundzwanzig Jahre später?«

»Nun, die Mutter des Königs, die ihre eigene Tochter zum Spielball dieser Intrige machen sollte, war keine geringere als Katharina de Medici, Spross einer der damals mächtigsten und reichsten Kaufmannsfamilien, Mutter von insgesamt zehn Kindern, von denen drei es auf den französischen Thron schafften.

Allerdings waren die meisten ihrer Kinder kränklich oder gar schwachsinnig, eine Folge der inzestuösen Heiratspolitik dieser Familie. Nur Katharinas dritte Tochter hatte die eiserne Konstitution ihrer Mutter geerbt. Und diese Tochter, Margarete mit Namen, machte Alexandre Dumas zur eigentlichen Titelheldin seines Romans über diese Ereignisse, den er im Original *La reine Margot* nannte, *Die Königin Margot*, mit ›T‹ geschrieben, aber *Margo* gesprochen, ohne ›T‹.«

Ich sah, wie Parish erschrak.

»Margo. Der stolze, gesunde Spross einer sehr reichen und adligen Industriellen- und Kaufmannsfamilie. Wie die Tochter unseres Barons. Die hübsche Schlange des roten Drachen aus deiner Offenbarung, mein mysteriöser Freund Jan Gaspard. Margo. Und hier als ein Spielball der Mächtigen …«

»Oh«, unterbrach ich Parish, »diese historische Margo – oder Margarete – war alles andere als ein Spielball der Mächtigen. Ihrem zukünftigen Ehemann Navarra verweigerte sie kurzerhand den Vollzug der Ehe. Stattdessen entdeckte sie, die Schwester des katholischen Königs von Frankreich, ihre Neigungen für die Protestanten, mit denen sie von nun an sympathisierte. Einer dieser Potestantenführer war der damalige Admiral von Frankreich, ein gebürtiger de Coligny. Ein erfolgloser Mordanschlag auf ihn – einige Tage vor der Bartholomäusnacht – gilt heute als eigentlicher Auftakt der nachfolgenden Massaker, da die Katholiken fürchten mussten, de Coligny würde sich für den Anschlag auf seine Person mit seinen eigenen Truppen rächen.«

»Und dem wollten die Katholiken zuvorkommen.«

»Richtig. Aber weißt du, Parish, was das wirklich Witzige an dieser Geschichte ist?«

Parish schüttelte den Kopf und hob die Schultern.

»Dann hör genau zu, mein Freund. Dieser Coligny war der größte Heerführer seiner Zeit. Erst Katholik, trat er 1559 zum Calvinismus über und wurde zum erfolgreichsten Feldherrn der Hugenotten beim Kampf gegen die katholischen Truppen. Und dieser Coligny hatte einen besonderen Vornamen – er hieß *Gaspard* de Coligny und war quasi ein Namensvetter von mir.«

7.

Parish hielt für einen Moment den Atem an. Dann stand er auf und ging mitten im Restaurant, in dem wir uns befanden, mit zornigen Schritten auf und ab, sodass die anderen Gäste und die Kellner ihn irritiert beobachteten, ohne dass sie es wegen seiner offensichtlichen emotionalen Angespanntheit wagten, ihn anzusprechen.

So abrupt wie er aufgestanden war, setzte Parish sich nach einigen Minuten des Auf- und Ablaufens wieder.

»Jesus, der eigentlich nur ein inszenierter Christus war«, begann er ohne Ein- oder Überleitung, »täuschte seinen Märtyrertod nur vor und lebte glücklich und zufrieden bis an sein Lebensende in Indien. Tron, der ihm vielleicht nachfolgen wollte als Messias des Wassermannzeitalters, starb – wahrscheinlich – wirklich. Er braucht für seine Wiederauferstehung aber einen echten Menschen aus Fleisch und Blut, damit die Seelenwanderung diesmal richtig stattfinden kann. In einem frühen Konflikt zwischen Katholiken und Protestanten, deren Auseinandersetzung die sogenannte Aufklärung erst einleitete, an deren Ende wir jetzt mit Tron und seinem noch zu suchenden Erben angekommen sein könnten, treffen eine historische Margo und ein historischer Gaspard aufeinander. Eigentlich sind beide aus feindlichen Lagern, ziehen dann aber doch an einem Strang. Was, verdammt noch mal, siehst du in dieser doppelten Duplizität, Ian?«

Parish hatte zum Schluss immer lauter gesprochen, sodass andere Gäste und die Kellner ihn wieder musterten. Ich bemerkte sogar, wie einer der leitenden Hotelangestellten vom Foyer ins *Quarré* schaute, um nachzusehen, ob alles in Ordnung war.

Ich konnte verstehen, warum Parish so ungehalten reagierte, und versuchte es mit einem beruhigenden Tonfall.

»Mercurius, du fragst dich jetzt, wie weit es reichen könnte, was hier für dich wie eine seltsame Schicksalsfügung aussieht, nicht wahr? Ist alles, was geschieht, vorherbestimmt? Und wenn es vorherbestimmt ist, wer hat den Plan dazu entworfen? Sind wir, bist du wirklich frei, wenn es immer wieder diese merkwürdigen Parallelen in der Menschheitsgeschichte gibt? Ist unser freier Wille überhaupt etwas wert, wenn wir nur Spielball, Manövriermasse, in einer großen Dramaturgie sind?

Ich kann deine Wut und Ohnmacht sehr gut nachempfinden. Und ich kann dir versprechen – es lohnt sich, diesen Schmerz zu ertragen. Denn so wie die Sonne ihren nächsten Trabanten, den Merkur, mit ihren heißesten Strahlen trifft, so wird auch dich, mein guter Mercurius, das Licht der Erkenntnis versengen, bis nichts mehr vom alten Menschen übrig ist. Das ist dein ganz eigener Pfad der Erleuchtung, der zu deinem neuen Leben geworden ist. Das bereitet erst einmal Schmerzen. Aber die Wahrheit, die auf dich wartet, lohnt den Einsatz auf jeden Fall.

Doch eins nach dem anderen. Für den Moment nur so viel: Wir werden den grandiosen Entwurf der Geschichte nehmen, auf den Dumas uns durch den Hinweis von Tron an dich aufmerksam gemacht hat, um die alte Geschichte nachzuspielen, und zwar auf *unsere* Weise. Der Teufel wird dabei die Rolle der Katharina de Medici übernehmen, als kinderreicher Patriarch, als ewiger Intrigant, der sein Vermögen und seine Macht erhalten und mehren will. Seine Tochter Margo aber wird sich durch den Einfluss seiner Gegner zumindest vorübergehend auf deren Seite schlagen, weil sie nicht länger im Schatten und unter dem Joch des Vaters leben will. Der gute Gaspard wird ihr helfen, sich zu befreien. Und der zu seinen Lebzeiten wegen seiner dunklen Hautfarbe oft als Neger geschmähte Alexandre Dumas schreibt anschließend alles auf oder macht einen guten Song daraus.«

Ich lachte, und auch Parish musste grinsen.

»Wenn man genauer darüber nachdenkt«, fuhr ich fort, »könnte man sogar darüber stolpern, dass ein Machiavelli zu seiner Zeit ein entschiedener Widersacher der Dynastie der Medici war … schließlich gilt Niccolo Machiavelli ja als überzeugter Anhänger der republikanischen Idee, und die Medici waren die monarchischen Regenten seiner Heimatstadt Florenz, die zudem noch einige der Päpste ihrer Epoche stellten. Das mochte Machiavelli wohl zu dem Gedanken geführt haben, der ihn bis heute prägt: *Der Zweck heiligt die Mittel.*«

Parishs Grinsen war verschwunden.

»Wie du dich vielleicht erinnerst, Ian, bin ich mit den Werken Machiavellis bestens vertraut. Ich hatte im Knast genug Zeit, seine Ideen zu studieren. Und wir hatten ja schon darüber gesprochen, wie sehr seine Theorien mich inspiriert haben. Aber habe ich das jetzt richtig verstanden: Du willst so, wie du Saint Clair korrumpiert hast, jetzt auch des Teufels eigene Tochter in deinem Sinne umdrehen, um sie zum Instrument deiner Intrigen zu machen? Kann das überhaupt gelingen?«

»Natürlich. Jedes Kind durchlebt eine Zeit, in der es sich den Eltern widersetzt. Das ist ein Naturgesetz, damit Kinder lernen, auf eigenen Füßen zu stehen. Auch unsere Margo der Gegenwart wird da nicht anders sein als jede andere Tochter, auch wenn sie durch ganz besondere Bande mit ihrem leiblichen Vater verbunden ist.

Trotzdem. Das wird nur ihre Meinung und ihren Wunsch verstärken, eigene Wege zu gehen, sich ein eigenes Leben zu schaffen und nicht nur die Staffage im Leben des Barons zu sein. Glaub mir, unsere Margo ist der Favorit ihres Vaters, weil sie vom gleichen Kaliber ist. Und wie heißt es in einer anderen berühmten Geschichte über das Miteinander von anscheinend unsterblichen Menschen? *Es kann nur einen geben!* Jede Wette, auch diese Schlange wird früher oder später diese Überzeugung teilen.«

»Vor allem, wenn du ein bisschen nachhilfst, oder? Der Zweck heiligt schließlich die Mittel. Was wird denn der Zweck in diesem Fall sein?«

»Nun, einen weiteren Schritt voranzukommen auf dem Weg zum Beginn des neuen Zeitalters. Zur neuen Weltordnung. Haben wir Margo auf unserer Seite, treffen wir den Teufel an einer seiner empfindlichsten Stellen. Margo ist seine Achillesferse. Mit ihr könnte es tatsächlich gelingen, den Lauf der Geschichte nachhaltig in eine neue Richtung zu lenken.

Denk an die historische Margo – ihrer Parteinahme für die Hugenotten ist es letztlich mit zu verdanken gewesen, dass ihr ungeliebter Ehemann Heinrich von Navarra es als Heinrich der Vierte auf den französischen Thron geschafft hat. Margo bewahrte ihn als Protestanten mehrfach vor politischen Anschlägen. Erst als Navarra ein zweites Mal zum Katholizismus konvertierte – das erste Mal tat er es noch in der Bartholomäusnacht, um sein nacktes Leben zu retten, widerrief aber einige Zeit später – und seine Ehe mit Margo vom Papst annullieren ließ, weil sie kinderlos geblieben war, wendete Navarras Blatt sich endgültig zum Schlechten. Er heiratete ein zweites Mal, wieder eine Medici, Maria de Medici, die reichste Frau der damaligen Zeit. Und schließlich wurde Navarra – nur fünf Tage, nachdem er seine zweite Frau zur Königin hatte salben lassen – in einem Hinterhalt getötet. Damit waren dann wieder die Kaufleute und die Katholiken an der Macht. Hätte er weiter allein auf seine Margo gesetzt, die in ihrer Jugend als schönste Frau der Welt galt, wäre die Geschichte sicher ganz anders verlaufen. Aber reden wir nicht mehr von Vergangenem, widmen wir uns lieber der Gegenwart. Und einer quicklebendigen und überaus attraktiven Margo.«

Parish grinste wieder.

»Und du bist dir sicher, dass es dir allein um das Wohl der Menschheit geht? Du denkst hoffentlich daran, was dir dein Arzt bei deiner Entlassung vorhin aus dem Krankenhaus gesagt hat: keine wilden Katzen!«

»Manchmal muss man eben Opfer bringen«, erwiderte ich nun ebenfalls lachend. »Allerdings kannst du dich, guter Parish, darauf verlassen, dass ich in diesen Dingen sehr vorsichtig sein werde. Irgendwann werde ich dir davon berichten müssen, was mir vor gar nicht langer Zeit nicht weit von hier einmal Seltsames mit einer anderen wilden Katze passiert ist, damit du den Witz vom Onkel Doktor vorhin auch richtig verstehst.«

Parishs Miene zeigte deutlich, dass er nicht verstand.

»Na, nicht so wichtig. Machen wir uns lieber auf die Suche nach *unserer* Margo. Je eher wir Tatsachen schaffen, desto besser wird es wohl sein. Hast du eine Ahnung, wo dieser Hammer steckt, der für dich arbeitet, Parish? Mit seiner Hilfe müssten wir doch leicht und unauffällig herausbekommen können, wo sich die Lieblingstochter des Barons gerade aufhält.«

Ohne ein weiteres Wort holte mein Gegenüber sein Handy aus seiner Manteltasche.

»Frag Hammer aber nur, wo er gerade ist. Wir treffen uns mit ihm. Keine langen Telefonate.«

Parish nickte und drückte auf die Taste der Wahlwiederholung seines Handys. Sofort bekam er eine Verbindung.

Während der Schwarze mit gedämpfter Stimme ins Telefon sprach, winkte ich einen Kellner herbei, um zu zahlen.

Keine fünf Minuten später saßen Parish und ich wieder im Fond seiner Limousine, diesmal auf dem Weg in Richtung Potsdam.

»Was macht Hammer denn da draußen?«, wollte ich wissen.

»Er passt in seiner freien Zeit ein wenig auf unsere falsche Tatjana Junk auf. Kronos hat dort ja ein Haus für unseren hübschen Köder von Trons Wiedergänger angemietet.«

Ich stutzte.

»Ich dachte, Kronos hat gleich ein Lehrerehepaar mit dazu gemietet, das dem Mädchen alles Wesentliche für seine Aufgabe beibringen soll und auf die Kleine aufpasst. Gibt es eine besondere Gefahr, von der ich noch nicht weiß, dass Hammer auch noch gebraucht wird? Ist etwa der Baron dort schon aufgetaucht?«

Meine Besorgnis war echt, doch Parish schien mein Einwurf nur zu amüsieren.

»Nee, keine Angst. Es besteht keine Gefahr, jedenfalls nicht für das Mädchen. Höchstens für Hammer. Und vielleicht noch für diesen Frank, den Lehrer. Wenn seine Frau ihm eins mit dem Nudelholz überzieht, weil er wieder mal die Augen nicht von unserer Prinzessin Scheherazade lassen konnte.«

Ich verstand.

»Ja, an diese Gefahr hat wieder keiner von uns Männern gedacht. Ich gebe zu, es wäre ein Schock für mich, wäre Hammer bereits der *Auserwählte.*«

Parish blickte mich ungläubig an, verstand dann aber den Scherz.

»Deswegen habe ich auch die Gelegenheit genutzt, Hammer zumindest für eine gewisse Zeit von seiner Lieblingsobservierung abzuziehen. Er hat den Schlosspark von Sanssouci als Treffpunkt vorgeschlagen, weil man dort vor fremden Lauschern relativ sicher ist, wie er behauptet.«

Die Autofahrt dauerte rund eine halbe Stunde. Parishs Fahrer Chip hielt direkt am östlichen Parkeingang, wo ich Hammer bereits auf uns warten sah.

Die Begrüßung war formlos und der Jahreszeit angemessen kühl. Hammer schob uns sofort von der Straße weg durch ein Tor in das große, ein wenig verwaist wirkende Gelände. Ich merkte schnell, dass ich wirklich noch nicht voll bei Kräften war. Schon nach wenigen Metern wurde mir die Luft knapp.

Ich hielt Ausschau nach einem Gebäude, in dem wir Schutz suchen konnten und vielleicht ein bisschen Wärme fanden, Hammers Angst vor Lauschern hin oder her.

Rechts ging es die Anhöhe hinauf zum Schloss Sanssouci. Allerdings erschien mir die Steigung zu gewagt. Rechterhand jedoch lag hinter einem künstlich angelegten kleinen See ein erdfarbener Bau, der offensichtlich einer frühchristlichen Basilika nachempfunden war. Ich sah genauer hin – und erschrak. Wieder einmal war das ungeheure Sammelsurium von Zufällen, seltsamen Schicksalsfügungen und schier unglaublichen Zusammenhängen nicht zu begreifen.

»Freunde, lasst uns bitte dort rübergehen«, sagte ich zu meinen beiden Begleitern. »Zur Friedenskirche. Mir ist es hier draußen doch zu kalt und feucht. Wüstenluft wäre mir für meine lädierte Lunge jetzt wirklich lieber.«

Parish und Hammer, bisher in ein Gespräch über eigene Geschäfte vertieft, schauten zu dem kleinen Gotteshaus und nickten. Keine Reaktion, kein Erkennen bei Parish. Ich war schon ein wenig enttäuscht.

»Sie können uns ja auf dem Weg dorthin unsere Frage beantworten, wegen der wir Sie unter sechs Augen sprechen wollten, Hammer. Hat Parish Ihnen schon von unserem Anliegen berichtet? Ich war eben zu sehr in Gedanken versunken wegen dieser Friedenskirche dort drüben und habe Ihnen beiden nicht zugehört.«

Während ich sprach, zeigte ich wieder auf den deplatziert wirkenden Sakralbau, der schon auf den ersten Blick als Kopie eines wahrscheinlich italienischen Kirchenhauses zu erkennen war.

Hammer und Parish folgten mit Blicken meiner Handbewegung. Doch während Hammer sofort wieder Augenkontakt mit mir suchte, schaute Parish – offensichtlich mehr und mehr fasziniert – auf das dreischiffige Ensemble mit dem prägnanten Glockenturm, das irgendwie an eine Klosteranlage erinnerte.

»Nein, Herr Crooks hat noch nicht erzählt, warum Sie mich so dringend persönlich sprechen wollten. Aber ich bin natürlich sehr neugierig.«

Wir begannen gemächlich den kleinen See zu umrunden, um das hoffentlich geheizte Gotteshaus zu erreichen.

»Es ist nichts Dramatisches. Wir wollten nur von Ihnen wissen, ob Sie eine Ahnung haben, wo wir die Tochter des Barons finden können, diese Margo. Sie wissen ja – das ist keine Frage, die man Ihnen am Telefon stellen sollte.«

Hammer grinste gequält. Ich wich seinem Blick aus und beobachtete stattdessen den Mohren, der im Gehen immer noch die sogenannte Friedenskirche anstarrte und wahrscheinlich gerade ganz neue Erkenntnisse fand.

»Sag mal, Ian«, hörte ich ihn fragen, »der Glockenturm dort hinter dieser Kirche, der hat doch nicht etwa sieben Geschosse?«

Sofort sahen nun auch Hammer und ich wieder in die angegebene Richtung.

»Doch, mein Freund. Sieben Geschosse. Wie die sieben

Himmel des Mithras. Oder die sieben Planeten des Altertums. Oder unsere sieben Erkenntnisränge.«

Hammer schaute irritiert von einem zum anderen, doch ich ignorierte ihn.

»Und mehr noch: Der Glockenturm ist architektonisch fast identisch mit dem Campanile der Kirche Santa Maria in Cosmedin, die in Rom unweit des Palatin steht. Du erinnerst dich an unser Gespräch mit Nathan dem Weisen in Jerusalem über eben diese römische Kirche?«

»Ja, natürlich! Hast du gewusst, dass es hier – ausgerechnet hier, im Epizentrum der alten deutschen Macht – eine exakte Kopie dieser römischen Mithraskirche gibt? Verdammt, wie kommt die hierher?«

»Du wirst es sowieso nicht glauben. Ein Architekt namens Ludwig *Persius* hat sie im Auftrag des preußischen Königs Friedrich Wilhelm des Vierten gebaut.«

Ich wusste, dass diese Namen nach dem Verlauf des bisherigen Tages und unserer Gespräche und Erlebnisse zu viel für Parish sein würden. Doch er blieb ruhig.

»*Persius* wie *Perser*, auch Mondrial genannt? Unser Bruder Mondrial ist also nicht zufällig hier nach Berlin und Potsdam gekommen? Und *Friedrich Wilhelm* – wie der *Friedrich Wilhelm* der Schwesterloge unserer Urania-Jungs?«

»Glaubst du ernsthaft noch an Zufälle? Berlin war und ist eine Hochburg der Freimaurerei, der König selbst hat sich dafür die richtigen Leute ins Haus geholt und sie gefördert. Klar, dass auf diese Weise auch mithräische Traditionen hier Einzug gehalten haben, die dann zu so bizarren Ideen führten wie dem Nachbau einer italienisch-katholischen Kirche für ein protestantisches Herrscherhaus.«

Mittlerweile hatten wir den Eingang der Friedenskirche erreicht.

»Gibt es unter dieser Kirche denn auch ein echtes Mithräum?«, wollte Parish wissen, als er schwungvoll das Portal öffnete. Wir betraten den Kirchenraum und ließen den Blick in die Runde schweifen.

»Brauchst nichts zu sagen, Ian. Ich sehe es selber!«

Wie gebannt schaute Parish hinauf zu der aus kunstvollen Kassetten gefertigten Decke des Kirchenschiffes. Auf nachtblau bemaltem Grund prangten unzählige goldene Sterne, ganz so, wie die moderne Archäologie es für die Ausstattung historischer Mithräen, vor allem aus römischer Zeit, konstatiert.

»In der Gruft unter diesem Kirchenbau ist nur Friedrich Wilhelm der Vierte bestattet, der sich diese Kirche nach einer Italienreise selber hat einfallen lassen, sowie seine Ehefrau Ludovika«, ergänzte ich.

Hammer hatte uns kommentarlos zugehört und sich eingehend die Kirche und die Ausstattung angeschaut – doch über das, was er nicht verstand, hatte er vornehm geschwiegen. Nun erinnerte ich mich wieder an seine Anwesenheit und wiederholte meine Frage von eben.

Hammer war sofort wieder bei der Sache.

»Was die Frage angeht, wo diese Margo sich derzeit aufhält, kann ich Ihnen nicht weiterhelfen. Doch wenn Sie möchten, kann ich ein paar Anrufe tätigen, um es herauszufinden. Mein Kollege Banner müsste es eigentlich wissen. Er hat gelegentlich Sonderaufträge von ihr übernommen.« Ich hob eine Augenbraue. Das war ja hochinteressant, dass die junge Dame offenbar gelegentlich ihr eigenes Süppchen kochte.

»Und Banner ist ein Schwätzer«, fuhr Hammer fort. »Wenn ich ihm erzähle, was für eine geile Observation ich zurzeit am Laufen haben …«, er hüstelte, als er merkte, was er da gerade wem gesagt hatte, »… nun, dann wird er gegenhalten wollen. So müsste sich was rauskriegen lassen.«

Ich nickte und klopfte Hammer auf die Schulter.

»Tun Sie das. Aber plaudern Sie nicht zu viel über Ihre Observation, damit Sie keine schlafenden Hunde wecken.«

Hammer zückte sein Handy und verschwand durchs Portal, um sein wahrscheinlich recht unheiliges Gespräch nicht gerade in diesen heiligen Hallen zu führen.

Ich trat näher zu dem Mohren, der immer noch in den künstlichen Sternenhimmel starrte.

»Schau dir auch das Mosaik hinter dem Altar an. Es ist das einzig wirklich Originale hier. Stammt von der Insel Murano bei Venedig und ist aus dem zwölften Jahrhundert. Wurde von Friedrich Wilhelm dem Vierten auf einer seiner Reisen selbst ersteigert.«

Wir gingen langsam durch das prächtig ausgestattete Kirchenschiff in Richtung des Altars.

»Leider verdeckt der kitschige Baldachin ein wenig die Aussicht in die Apsis, wie die halbrunde Nische hinter dem Altar heißt. Die Apsis als Architekturentwurf findet sich in der Menschheitsgeschichte erstmals auf Malta«, dozierte ich, »in dortigen Tempeln aus der Jungsteinzeit. Dort wurde allerdings noch eine fette Urmutter als Fruchtbarkeitsgöttin in diesen Nischen verehrt. Übrigens ist die Apsis in fast allen christlichen Kirchen nach Osten ausgerichtet – in den Orient also.«

Parish schaute mich wieder an, diesmal jedoch mit einem ungläubigen Lächeln.

»Osten? Wie die Muselmanen?«, fragte er.

»Nicht ganz. Die beten gen Mekka; der Osten ist da nur eine grobe Hilfe, wenn man sich gerade westlich von Mekka befindet. Ist alles eine Frage des Standorts.«

Wir blieben vor dem Altar stehen und schauten über den Baldachin dahinter zur halben Kuppel der Apsis hinauf.

»Wer sind die Typen auf dem Mosaik?«, fragte Parish nach einer Weile. »Jesus mit der Bibel kann ich erkennen. Allerdings macht er da eine seltsame Handbewegung.«

»Das wird allgemein als Segnung gedeutet. Doch in den Handstellungen dieser alten Heiligendarstellungen sind fast jedes Mal Botschaften verborgen, etwa zur Dreieinigkeit und Dreifaltigkeit. Das Buch wird übrigens, obwohl es wohl tatsächlich die Bibel ist, in diesem Fall stets *Buch des Lebens* genannt. Die Frau neben Jesus ist Maria … welche Maria, und in welcher Funktion, auch immer. Rechts von Jesus ist Johannes der Täufer zu sehen. Die Herren außen sind der Apostel Petrus und der heilige Cyprianus, ein frühchristlicher Märtyrer und Patron der Kirche, in der einst dieses Mosaik zu bewundern war.

San Cipriana, wie er auf Italienisch genannt wird, ist bemerkenswert. Ein katholischer Heiliger der ersten urchristlich-katholischen Gemeinden, auf den sich in späterer Zeit Martin Luther und Johannes Calvin beriefen, die Väter des Protestantismus. Davor sind noch die Erzengel Raphael und Michael zu sehen …«

»Zusammen also sieben Gestalten. Ist das nicht auch eine heilige Zahl wie die Drei?«, unterbrach Parish mich.

»Ja. Sieben, wie die Geschosszahl des Campanile draußen vor dieser Kirche. Oder Sieben, wie die Zahl der Erkenntnisränge unseres Kultes. Schau oben ins Zentrum der Kuppel. Wen siehst du da?«

Parish legte den Kopf in den Nacken.

»Ein Lamm und eine weiße Taube.«

»Das erwürgte Lamm und das reine Täubchen …«

»Tron und Nolo!« Parish schüttelte einmal mehr den Kopf.

»Wenn du es so interpretieren willst. In der christlichen Ikonografie bezeichnet es Jesus und den Heiligen Geist. Es fragt sich dann allerdings, wo Gott steckt, um das Bild zur Dreifaltigkeit zu vervollständigen.«

Parish sah mich neugierig an, doch ich drehte mich zur Seite, wo ein säulenartiges Etwas mit einer großen Kerze darauf stand.

»Schau dir auch dieses eigenwillige Exponat an. Es soll ein Osterleuchter sein, wie er in frühchristlichen Gemeinden in Gebrauch war, um das Feuer zu bewahren. Die Kerzen auf solchen Leuchtern brannten ein Jahr lang, von Osterfest zu Osterfest, wo sie dann erloschen und mit einer Flamme, die nur aus einem Felsen, also einem Stein – einem Feuerstein –, als neues Licht, als neue Flamme wiedergeboren werden durfte.«

»Die Wiedergeburt des unsterblichen Lichtgottes, des Mithras, des Sol invictus.«

»Exakt. Fällt dir die Grundform des Leuchters hier auf? Sie ist dreieckig. Drei Jünglinge tragen die Leuchtersäule darüber …«

»… was an eine stilisierte Fackel erinnert«, ergänzte Parish.

»Sehr gut. Du lernst die Zeichen immer besser zu lesen. Schau dir auch den Fuß des Leuchters an, die mythologischen Wesen dort. Was siehst du?«

»Drei Greife, geflügelte Löwen- oder Katzenwesen. Die Ohren sehen aber fast wie Stierhörner aus. Was bedeuten sie?«

Ich grinste und wollte gerade zu einer Antwort ansetzen, als wir hörten, wie sich das Portal hinten im Kirchenraum öffnete und Hammer wieder das Gotteshaus betrat. Mir kam die Situation seltsam vertraut vor, allerdings war ich diesmal ja nicht auf der Flucht vor diesem Polizisten.

An den Stühlen für die Kirchengemeinde vorbei, gingen wir Hammer entgegen.

»Ich habe die Information, die Sie wollten«, sagte Hammer. »Hat eine Weile gedauert, bis ich meinem Kollegen die entscheidende Frage stellen konnte, aber ich denke, es hat funktioniert, und Banner hat keinen Verdacht geschöpft. Diese Margo, die Tochter des Barons – der wohl in Frankfurt auf neue Nachrichten im Fall Tron wartet –, also, diese Margo ist wahrscheinlich in Ägypten. Jedenfalls hat sie sich erst gestern von dort bei Banner gemeldet. Was sie von ihm wollte, hat Banner mir nicht gesagt. Aber der Anruf soll aus Kairo gekommen sein, von Bord eines Schiffes.«

8.

Also würde ich nun doch in die für meinen derzeitigen Zustand deutlich heilsamere Wüstenluft kommen – weg von der nasskalten Herbstluft in Berlin. Wieder nach Ägypten zu reisen war für mich eine höchst erfreuliche Aussicht.

Parish und ich ließen uns von Parishs Fahrer Chip unverzüglich zum Flughafen Tempelhof bringen. Chip sollte sich auch um unsere Zimmer im Adlon kümmern, die wir jetzt nicht mehr brauchten.

Nun mussten wir uns noch Tickets besorgen. Ein Direktflug nach Kairo war von Berlin aus zwar nicht zu bekommen, doch mit einem Abstecher nach Frankfurt und einer Zwischenübernachtung dort war ich im Moment auch nicht unzufrieden; der Weiterflug nach Ägypten würde dann am nächsten Morgen stattfinden. Das verschaffte mir die Möglichkeit, in Frankfurt einen für unser weiteres Vorhaben möglicherweise sehr sinnvollen Besuch zu machen.

Noch vom Abflug-Gate aus rief ich meinen Kontaktmann in der Mainmetropole an und verabredete mit ihm für den späten Abend ein Treffen in der Executive Lounge des Frankfurter Marriott-Hotels.

Der Flug war kurz und ruhig. Wir hatten uns die erste Klasse gegönnt, und ich nutzte den Aufenthalt an Bord, um mich wieder ein bisschen zu erholen. Das Gespräch, das Parish beginnen wollte, brach ich ab und vertröstete ihn auf unsere abendliche Verabredung – die auch für ihn wieder einige spannende Aspekte bieten würde.

Mit dem Taxi fuhren wir zum Hotel, checkten ein und machten es uns in der Executive Lounge des Hauses im zweiundvierzigsten Stock bequem – eigentlich war es der dreiundvierzigste Stock, wenn man das Erdgeschoss mitzählte. Der Blick auf das Lichtermeer der Stadt war gigantisch, wenn auch lange nicht so imposant wie im New Yorker Rainbow Room des Rockefeller Centers. Aber für die Alte Welt war es nicht schlecht.

Wir ließen uns ein Abendessen servieren und eine ordentliche Whisky-Bar aufbauen, was für einige Aufregung bei den Hotelangestellten sorgte, die auf diesen Sonderwunsch nicht sofort vorbereitet waren.

Schließlich aber stellten sie eine ganz ansehnliche Flaschenbatterie vor Parish und mir auf, die im Grunde keine Wünsche offenließ. Und sobald die Kellner auch noch die Reste unseres Mahls beseitigt hatten und wir uns mit den ersten Gläsern Talisker in die Sessel mit Aussicht in die Nacht gefläzt hatten, traf auch unser Besuch ein.

»Herr Crooks! Im Namen des Gesetzes, Sie sind verhaftet! Ich lese Ihnen Ihre Rechte vor!«

Von uns unbemerkt, da wir ja satt und zufrieden aus den Fenstern blickten, war der Mann durch die von den Kellnern offen gelassene Tür der Lounge eingetreten. Er hatte sehr laut und sehr schrill gesprochen, sodass Parish und ich wie vom Donner gerührt waren.

Augenblicklich fuhren wir auf unseren Plätzen herum und sahen einen großen, stattlichen Weißen mittleren Alters in dem für amerikanische Beamte typischen Business-Anzug – allerdings mit einer für normale Beamte untypischen Pistole in der rechten Hand.

Parish war im Umdrehen halb aus seinem Sessel aufgestanden und hatte automatisch die Hände in die Höhe gehoben.

»Oh, Shit!« Mehr sagte er nicht.

Der Mann mit der Pistole kam langsam näher und warf einen Seitenblick auf mich, als wollte er abschätzen, ob ihm von meiner Seite irgendeine Gefahr drohte. Dann widmete er seine Aufmerksamkeit wieder ganz dem Mohren.

»Parish Lesanne Crooks, Sie haben das Recht, die Aussage zu verweigern. Alles, was Sie dennoch sagen, kann vor Gericht gegen Sie verwendet werden. Sie haben das Recht auf einen Anwalt. Wenn Sie sich keinen Anwalt leisten können, wird Ihnen ein vom Gericht benannter Anwalt zugewiesen. Haben Sie Ihre Rechte verstanden?«

Nur ein »Jo, Mann!« war von Parish zu hören.

Der Kerl mit der Waffe kam noch näher.

»Interessiert es Sie nicht, Crooks, wie wir Sie gefunden haben?«

Parish schien zu überlegen.

»Wie haben Sie mich gefunden?«

Der Beamte grinste gefährlich.

»Ihr Freund hier«, er zeigte auf mich, »hat Sie verraten. Er rief mich an und sagte mir, wo ich Sie erwischen könnte.

Die Ironie ist – ich vermute –, Sie waren bei diesem Telefonat sogar dabei.«

Parish blickte mich seltsam ruhig an. Nicht wütend, eher enttäuscht. Diesen Verrat hatte er mir nach all dem, was wir zusammen erlebt hatten, offensichtlich nicht zugetraut.

»Aber ich habe das Problem, Mister Crooks, dass es sehr kompliziert werden könnte, als amerikanischer Bundesbeamter hier in Deutschland eine Verhaftung durchzusetzen. Der Haftbefehl gegen Sie gilt ja nur in den USA, genau genommen sogar nur im Bundesstaat Nevada. Was also tun wir?«

Parish sah den Mann ihm gegenüber wieder an, wobei er rückwärts in Richtung der Fenster zurückwich.

»Genau, Crooks, ich sehe, Sie haben begriffen. Einen Toten kann man ja nicht ein zweites Mal umbringen.« Der Bewaffnete hob die Pistole noch höher, bis sie deutlich sichtbar auf Parishs Kopf zielte.

Parish blieb die Ruhe selbst.

Der Mann drückte ab.

Doch statt eines Schusses war das metallische Klacken des Schlagbolzens zu hören.

»Du hast nicht gesagt, weshalb du ihn verhaften wolltest, Miles. Anfängerfehler! Der Junge ist ausgeschlafener als du! Nimm dir einen Whisky und setz dich. Wir haben ’ne ganz passable Auswahl hierherschaffen lassen.«

Ich sah, wie Parish sein Gesicht zu einem schiefen Grinsen verzog. So langsam verstand er tatsächlich.

»Darf ich dir vorstellen, Parish? Miles Davison. National Security Agency, Büro Frankfurt. Deckname Zosimus, aber den musst du dir nicht merken. Dass er unter seinesgleichen auch noch Tim Mars heißt, solltest du dir aber einprägen, Mercurius. Denn er ist der Soldat unserer Kultgemeinschaft und wird deine offizielle Initiation vorbereiten, die ja demnächst ansteht.«

Parish ging zu dem Neuankömmling.

»Dann kennst du mich also schon. Freut mich.« Die Männer schüttelten einander die Hände.

»Beeilt euch, ich will ins Bett. Whisky und setzen, wenn ich bitten darf.«

Wenige Augenblicke später saßen wir zu dritt nebeneinander in den behaglichen Sesseln, nippten an den scharfen, bernsteinfarbenen Getränken in unseren Gläsern und schauten aus den Fenstern auf die unter uns liegende Stadt.

»Hast du herausgefunden, um was ich dich am Telefon gebeten habe, Miles? Wir fliegen morgen schon sehr früh Richtung Ägypten ab.«

»Aber klar. Deswegen bin ich so spät dran. Ich wollte persönlich auf die Meldung vom Kairoer Büro warten. Offensichtlich war es kein großes Problem, sie zu finden. Das Schiff der jungen Dame ist am Anleger beim Royal Nile Tower Hotel festgemacht. Man brauchte also nur das Nilufer absuchen und nach der zweitteuersten Yacht Ausschau halten. Die teuerste ist die *Marquise* des Royal Nile Tower selbst. Im Bord-Restaurant der *Marquise* kann man übrigens ziemlich gut essen. Und feiern. Ist nachts 'ne hippe Disco. Allerdings ist deine hübsche Freundin nicht an Bord der *Lionheart*, wie du vermutet hast. Ihr Schiff heißt *Tyfon* … nicht zu verwechseln mit Taifun. Aber das wirst du wohl hinkriegen, oder? Seltsamer Name, findest du nicht – *Tyfon*?«

Ich überlegte, wo ich diesen Namen schon einmal gehört hatte, doch es fiel mir auf Anhieb nicht ein. Der lange und ereignisreiche Tag forderte seinen Tribut.

»Findet ihr nicht, dass es hier in Frankfurt ein klein wenig wie zu Hause in New York oder Chicago aussieht?«, fragte Parish nach einer Weile in die Stille hinein. »Ich habe nicht geahnt, dass es in der Alten Welt tatsächlich Wolkenkratzer gibt. Was ist so Besonderes an diesem Frankfurt, dass es hier eine echte Downtown gibt? Berlin ist doch die Hauptstadt Deutschlands, oder? Da gibt's aber lange nicht so eine City. Wie kommt das?«

Miles schaute zu mir herüber, um zu sehen, ob ich antworten wollte. Da ich stumm blieb, übernahm er selbst die Erklärung.

»Berlin mag Zentrum der staatlichen Gewalt in diesem Land sein, die wahre Macht findest du aber hier: Geld und Informationen. Letzteres ist ja auch der Grund, weshalb beispielsweise ich mein Büro hinter dem Hauptbahnhof habe.«

»Die deutsche Wallstreet«, ergänzte Parish treffend.

»Genau. Hier sitzt die Deutsche Börse, eine der ältesten der Welt. Ich glaube, sie wurde im sechzehnten Jahrhundert gegründet, weil es zu Problemen im damals wild wuchernden Währungssystem kam. Frankfurt ist ein noch älterer Messe- und Handels- als Finanzplatz. Seit dem zwölften Jahrhundert werden hier große Warenmessen veranstaltet, und heutzutage finden hier einige der bedeutendsten Industriemessen der Welt statt. Die IAA zum Beispiel, die Internationale Automobilausstellung.«

Miles dozierte mal wieder. Das tat er gern.

»Ist es Zufall, dass Frankfurt zu einem solchen Zentrum wurde? Oder gibt es einen nachvollziehbaren Grund dafür?«, fragte Parish, der stets wissensdurstige Schüler.

»Manche glauben, es liegt an der geografischen Lage im Zentrum Europas. Tatsächlich kreuzen sich hier viele alte Handelswege. Die ursprüngliche Furt der Franken, als natürlicher Übergang über den Main, führte hier die fahrenden Kaufleute zusammen, die in einer Welt ohne Brücken nur hier den Main überqueren konnten. Allerdings waren auch die Römer an dieser Stelle bereits sesshaft geworden, und vor ihnen die Kelten. Das erzählen uns archäologische Funde, die hier in der Stadt am sogenannten Römerberg gemacht wurden – einer ehemaligen natürlichen Insel, die aus den verschiedenen Mainarmen ragte und seit der Jungsteinzeit den Menschen hier als Siedlungsraum diente. Im Archäologischen Museum der Stadt kann man das sehr gut nachvollziehen.«

»Ein NSA-Agent mit Neigung für Geschichte? Woher kommt dein Interesse und dein Wissen in diesen Dingen?«, fragte Parish nach.

Ich sah in den Augenwinkeln, dass Miles wieder zu mir blickte.

»In dem eben erwähnten Archäologischen Museum gibt es noch etwas anderes zu entdecken – eine vorzügliche Sammlung von Exponaten aus römischer Zeit. Im heutigen Stadtgebiet lag zur Zeitenwende das Römerlager Nida. Bei Ausgrabungen auf dem einstigen Gelände kamen im neunzehnten Jahrhundert auch die Reste verschiedener Mithräen zum Vorschein, Kultstätten des frühpersischen Lichtgottes Mithras, unter anderem eine sehr gut erhaltene Altartafel, die den ewigen Mithras mit seiner roten phrygischen Mütze beim Töten des Ur-Stiers zeigt, mit seinem eigenwillig angewinkelten linken Bein.«

»Unser Mithras war Frankfurter?«

Parishs naiv anmutende Frage hatte mehr Berechtigung, als er vermutlich ahnte.

»Wenn du es so ausdrücken willst«, entgegnete der Geheimagent. »Zumindest kam er hier mit den ersten Kulturmenschen an, die an diesem Ort siedelten. Und sie blieben bis heute, wie du an meinem Beispiel siehst.«

»Drängt sich die Frage auf, was er hier will und tut«, nahm Parish den von Miles zugespielten Ball auf.

»Kannst du dir vorstellen, guter Mercurius, dass es hier eine der ersten gedruckten, freien Zeitungen der Welt gab? Es ist so. Die Zeitung hieß Frankfurter Mercurius. Sie trug also deinen Namen, mein Bruder.

Informationen – also Nachrichten – sind der wichtigste Rohstoff der Welt. Wer am besten informiert ist, wer einen Wissensvorsprung hat, der besitzt einen Vorsprung gegenüber seinen Gegnern oder Wettbewerbern – einen Vorteil, den man meistens in Profit oder Machtgewinn umwandeln kann. Deshalb sind Geheimdienste, die zutreffender Nachrichtendienste genannt werden, so wichtig für Regierungen und Unternehmen.

Bleiben wir beim Beispiel Frankfurt. Bevor es den Mercurius als gut informierende Gazette für das hiesige Bildungsbürgertum gab, gab es die Frankfurter Postzeitung. Die Post dient ja eigentlich auch nur der Nachrichtenübermittlung, und so war es ganz natürlich, dass nach der Erfindung des Buchdrucks sich genau an diesem Knotenpunkt der Informationen – in den alten Poststationen, wo die Kutschen Halt machten – die ersten gedruckten Nachrichtenblätter etablierten.«

Nun meldete ich mich aus meinen Polstern doch einmal zu Wort.

»Komm auf den Punkt, Miles. Warum ist unser Lichtgott ein Frankfurter? Ich will ins Bett.«

Der Angesprochene schnaubte hörbar unwillig wegen der Unterbrechung.

»Also schön. Den Postzeitungen und den Postkutschen, die in der Hand bereits großer Kaufleute und Handelshäuser waren – hier in Frankfurt beispielsweise der Fürstenfamilie von Thurn und Taxis, während es in Augsburg die

Fugger waren –, gingen die Stafettenreiter voraus, die wie die Postkutschen späterer Zeit von Station zu Station ritten und dort mit frischen Pferden versorgt wurden, um ihre Depeschen möglichst schnell von A nach B zu bringen.

Erfinder dieser Stafetten aber war ein Mann aus der Heimat unseres jungen Gottes Mithras. König Kyros der Zweite, auch Kyros der Große genannt, war der erste Herrscher der Welt, der diese intelligente Form der Nachrichtenübermittlung erfand und damit das damals größte Reich der bekannten Welt regierte. Kyros lebte im sechsten Jahrhundert vor der Zeitenwende. Sein gewaltiges Imperium, das erste persische Großreich, erstreckte sich vom heutigen Pakistan über Afghanistan bis an die Ägäis und im Süden über Syrien und Palästina bis einschließlich Ägypten. Weltgeschichte schrieb Kyros der Große aber nicht nur wegen seiner Erfindung des Nachrichtendienstes. Durch seinen Sieg über das damalige Babylon gilt er auch als ruhmreicher Befreier der dort gefangen gehaltenen Juden. Und dieser Kyros war es auch, von dem die christliche Bibel berichtet, er habe von Gott selbst den Auftrag erhalten, den Tempel in Jerusalem wieder aufzubauen …«

Parish hob die Hand mit dem Whiskyglas und unterbrach Miles durch diese Geste.

»Moment mal. Kyros war Perser und als solcher doch ganz sicher Mithrasanhänger. Und er hat den Auftrag von Gott erhalten, den großen Tempel der Juden wieder zu erbauen – in Jerusalem?«

Miles nickte. »Ja, seltsam, nicht wahr? Es steht im zweiten Buch der Chroniken, Kapitel sechsunddreißig, Vers dreiundzwanzig: ›So spricht Kyros, der König in Persien: Der Herr, der Gott des Himmels, hat mir alle Königreiche der Erde gegeben, und er hat mir befohlen, ihm ein Haus zu bauen zu Jerusalem in Juda. Wer nun unter euch seines

Volks ist, mit dem sei der Herr, sein Gott, und er ziehe hinauf.‹«

Trotz meiner Müdigkeit rang ich mich zu einem weiteren Einwurf durch.

»Nicht zu vergessen, Mercurius – dieser Kyros stammt aus dem bekannten Orient. Und er fordert Gottes Volk aller Konfessionen auf, gemeinsam dem einen Gott – der ja wohl auch *sein* Gott sein musste – ein Haus zu bauen. Wir haben es heute ja schon mit einer Organisation zu tun gehabt, die gerne interkonfessionell Maurer an diesem Haus sein möchte.«

»Das ist der Ursprung der Freimaurerei? Der Aufruf eines persischen Königs an die Anhänger sämtlicher Religionen zum gemeinsamen Tempelbau?«

»So ist es«, sagte Miles. »Dieser König hatte begriffen, wie der Mensch und seine Religiosität funktionierten. Kyros gilt bis heute als der gegenüber Andersgläubigen toleranteste Herrscher überhaupt. Denn wir verdanken ihm noch viel mehr als den Freimaurerauftrag. Allerdings, das sei angemerkt, meinte er mit seinem Aufruf tatsächlich nur die Anhänger aller monotheistischen Religionen.

Doch zurück zu den Freimaurern. Die sind im heutigen Sinne ja Kinder der Aufklärung, jener Zeit also, als die Menschen sich vom Joch der Kirche und des Adels befreiten. Eine Errungenschaft dieser Aufklärung ist bekanntlich auch die Deklaration der unveräußerbaren Menschenrechte, von denen wir glauben, sie seien eine Erfindung des sogenannten modernen Menschen. Das aber ist ein Trugschluss. Die erste Charta der Menschenrechte wurde von unserem König Kyros dem Zweiten formuliert und in der Keilschrift seiner Zeit für die Nachwelt niedergeschrieben. Erst 1971 haben die Vereinten Nationen dieser über zweitausendfünfhundert Jahre alten Menschenrechtskonvention gedacht und sie in sämtlichen offiziellen UNO-Sprachen veröffentlicht – damit die Welt sich vor Augen führt, wie schnell ein solch großes und bedeutsames Wissen im Alltag der Menschen wieder verloren gehen kann.«

»Nun, wirklich verloren gegangen ist dieses Wissen ja nicht«, sagte Parish, »wie das beweist, was du mir hier erzählst.«

Miles nahm einen tiefen Schluck aus seinem Glas.

»Nun ja, aber sonderlich gut angewendet wurde dieses Wissen in den letzten fünfundzwanzig Jahrhunderten eher selten. Die Gier und der Machthunger Einzelner hat dem immer wieder sehr erfolgreich einen Riegel vorgeschoben. Selbst von den Menschen, die sich ausdrücklich diesem Wissen und dieser Tradition verschrieben hatten. Nicht umsonst gilt dieses Wissen heute immer noch als Geheimwissen, und die, die diese Traditionen pflegen, arbeiten in Geheimorganisationen wie den Freimaurern.«

Parish schien das Gehörte erst verdauen zu müssen. Für einen Moment herrschte hier oben im zweiundvierzigsten Stock des Marriott mit Blick über die alte Frankenstadt tiefes Schweigen. Ich selbst dachte über das unglaublich dichte Netz an Verbindungen und Zusammenhängen nach, das die ganze Welt überspannte und von großem Weltgeschehen bis in die kleinsten Winkel eines jeden Alltags reichte. Und der Dreh- und Angelpunkt war tatsächlich unser Lichtgott, dessen neuerliche Menschwerdung unter anderem wir drei hier im Himmel über Frankfurt vorbereiteten.

Es war Parish, der Suchende, der die Stille beendete.

»Nachrichtendienste also. Und Geheimbünde. Und das alles, um die wahren unsterblichen Menschenrechte zu erhalten ... und vielleicht durchzusetzen? Glaubt ihr wirklich? Nachrichtendienste und Geheimbünde erfüllen normalerweise doch ganz andere Zwecke.«

Natürlich fühlte Miles sich angesichts seines Hintergrundes unmittelbar angesprochen.

»Eigentlich nicht. Es entspricht von alters her ihrem Auftrag, für das vermeintlich Gute einzutreten. Das heißt aber nicht, dass diese Organisationen nicht immer wieder für die unredlichen Interessen von Menschen missbraucht wurden, die die Macht dazu besaßen oder die sehr seltsame Ansichten darüber hatten, was für die Mitmenschen ›gut‹ sei.«

»Gut ist nicht gut, böse ist nicht böse«, rief ich ihm in Erinnerung.

»So ist es«, sagte Miles. »Und über den begrenzten Schrecken einer Gegenwart darf man den Blick auf das Gesamtbild nicht vergessen. Wir leben ja nicht in einer Utopie der absoluten Gerechtigkeit. Der Mensch wurde schon zu Anbeginn aus dem Paradies vertrieben, weil er zu neugierig war und Gott gleich werden wollte. Seitdem versucht er sich mit seiner Quasi-Gottgleichheit zu arrangieren. Allerdings gibt es große Auseinandersetzungen darüber, was der richtige Weg sei. Zuerst einmal kommt es darauf an, zu verstehen, wie dieser Konflikt funktioniert und wer die wichtigsten Beteiligten sind. Und welche Waffen in diesem Konflikt eingesetzt werden. Und genau darüber, lieber Mercurius, geben uns Kyros der Große und die Stadt Frankfurt sehr gut Auskunft. Du selbst hast vorhin darauf hingewiesen: Berlin ist die Hauptstadt des Landes, dessen Gäste wir hier sind. Und Frankfurt ist das eigentliche Machtzentrum, weil es die Finanzmetropole ist.

Aber kommen wir noch einmal auf die Nachrichtendienste zurück. Im Jahr 1848 wurde im damaligen Preußen die erste Telegrafenlinie zwischen Berlin und Frankfurt eröffnet. Schon damals waren es diese beiden Städte. Gebaut hat diese Leitung übrigens ein gewisser Werner Siemens.«

Parish fuhr auf.

»Doch nicht etwa der, der in Berlin auch die Urania finanziert hatte?«

Miles war überrascht.

»Ihr hattet die Urania schon am Wickel? Doch, genau der ... das Science-Center, die Sternwarte. Und dann gibt es da ja noch die Freimaurerloge gleichen Namens. Wieder haben wir Nachrichtenübermittlung und Geheimwissen ganz nah beieinander, damit die Macht der Informationen nicht in die falschen Hände gelangen sollte. Übrigens gibt es diese erste Telegrafenlinie noch heute, und ihre herausragende Bedeutung ist ungebrochen. Irgendwo da unten östlich von uns gibt es den größten Fernsprechknotenpunkt der deutschen Telekom. Seit dem Zweiten Weltkrieg hatte meine Agency ihr europäisches Hauptquartier stets in unmittelbarer Nähe. Erst vor ein paar Jahren sind wir in die Nähe des Hauptbahnhofs umgezogen, aber den direkten Draht zum Geschehen haben wir noch immer. Wie gesagt – wer die Informationen besitzt, der hat die Macht.«

»Nicht zu vergessen, das Geld«, ergänzte ich.

»Ja, sicher«, sagte Miles. »Das Geld ist natürlich auch hier versammelt. Frankfurt hat die höchste Bankendichte. Hier ruhen die größten Schätze des Diesseits. Ganz so, wie Kyros der Große es seinen Leuten befohlen hat.«

»Wie bitte?« Das war zu viel für Parish. »Dieser alte Perser hat den Bau von Frankfurt befohlen? Das kann doch nicht sein? Außerdem hast du doch selbst aus der Bibel zitiert, dass es bei seinem Bauauftrag um den Tempel zu Jerusalem ging. Oder habe ich da etwas falsch verstanden?«

Miles stand auf, um sich weiteren Whisky einzuschenken. Im Gehen sprach er weiter.

»Nicht falsch verstanden – nicht *ganz* verstanden. Den zweiten Chroniken, die mit dem genannten Bauauftrag für den Tempel zu Jerusalem enden, schließt sich in der Bibel das Buch Esra an. Und das fängt an, wie die Chroniken aufhören. Der Auftrag des Kyros wird noch einmal wortwörtlich wiederholt – und dann ergänzt, fortgesetzt.«

Das Whiskyglas in der Hand, setzte Miles sich wieder. »Was zuvor der Vers dreiundzwanzig war«, fuhr er fort, »sind nun die Verse zwei und drei des Buches Esra: ›So spricht Kyros, der König in Persien: Der Herr, der Gott des Himmels, hat mir alle Königreiche der Erde gegeben, und er hat mir befohlen, ihm ein Haus zu bauen zu Jerusalem in Juda. Wer nun unter euch seines Volks ist, mit dem sei sein Gott, und er ziehe hinauf gen Jerusalem in Juda und baue das Haus des Herrn, des Gottes Israel. Er ist der Gott, der zu Jerusalem ist.‹ Soweit das zweite und dritte Kapitel, über dessen Grund zur Wiederholung es sich gesondert nachzudenken lohnt. Aber nun die Fortsetzung ab Vers vier: ›Und wer noch übrig ist an allen Orten, da er Fremdling ist, dem sollen helfen die Leute seines Ortes mit Silber und Gold, Gut und Vieh, außerdem, was sie aus freiem Willen geben zum Hause Gottes zu Jerusalem.

Da machten sich auf die Obersten der Vaterhäuser aus Juda und Benjamin und die Priester und Leviten, alle, deren Geist Gott erweckte, hinaufzuziehen und zu bauen das Haus des Herren zu Jerusalem.

Und alle, die um sie her waren, stärkten ihre Hände mit silbernem und goldenem Geräte, mit Gut und Vieh und Kleinoden, außer dem, was sie freiwillig gaben.

Und der König Kyros tat heraus die Gefäße des Hauses des Herrn, die Nebukadnezer aus Jerusalem genommen und in seines Gottes Haus getan.

Aber Kyros, der König in Persien, tat sie heraus durch Mithredath, den Schatzmeister; der zählte sie dem Sesbazar, dem Fürsten Judas.

Und dies ist ihre Zahl: dreißig goldene Becken und tausend silberne Becken, neunundzwanzig Messer, dreißig goldene Becher und der anderen silbernen Becher vierhundertzehn und anderer Gefäße tausend, dass aller Gefäße, golden und silbern, waren fünftausendvierhundert. Alle brachte sie Sesbazar herauf mit denen, die aus der Gefangenschaft von Babel heraufzogen gen Jerusalem.‹ Soweit dieser Esra. Was denkst du nun, Mercurius, was bedeutet dieser biblische Text?«, wollte Miles zum Abschluss seines Vortrags wissen.

»Ich … ich weiß nicht«, sagte Parish, der sichtlich nach Erklärungen für das Gehörte suchte. »›Sie stärkten ihre Hände mit silbernem und goldenem Geräte.‹ Das klingt ein wenig nach ›alles, was sie anfassten, wurde zu Gold‹. Wenn das gemeint ist …?«

»Genau das ist gemeint. Und weiter.«

»Na ja, es ist seltsam, da wollen sie ein Haus des Herren bauen, welches Herrn auch immer, und als Erstes reden sie übers Geld. Keine Spiritualität, nur schnöder Materialismus. Das kann doch nicht alles sein, was es zur Glückseligkeit bedarf … ich meine, um das wahre Haus des Herrn zu erbauen.«

»Ah«, fuhr Miles dazwischen, »das Haus des Herren. Die Jungs damals haben ein richtiges Haus gebaut, aus Stein und Mörtel. Den Tempel auf dem Tempelberg in Jerusalem. Und dazu braucht man Geld, viel Geld. Und das will verdient werden. Je goldener die arbeitenden Händchen sind, desto schneller geht es, und desto größer wird das Haus Gottes.

Woran du denkst, ist ein spirituell gereifter Mensch, an dem beispielsweise die Freimaurer zu bauen gedenken, von denen wir ja schon sprachen. Ethisch-moralische Reife. Was denkst du, hat Kyros mit seinem Auftrag zum Tempelbau wirklich gemeint?«

Wieder dachte Parish angestrengt nach. Schließlich sagte er: »Den gereiften Menschen – als Tempel eines Gottes. Er hat ja die erste Charta der Menschenrechte veröffentlicht; ihm ging es um den edlen Menschen, nicht um ein Monument seiner Baukunst. Richtig?«

Miles lachte.

»Nicht ganz. Es ging Kyros um beides. Den edlen Menschen und die großen Bauwerke. Der Mensch braucht Monumente, als Motor seines Fortschritts, als Motivation seiner eigentlichen Menschwerdung. Überleg einmal, Mercurius: Die Kirchen und Kathedralen der Christen waren Triebfedern der abendländischen Kultur, so wie wir sie heute kennen. In der Moderne baut man Wolkenkratzer, Monumente wie dieses hier, die von Banken finanziert werden, den Gralshütern des Geldes. Die höchsten Türme, die du da draußen siehst, sind die Zentralen von Bankhäusern.

Kyros kannte die Pyramiden in Ägypten, er regierte ja auch über dieses Land. Er wusste und hatte gelernt, dass die zu seiner Zeit bereits tausend Jahre alten Monumente deren Erbauer unsterblich gemacht hatten. Monumente verschaffen also Unsterblichkeit. Und dank seines Auftrags zum Bau eines monumentalen Tempels wurde ja auch Kyros der Große selbst unsterblich. Aber Kyros hatte auch erkannt, dass der Mensch, der etwas aus freien Stücken schafft, Größeres zu Stande bringt, als wenn er auf dem Dienstweg zur Tat gezwungen wird. Nur der freie Mensch ist zur Passion bereit, zur Leidenschaft – und zur Leistung, die weit über das menschlich Normale hinausgeht. Willst du einen wirklich großen Tempel errichten, der größer ist als alles je Dagewesene, brauchst du den wirklich freien Menschen. Was du hier draußen siehst, ist nichts im Vergleich zu den Monumenten der Ägypter. Morgen fliegst du dorthin. Sieh dir genau an, was die Menschen dort vor viertausend Jahren geschaffen haben. Und dann stell die Hochhäuser hier dagegen. Die Pyramiden können noch Jahrtausende überdauern. Hier aber wird es in nur hundert Jahren ganz andere Häuser geben *müssen.*«

Parish trank sein Glas leer, bevor er die abschließende Frage stellte:

»Und welche Monumente hat unser gemeinsamer Gott Mithras zu seinen Ehren errichten lassen? Tatsächlich den Tempel zu Jerusalem? Oder hat er auch sein eigenes Monument?«

Miles setzte sein Glas auf dem Fußboden ab, erhob sich aus seinem Sessel und stellte sich vor den Fenstern auf, den Blick in das Lichtermeer draußen gerichtet.

»Denk an den Text von Esra, den ich dir eben vorgetragen habe. Und an den, der den Juden ihre Schätze ausgezahlt hat. Dieser Schatzmeister des Königs Kyros hieß ja Mithredath – klingt verdächtig nach unserem Mithras. Oder zumindest nach einem seiner Stellvertreter auf Erden. Ich kann dir versichern, es war tatsächlich ein Hohepriester unseres Kultes. Er war es auch, der Kyros, dem Herrscher über den damals bekannten Orient, den Rat erteilte, wie er mit seinen jüdischen Gefangenen umzugehen hatte, damit sie als freie Menschen den bedeutendsten Tempel der Menschheit errichten sollten – und zwar an einem Ort, der heute seltsamerweise sowohl den Juden, den Moslems wie auch den Christen Hort ihrer größten Heiligtümer ist. Der Tempelberg mit Felsendom und Grabeskirche – du erinnerst dich, Mercurius, unser Mithras ist der aus dem Felsen Geborene, der in einer heiligen Grotte als Tempel von uns verehrt wird. Tempel, Felsen, Grab – drei Religionen, drei Monumente, drei Symbole, aber nur *ein* Gott. Da hast du Kyros' Monument.«

»Moment.« Parish war ganz außer sich. »Die Zahl Drei, die ultimative Zahl der Freimaurer … da gibt es doch einen Zusammenhang, oder?«

»Absolut«, antwortete Miles. »Drei sind eins. Es gibt eine Wahrheit in drei Gewändern. Die Dreifaltigkeit dieser Religionen ist die Dreieinigkeit des wahren Gottes, unseres Gottes. Und des wahren Baumeisters der Freimaurer.«

»Aber warum? Warum nicht eine Religion? So aber entstehen Kriege, Gewalt, Schmerz, Verfolgung, Pogrome …«

»Du suchst den göttlichen Plan, Mercurius, den Sinn und Zweck der Konstruktion des Kyros und seines Magiers Mithredath, aus dem sich in der Folge die drei so gleichen und doch so unterschiedlichen großen Weltreligionen entwickelten. Nun, halte dir Folgendes vor Augen: Die Welt des Kyros bestand aus den drei Weltteilen Europa, Asien und Afrika. Der ungefähre Schnittpunkt dieser drei damals bekannten Welten war geografisch Jerusalem. Was lag da näher, als diesen Flecken zum Nabel der Welt zu machen? Wo die drei so unterschiedlichen Welten sich trafen und einen gemeinsamen, weithin sichtbaren Nenner erhielten – Jerusalem, auch genannt *Zion.* Nur am Rande: Das Wort Zion ist hethitischen Ursprungs. Von den Hethitern weiß die heutige Welt zwar nicht viel, aber es ist bekannt, dass sie die Keilschrift der Sumerer verwendeten, wenn auch für eine andere Sprache. Und die Sumerer haben als erste Mitra hervorgebracht, die Urmutter als Göttin, aus der sich dann unser Lichtgott Mithras entwickeln konnte.«

Ich konnte kaum noch die Augen offen halten. Trotzdem setzte ich Miles' Vortrag fort:

»Ich fasse also zusammen: Kyros stiftete den Auftrag zum allgemeinen Tempelbau, womit Kirchen, Moscheen und Wolkenkratzer gemeint waren. Richtige Tempel und der edle Mensch an sich. Er machte deutlich, dass nur wirklich freie Menschen zur wahren Leidenschaft und damit zu absoluten Höchstleistungen fähig sind. Doch wirklich frei ist nur der, der auch über die materiellen Mittel zu dieser Freiheit verfügt. Da der Mensch sich diese Form der Freiheit aber selbst erarbeiten muss, verpackte er seinen Auftrag in drei Gewänder, drei Bruderreligionen, damit diese der Menschheit ins Gedächtnis schreiben konnten und können, welche Probleme es zwischen ihnen auf Dauer zu lösen gilt.

Und was die drei gleichen Brüder sich zweieinhalbtausend Jahre lang gegenseitig angetan haben, kann für den Rest der Menschheit nur eine eindringliche Mahnung sein, welche Konflikte es für die Zukunft zu vermeiden gilt, damit die wahrhaftigen neuen Probleme der Menschheit gelöst werden können, allen voran Umweltverschmutzung, Überbevölkerung und Vergeudung natürlicher Ressourcen. Unsere Aufgabe ist es, diesen Pfad für die Welt gangbar zu machen. Den neuen Messias zum Zeichen für die neue Welt zu inthronisieren.«

»Und dafür haben König Kyros und sein Magier uns die Idee der Nachrichtendienste hinterlassen – und der Geheimbünde«, ergänzte Parish mehr, als dass er fragte. »Damit dieser große Plan nicht aus dem Ruder läuft.«

»Genau, mein Bruder«, setzte ich zum Schlusswort an. »Kyros klingt nicht von ungefähr so ähnlich wie Kronos, und sein Magier als Personifikation des Mithras wurde im Altertum auch mit seinem Fackelträger und Opferhelfer Cautes gleichgesetzt. Du siehst also, Mercurius, der Plan des Kyros hat sich bis auf den heutigen Tag erhalten. Und nun lass uns schauen, ob wir die alte Weltordnung tatsächlich aus den Angeln heben können, indem wir die Gegensätze von Gut und Böse der letzten zweieinhalb Jahrtausende ein für alle Mal auch für die ganze Welt gegeneinander aufheben – und die Tochter des Teufels zu einer Tochter des Lichts machen!«

9.

Der nächste Morgen war hart. Er begann sehr früh, denn die Maschine nach Kairo sollte bereits um sieben Uhr vom Frankfurter Flughafen aus starten.

Parish und ich machten uns also ohne Frühstück auf den Weg. Und diesmal waren wir beide wegen der frühen Stunde und des Whiskys am gestrigen Abend ziemlich wortkarg.

Miles hatte vorsichtshalber auch im Marriott übernachtet, da er ohnehin nicht mehr Auto hätte fahren können, und weil er es auf diese Weise am Morgen nicht so weit zu seiner Agency hatte. Zu sehen bekamen wir ihn bei unserer Abfahrt aber nicht mehr. Der Glückliche konnte und wollte offensichtlich ausschlafen.

Als wir endlich im Flugzeug saßen und die ersten Tassen Kaffee an diesem Tag intus hatten, wurde Parish allmählich gesprächiger. Auch ich besiegte nach und nach meine bleierne Erschöpfung, die ich den noch spürbaren Verletzungen verdankte.

»Sag mal, Ian, hat es eine besondere Bedeutung, dass ein Mann von der NSA zugleich ein Bruder des Mithraskultes ist? Du willst mir doch nicht weismachen, die NSA ist im Auftrag des Herrn unterwegs?«

Ich faltete die Wirtschaftszeitung, in der ich bisher lustlos geblättert hatte, auf den Knien zusammen.

»Na ja, nicht immer – wie Miles sagte. Die Idee der Geheimdienste aber ist ziemlich gut, sofern du einen guten Herrscher an der Spitze des Gesamtsystems hast. Sitzt dort ein Despot, wird das ganze System despotisch. Nimm zum Beispiel Miles' Urgroßvater, Henry Pomeroy Davison. Ein wahrer Philanthrop, ein Menschenfreund, und doch ein *böser* Banker. Er machte bei der Astor Place Bank Karriere, dann bei der Liberty National Bank und wurde schließlich Seniorpartner der JP Morgan and Company, schon damals die größte Bank der Welt. Auf dem Weg dorthin gründete er auch die Bankers Trust Company. In diesem Wirtschaftsblatt hier ...«, ich wies auf die Zeitung auf meinen Knien, »... steht ein Artikel darüber, dass die Deutsche Bank die Bankers Trust demnächst übernehmen will, um dann zur größten Bank der Welt aufzusteigen. Ja, die Gralshüter des Geldes und ihr Größenwahn.« Ich schlug den eben erwähnten Artikel auf und zeigte ihn Parish.

»Schau dir dieses Foto an. Es zeigt die alte Zentrale des Bankers Trust in Manhattan. Deren Wolkenkratzer war seinerzeit das höchst Gebäude der Welt. Fällt dir etwas auf?«

Parish betrachtete das Gebäude auf dem Foto voller Aufmerksamkeit. »Da ist eine Pyramide auf dem Dach, sogar mit dem Auge darauf. Aber warte mal ... So eine Pyramide haben wir doch gestern Abend schon auf einem Gebäude gegenüber unserem Aussichtspunkt im Marriott gesehen, nicht wahr?«

»Ja, den Messeturm. Er beherbergt ebenfalls mehrere bemerkenswerte Banken. Und du hast recht, er wird von einer Pyramide gekrönt, dem beständigsten menschlichen Monument. Bankers Trust führt die Pyramide sogar stilisiert in seinem Logo. Sie sollte wohl die Beständigkeit des Unternehmens verdeutlichen. Jetzt aber ist es trotz seiner Größe ein Übernahmekandidat für die Deutsche Bank.

Aber wir waren beim Gründer Henry P. Davison – der übrigens genau wie du, Parish, an einem zwölften Juni geboren wurde, im Sternzeichen Zwilling. Davison gründete den Bankers Trust im Jahr 1903. Sechs Jahre später wechselte er zu JP Morgan, dem Bankhaus von John Pierpont Morgan senior. Dieser Morgan war unersättlich, der erste Milliardär der neueren Wirtschaftgeschichte. Mit dem Geld englischer Adliger investierte er in die großen Eisenbahngesellschaften der aufstrebenden USA. Er perfektionierte das System, nicht bloß in einem Wirtschaftszweig aktiv zu werden, sondern möglichst immer alle Wettbewerber zu kontrollieren. Seine besondere Spezialität waren Trusts, Kartelle, die stets einen ganzen Markt beherrschten.

Als Erstes kamen die Eisenbahnen. Aber die brauchten Stahl, also baute Morgan mit dem Geld seiner Anleger, das immer mehr auch sein eigenes Geld wurde, die United States Steel Corporation auf, mit der er bald den größten Teil des Stahlgeschäfts kontrollierte. Aber auch Schiffe wurden damals zunehmend aus Stahl gebaut. Also gründete Morgan die International Mercantile Marine Company, unteren deren Dach er einige der größten Reedereien seiner Zeit vereinte – von der Hamburg-Amerika-Linie über den Norddeutschen Lloyd bis zur White Star Line …«

Parish horchte auf.

»White Star? Denen gehörte doch die *Titanic*? War Morgan etwa ihr Besitzer? Hat er vielleicht sogar mit dem Untergang des Schiffes zu tun? Ich frage nur, weil unser Tron ja den wahren Gründen für die *Titanic*-Katastrophe nachgespürt hat.«

»Kann gut sein, dass Morgan die Finger im Spiel hatte«, erwiderte ich. »Er war rücksichtslos. Von einer seltenem Krankheit, die seine Nase zerfraß, war er ziemlich entstellt und ein Menschenhasser. Ja, zuzutrauen wäre es ihm. Und

Morgan hatte als Eigner der *Titanic* bei der Jungfernfahrt des Schiffes die damals beste Suite gebucht. Er selbst trat die Passage zwar nicht an, doch sein Gepäck ist angeblich mit der *Titanic* versunken – wie seltsamerweise auch einige seiner größten Konkurrenten, Astor zum Beispiel, bei dessen Bank unser Henry Davison angeheuert hatte. Auch Benjamin Guggenheim und ein Spross der Familie des Barons waren unter den Opfern.

Tron hat sich mit diesem Thema beschäftigt, sagst du? Okay, dann werden wir wohl herausfinden müssen, was für eine Chiffre er für dieses Rätsel geschaffen und uns hinterlassen hat. Aber kommen wir noch einmal zu Morgan und Davison zurück. Morgan besaß auch die Werft, auf der die *Titanic* und ihre beiden Schwesterschiffe gebaut wurden, die RMS *Olympic* und die RMS *Britannic*. Bereits ab den 1890ern hatte er außerdem in den damals neuen und boomenden Markt der Elektrounternehmen eingegriffen und Thomas Edison dessen General Electric abgenommen. Doch falls Morgan tatsächlich für den Untergang der *Titanic* verantwortlich war, hat er nicht viel von diesen Erfolgen gehabt. Er starb 1913, ein Jahr nach der Katastrophe, bei einem Besuch in Rom. Womit der ultimative Morgan ans Ruder des Familienunternehmens kam, JP Morgan junior, der im Unterschied zu seinem Vater nicht John, sondern Jack hieß.

Noch im Todesjahr seines Vaters, am 23. Dezember 1913, setzte Jack mit anderen Bankern das Federal Reserve System in den USA durch, das die Funktion der Bundesbank der schon damals mächtigsten Nation der Welt in die Hände von insgesamt zwölf Privatbanken legte. Anschließend trat Jack Morgan bei der Finanzierung des Ersten Weltkriegs an namhafter Stelle in Erscheinung – erst mit einer Zwölf-Millionen-Dollar-Anleihe an den russischen Zaren, dann mit einer Fünfzig-Millionen-Anleihe an Frankreich, beides Milliardenbeträge nach heutigem Wert.

Sein absolutes Meisterstück aber sollte erst noch folgen. Als der Krieg immer mehr ausuferte, vereinte Morgan über zweitausendzweihundert Banken weltweit und brachte mithilfe dieses Syndikats in einem gewaltigen Kraftakt mehr als fünfhundert Millionen Dollar für die Alliierten auf. Dieses Geld wurde in Waffen investiert, die fast ausschließlich aus Morgan'scher Produktion stammten. Der Mann verdiente sich dumm und dusselig an diesem Krieg, der so viele Menschen und Völker ins Verderben riss. Und wenn man bedenkt – der bekannteste Friedensapostel der damaligen Zeit, ein gewisser William Steed, ein britischer Journalist, starb kurz vor dem Ausbruch des Ersten Weltkriegs auf der *Titanic.*«

»Was für eine Verderbtheit!«, entfuhr es Parish.

»Allerdings. Aber ich wollte ja eigentlich von Miles' Urgroßvater erzählen. Wie gesagt, war er zu dieser Zeit Seniorpartner bei JP Morgan and Company – erst unter dem alten JP, dann unter dem jungen. Doch was der junge Jack aus dem Bankers-Business machte, schien Davison im wahrsten Sinne des Wortes großes Kopfzerbrechen zu bereiten. Als die immer gierigeren Banker-Kollegen auch noch seine geliebte Heimat Amerika in die Teilnahme an den ersten großen Schlachten des zwanzigsten Jahrhunderts trieben, ging Davison zwar nicht in Opposition zu diesen Mächtigen, doch er engagierte sich für das Rote Kreuz und sammelte Spenden für Lazarette und Ambulanzen – so wie sein Chef Jack Morgan Bankenanleihen für Waffen sammelte. Davison brachte es allerdings nur auf vier Millionen Dollar, aber auch das war damals eine astronomische Summe. Bis zu seinen Tod im Jahr 1922 – Davison starb 55-jährig an einem Hirntumor, er hatte sich wirklich den Kopf über seine Kollegen zerbrochen – war er außerdem Chairman der Weltliga der Rotkreuz-Gesellschaften, der die nationalen Rotkreuz-Organisationen von Großbritannien, Frankreich, Italien, Japan und den USA angehörten.«

»Ein *guter* Banker – wer hätte das gedacht?«, kommentierte Parish.

»Oh ja, die Idee an sich ist ja nicht deshalb schlecht, weil einige Menschen sie missbraucht haben. Und Davison hat seine eigenen Schlüsse aus dem gezogen, was er bei JP Morgan erlebte, hat diese Einsichten an seine Kinder weitergegeben und sie ermahnt, der entfesselten Gier der Menschen Einhalt zu gebieten, soweit es unter den jeweiligen Umständen möglich war.«

»Und wie?«, wollte Parish wissen. »Was haben Davisons Kinder getan? Waren sie auch Banker bei Morgan?«

»Nein, eben nicht, obwohl dieser Beruf zu jenen gehört, die noch heute vom Vater auf den Sohn vererbt werden. Henry P. Davison junior wurde einer der Direktoren des Time Magazins, des ultimativen meinungsbildenden Organs der USA. Und dessen Bruder Fredrick Trubee Davison war einer der ersten Direktoren des Central Intelligence Agency, des CIA.«

Parish lachte auf. »Wie der Herr, so das Gescherr.«

»Stimmt. Und mehr als du jetzt vermuten würdest. Frederick Trubee war Absolvent der Yale-Universität, einer der Besten seines Jahrgangs …«

Der Schwarze fiel mir ins Wort. »Skull and Bones! Die geheimste Geheimorganisation der Welt!«

Ich lachte auf. »So geheim nun auch wieder nicht. Selbst so ein schwarzer Bruder wie du weiß von ihrer Existenz. Da ist unser Bund der Sieben ja noch deutlich diskreter. Aber egal. Ja, die zweite Generation der Davisons war auch in diesem Zirkel vertreten. Die Diskretion des alten Henry zahlte sich aus. Er gehörte ja zum eingeschworenen Kreis dieser Macht- und Geldstrategen. Und seine emotionale Opposition war leise und verdeckt, absolut unverdächtig für seine Artgenossen. Hätte er laut gegen die Machenschaften seinesgleichen gewettert, er wäre vernichtet worden. Und seine Kinder und Kindeskinder trugen diese Fackel weiter, bis auf den heutigen Tag. Also, mein guter Mercurius, manchmal können auch Geheimdienste die Guten sein. Zumindest können sich die Guten in ihren Reihen ganz gut verstecken, um die Bösen ein klein wenig unter Kontrolle zu halten. Und die richtig Guten finden dann auch den Weg in die geheimste aller geheimen Organisationen, um den von Kyros dem Großen eingeschlagenen Weg zur Vollendung zu bringen.«

10.

Der Tag war noch jung, als wir in Kairo eintrafen, der Metropole, in der wir vor gar nicht langer Zeit die *neue* Nolo gefunden hatten. Gerade einmal knapp eine Woche war es her, dass wir an der Nahtstelle von Halloween und Allerheiligen jenes Mädchen fanden, das die vor unseren Augen vom Baron ermordete Freundin des Tron für unsere Mission ersetzen sollte.

»Werden wir wieder bei diesem Kopten wohnen?«, fragte Parish folgerichtig, als wir in eins der Taxis stiegen, die vor den Flughafengebäuden warteten. Ich überlegte kurz, entschied mich dann aber gegen diese angesichts unserer neuerlichen Aufgabe naheliegende Option.

»Das Schiff von Margo soll vor dem Royal Nile Tower Hotel liegen. Also lass uns dort absteigen. Ich kann dir versprechen, dieses Hotel wird dich sehr überraschen.«

Parish blickte mich fragend an, doch ich beließ es bei diesem Hinweis; die Erklärung zu meiner Andeutung würde er gleich selber sehen.

Das Royal Nile Tower Hotel liegt östlich gegenüber der Roda-Insel am Nilufer, ungefähr zwanzig Kilometer vom Flugplatz entfernt. Als unser Taxi vor dem imposanten, in der Horizontalachse leicht gebogenen Gebäude vorfuhr, schaute Parish beeindruckt durch das Seitenfester nach oben und sagte:

»Lass mich raten ... zweiundvierzig Stockwerke?«

»Ganz genau, wenn man das Erdgeschoss mitrechnet.«

Parish rieb sich das Kinn.

»Und was bedeutet diese Zweiundvierzig? Ist es auch eine Freimaurerzahl?«

Während wir ausstiegen, erwiderte ich: »Eigentlich nicht. Schon mal ›Per Anhalter durch die Galaxis‹ von Douglas Adams gelesen oder seine Hörspiele für BBC gehört?« Wir gingen Richtung Foyer. »Nun, Adams lässt einen genialen Supercomputer die Antwort auf die letzte Frage nach dem Leben, dem Universum, dem Sinn aller Dinge suchen.«

»Und die Antwort lautet zweiundvierzig?«

»Zumindest bei Adams.«

»Schriftstellerische Freiheit? Oder mehr?«

Parish war stehen geblieben und schaute mich an.

»Wie man's nimmt. Die Zweiundvierzig hat schon noch ein paar weitere überraschende Bedeutungen, vor allem wenn man bedenkt, dass Adams von sich behauptet, Atheist zu sein.«

»Ian, raus mit der Sprache. Kein Quiz bitte.«

»Okay. Wir sind in Ägypten. Im alten Ägypten gab es genau zweiundvierzig Gäue, also Verwaltungsbezirke, entlang des Nils – zweiundzwanzig in Oberägypten und zwanzig in Unterägypten. Und die Zahl Zweiundvierzig taucht noch weitere Male bei den alten Ägyptern auf, zum Beispiel bei der Anzahl der Totenrichter, die über eine verstorbene Seele Gericht halten.

Allerdings streiten sich die Experten, ob diese Zahl mit jener der Gäue zusammenhängt oder ob die Zahl der Totenrichter, hinter denen sich eigentlich Dämonen mit so wohlklingenden Namen wie Knochenbrecher, Gedärmefresser oder Blutsäufer verbergen – als Synonym für die Strafen eines toten Sünders –, sich aus einer Vielzahl der magischen Sieben ableitet. Auf jeden Fall dürfte die Zahl der Totenrichter mit der Zahl jener Bücher in direkter Verbindung stehen, die ein ägyptischer Priester in der Zeit seiner Ausbildung auswendig zu lernen hatte. Und die das gesamte Wissen der ägyptischen Zivilisation wiedergeben. Diese zweiundvierzig Bücher werden in ihrer Urheberschaft dem Gott Thot zugeschrieben, der später bei den Griechen mit Hermes und dann bei den Römern mit Merkur gleichgesetzt wurde, mein lieber Mercurius.

Aus dieser Tradition entwickelte sich auch die Bezeichnung Hermetische Schriften – nach Hermes – für die Überlieferungen der zweiundvierzig Bücher des Thot. Allerdings sind die Bearbeitungen aus der Antike nur noch sehr vage auf die tatsächlichen Liturgien der alten Ägypter zurückzuführen, da das Wissen über die Bedeutung der ägyptischen Hieroglyphen für die Autoren späterer Zeit längst verloren gegangen war. Man darf diese Hermetischen Schriften also über weite Teile für mystifizierenden Quatsch halten. Allerdings mit sehr bedeutungsvollen Ursprüngen.

Aber zurück zur Symbolik der Zahl Zweiundvierzig. Letztlich kann man hier noch erwähnen, dass sich aus dem sogenannten Baum des Lebens der jüdischen Kabbala auch eine Zweiundvierzig mit tieferer Bedeutung ableiten lässt. In diesem Baum des Lebens gibt es zehn sogenannte Sefirot – grob kann man sagen: Tugenden. Und diese Tugenden verbinden zweiundzwanzig verschiedene Wege zur ultimativen Erkenntnis, wobei diese Wege jeweils ganz bestimmte Namen und Nummern tragen. Verbindet man nun die drei Tugenden Weisheit, Verständnis und Barmherzigkeit, die als die edelsten dieser Tugenden einen gnädigen Gott sehr treffend umschreiben würden, so findet man die diese drei Tugenden verbindenden Wege *Schin*, gleich Einundzwanzig, *Kof*, gleich Neunzehn, und *Bet*, gleich Zwei – ergibt als Quersumme ebenfalls die Zweiundvierzig.

Und letztlich lässt sich in einer ganz bestimmten Lesart auch der Name *YHVH*, gesprochenen wohl *Jahwe*, also der hebräische Name Gottes, den ja eigentlich niemand aussprechen darf, in einer ganz bestimmten Form mit der Zahl Zweiundvierzig übersetzen. Es ist ja so, dass im Hebräischen jeder Buchstabe einem zugeordneten Zahlenwert entspricht. Diese Zahlenmystik der Juden nennt man übrigens Kabbala.«

»Totenrichter … Bücher des Thot … Kabbala … wie passt denn das alles zusammen?«, wollte Parish wissen.

»Nenn es göttliche Evolution. Aus den unbestechlichen Totenrichtern des archaischen Jüngsten Gerichts wird der liebevoll vergebende Gott, wie wir ihn vor allem bei den Christen kennen.«

»Ah!«

Parish und ich näherten uns der Hotelrezeption und checkten zum dritten Mal innerhalb vierundzwanzig Stunden in ein Hotel ein. Doch anstatt nun sofort unsere Zimmer zu beziehen, wandten wir uns der Flussseite des Hotels zu, um nach der Yacht von Margo, der hübschen Tochter des Barons, Ausschau zu halten. Doch der Anleger vor der luxuriösen Hotelterrasse war leer.

Ich ging zurück zur Rezeption und fragte den Concierge nach dem Verbleib des Schiffes, das meines Wissens hier hätte liegen müssen. Zu meinem großen Bedauern musste ich hören, dass wir die schöne Schlange unseres Widersachers um einige Stunden verpasst hatten; die *Tyfon* war am Morgen in Richtung der Stadt Helwan flussaufwärts aufgebrochen.

Als ich mich zu Parish umdrehte, um ihm dies mitzuteilen, bemerkte ich im Augenwinkel, wie einer der Hotelangestellten hinter der Rezeption zu einem Telefonhörer griff, ohne mich aus den Augen zu lassen. Als ich in der Bewegung verharrte und den Mann genauer fixierte, legte er wie ertappt ganz schnell den Hörer auf und verschwand augenblicklich in einem rückwärtigen Büro.

Ich verschwieg Parish diese Beobachtung, die ganz sicher nichts Gutes bedeuten konnte. Stattdessen beratschlagten wir, was jetzt am besten zu tun sei.

»Wo liegt denn dieses Helwan?«, wollte Parish wissen.

»Knapp dreißig Kilometer südlich von hier. Helwan ist ein alter Kurort, für seine schwefelhaltigen Quellen bekannt. Ist für die Einwohner Kairos ein beliebtes Ausflugsziel zu Schiff. Allerdings hat die Stadt in den letzten Jahrzehnten viel von ihrem ursprünglichen Charme verloren, seit sich dort Schwerindustrie angesiedelt hat.

Aber Helwan liegt auch auf Höhe der alten Nekropole Saqqara, das durch eine der großen Nilbrücken mit Helwan verbunden ist. Und in Saqqara gibt es die älteste Pyramide der Welt, die Stufenpyramide des Pharaos Djoser aus der dritten Dynastie des Alten Reiches, erbaut um das Jahr 2650 vor unser Zeitrechnung. Ein Muss für jeden Ägyptenreisenden.«

»Hört sich interessant an. Lass uns auch dorthin fahren«, schlug Parish vor. »Dreißig Kilometer sind nicht weit. Bis zum Abend könnten wir locker wieder zurück sein. Vor dem Haus stehen doch Taxis. Was meinst du?«

Ich überlegte.

Autofahrten in Kairo waren stets ein Abenteuer, wie wir heute schon eines hinter uns hatten. Außerdem waren Autos leicht zu verfolgen, ohne dass man den Verfolger ausmachen konnte. Und wenn ich an den Mann hinter der Rezeption eben dachte, würden wir bestimmt Verfolger haben.

»Was hältst du davon, wenn wir ein Schiff nehmen? Wir haben es ja nicht eilig. Und die Passage von Kairo flussaufwärts ist eine der ältesten und eindrucksvollsten der Welt. Schließlich kämen wir auch an den Pyramiden von Gizeh vorbei.«

Und auf dem Nil würden wir viel besser erkennen, wenn jemand uns folgte und wer es sein könnte.

Parish stimmte meinem Vorschlag sichtlich begeistert zu. Also ging ich wieder zur Rezeption und fragte, ob man uns eine Feluke bestellen könnte, eines der traditionellen Segelboote vom Nil, die uns beim Anleger vor dem Hotel für eine Fahrt nach Helwan abholen sollte.

Und tatsächlich saßen wir keine zwanzig Minuten später in einem dieser Schiffe mit ihrem charakteristischen dreieckigen Segel, die seit der Zeit der Pharaonen mit dem Wind des Mittelmeeres den Nil hinauffuhren und noch heute häufig zu sehen waren.

Das Wetter war schön und mild, und die beständige leichte Brise von Achtern, also aus Norden, wirkte wie eine natürliche Klimaanlage. Parish und ich hatten es uns in dem offenen Boot auf Tuchballen gemütlich gemacht und genossen die Aussicht auf die langsam vorbeiziehende Riesenstadt Kairo und ihre schier endlosen Vorstädte.

Kairo ist die größte Metropole Afrikas, doch vergisst man oft, dass auch die Vorstädte in unmittelbarer Nähe – wie etwa Gizeh, wo die Sphinx und die großen Pyramiden stehen –, mit über zwei Millionen Einwohnern selbst riesige Städte sind.

Ab und zu schaute ich flussaufwärts, ob etwas Auffälliges zu bemerken war, doch die Schiffe, die uns in einiger Entfernung folgten, erschienen mir alle unverdächtig. Entweder waren es Fracht-Feluken wie unser Boot oder große Passagierschiffe, die sich mit zahlreichen Touristen an Bord und deutlich höherer Geschwindigkeit als wir auf den weiten Weg in das rund siebenhundert Kilometer südlich gelegene Luxor machten.

Der Kapitän unseres kleinen Seglers war ein Araber von undefinierbarem Alter. Er trug die typischen weißen Gewänder, dazu einen ebenfalls weißen Turban. Sein Gesicht war ungepflegt und unrasiert, aber von einem schönen tiefen Braunton. Seine »Mannschaft« bestand aus einem einzigen weiteren Mann, offenbar ein junger Inder, der eine schlichte helle Leinenhose mit passendem Hemd dazu trug und stets damit beschäftigt zu sein schien, die wenige Ladung auf Deck an immer wieder andere Stellen zu schieben; wahrscheinlich wollte er nicht den Eindruck erwecken, nichts zu tun zu haben.

Wir mochten eine Stunde unterwegs gewesen sein, als ich bemerkte, wie der junge Inder sich an einem Spirituskocher zu schaffen machte und nach einer Weile einen Wasserkessel umständlich zum Kochen brachte. Offensichtlich bereitete er Tee zu. Und tatsächlich zog bald der angenehme Duft von frisch aufgebrühter Pfefferminze über die alten Holzplanken.

Als der Tee endlich fertig war, fixierte der zerfurchte Skipper die Ruderpinne, an der er sich die ganze Zeit festgehalten hatte, mit einem Seil an der Bordwand und ging zu dem Inder. Der Chef selbst übernahm das Einschenken der intensiv grünen Flüssigkeit in die bereitstehenden kleinen Gläser. Aus einer zerbeulten Blechdose schaufelte er dann mit einem kleinen Löffel Zucker in den Tee und rührte die zwei Gläser, die offensichtlich für Parish und mich gedacht waren, sorgfältig um. Wahrscheinlich gab es dafür nur diesen einen Löffel an Bord.

Der Araber übernahm es sogar selbst, uns, seinen Gästen auf dem Boot, die noch dampfenden Getränke zu servieren. Ich freute mich auf die warme Erfrischung. Freundlich dankte ich unserem Wirt. Auch Parish nickte ihm höflich zu, als er sein Glas entgegennahm. Ein wenig zu gierig trank ich von dem Tee, der kräftiger schmeckte als erwartet, doch ich hatte mächtigen Durst.

Ich stellte das leere Glas auf die Decksplanken und hoffte, dass der Inder vorbeikommen würde, um nachzuschenken. Stattdessen verdrückte er sich nach vorn ins Boot und starrte zum ersten Mal, seit wir an Bord gekommen waren, untätig voraus in die Ferne.

Ich wollte mich gerade zu dem Araber umdrehen, um zu sehen, wie er auf die Untätigkeit seines Mitarbeiters reagierte, als ich eine plötzliche Schwere in den Muskeln bemerkte; nicht einmal mehr den Kopf konnte ich drehen. Als ich versuchte, die rechte Hand zu heben, um den Reisebegleitern meine Probleme zu signalisieren, gehorchten auch die Armmuskeln meinem Willen nicht mehr.

Ich registrierte mit wachsendem Schrecken, dass nur meine Augen sich noch bewegen ließen, und auch das nur mit

Schwierigkeiten. Verzweifelt suchte ich Parishs Blick – und sah in genauso entsetzte Augen wie die meinen. Auch Parish wollte der eigene Körper offensichtlich nicht mehr gehorchen.

Unwillkürlich schaute ich auf Parishs Teeglas, das wie meines leer auf dem Schiffsboden stand – und mit einem Mal wurde mir klar, was hier vor sich ging. Mit zunehmender Lähmung meines Körpers suchten meine Blicke die des Arabers, der nun wieder an der Ruderpinne stand und die Lippen zu einem schmutzigen Grinsen verzog, als er die nackte Angst in meinen Augen erkannte.

Dann erstarrte auch die letzte Beweglichkeit in meinem Körper. Seltsamerweise blieb ich bei vollem Bewusstsein, hörte und sah, was um mich herum passierte. Allerdings wurde mir voller Entsetzen bewusst, dass von der Lähmung auch Herz und Atmung betroffen waren.

Mit starren Augen sah ich, wie der Araber am Schiffsruder eine Wende mit unserem Boot vollführte und es vollständig aus dem Wind nahm. Sofort schien das Boot auf der Stelle zu stehen. Augenblicke später nahm ich das Geräusch eines hochdrehenden Schiffsmotors wahr. Jemand hatte wohl auf unsere Ankunft hier gewartet.

Das Motorengeräusch wurde rasch lauter, doch so sehr ich mich auch mühte, nach der Quelle des Lärms zu schauen – ich schaffte es nicht. Allein den leichten Ruck nahm ich wahr, als das sich nähernde Boot hörbar die Fahrt wegnahm und Augenblicke später gegen den Rumpf unseres Bootes stieß. Sofort waren in Arabisch gerufene Worte zu hören; ich merkte, wie mehrere Menschen zu uns herüber in die Feluke sprangen und wie jemand übers Deck rasch zu mir gelaufen kam.

Wer es war, konnte ich aus meiner durch die plötzliche Lähmung unnatürlichen Haltung nicht sehen. Doch mir wurde das Hemd über der Brust aufgerissen, und gleich darauf spürte ich einen winzigen Stich in der Herzgegend. Mir wurde irgendetwas gespritzt. Für einen Augenblick normalisierte meine Herz- und Lungentätigkeit sich wieder, wenngleich der Rest des Körpers gelähmt blieb.

Dann wurde ich noch einmal in den Arm gestochen, wahrscheinlich mit einer weiteren Spritze. Wieder spürte ich eine Flüssigkeit in meinen Körper strömen, nur dass diesmal keinerlei Wirkung eintrat. Bis auf Atmung und Herzschlag blieb ich gelähmt.

Wieder wurde in der kehligen Sprache der Araber gesprochen. Dann bemerkte ich, wie mein Körper angehoben wurde – so plötzlich, dass mir die Sonnenbrille von der Nase rutschte. Ich wurde offenbar von zwei Personen getragen, die ich aber nicht sehen konnte, da mein Blick nun in den für meine starren Pupillen viel zu hellen Himmel ging. Das Licht schmerzte höllisch, und ich war mir sicher, dass meine Sehnerven diese Lichtfülle nicht lange ohne Schaden aushielten.

Nun wurde ich offenbar hinüber in das andere Boot gehoben, das eben mit so lautem Motorengeräusch herangekommen war. Dabei konnte ich eine der Personen, die mich trugen, durch den Lichtnebel meiner geblendeten Augen erkennen: Es war ein mit Tüchern völlig vermummter Mann; nur noch ein Sehschlitz war vor seinem Gesicht freigelassen.

So abrupt, wie ich eben von meinem Lager auf den Tuchballen hochgehoben worden war, so plötzlich wurde ich jetzt abgelegt – wie es schien, in eine Art Kiste, in der ich ein leichtes Polster unter mir spürte. Ich konnte die Wand der Kiste mehr erahnen als sehen. Meine Träger drückten schließlich meine in unnatürlicher Haltung erstarrten Arme und Beine in eine gerade liegende Haltung. Dann wurde es nach der Helligkeit von eben erschreckend dunkel um mich her. Ich hörte, wie ein hölzerner Deckel auf die Kiste gelegt und mit metallischen Verschlüssen verriegelt wurde.

Panik erfasste mich. Ich war in einem verdammten Sarg gefangen!

11.

Das Motorboot nahm sofort Fahrt auf. Es schien vorerst keines der Ufer anzusteuern; dafür waren wir bald schon zu lange unterwegs. Da Motorengeräusch und Schiffsbewegung nicht ganz synchron waren, vermutete ich, dass unsere Fahrt weiter flussaufwärts ging – dorthin vielleicht, wohin wir ohnehin wollten.

Ich fragte mich, ob Parish mit mir zusammen auf dieses andere Boot gebracht worden war. Ich konnte es nicht beschwören. Gehört hatte ich es nicht und gesehen schon gar nicht; noch immer tanzten in der totalen Finsternis meines Verlieses blasse Lichtflecke vor meinen Augen.

Da es in der Monotonie des Motorenlärms, der gleichförmigen Bewegung des Schiffes und der mich völlig umhüllenden Dunkelheit keinen Bezugspunkt mehr gab für eine rationale Wahrnehmung, kann ich nicht sagen, wie lange wir tatsächlich unterwegs waren. Mir kam es wie eine Ewigkeit vor – oder auch wie unendlich viele Ewigkeiten. Zumal mir außer dem Zwerchfell immer noch kein Muskel gehorchte.

Als das Boot schließlich mit spürbar zurückgenommener Fahrt gegen einen Anleger stieß, musste ich für einige Zeit das Bewusstsein verloren haben oder eingeschlafen sein. Ich realisierte, wie die Kiste, in der ich mich befand, angehoben wurde. Ich wurde ordentlich durchgeschüttelt, war den unwillkürlichen Bewegungen, die mein gelähmter Körper vollführte, jedoch hilflos ausgeliefert.

Nach einem kurzen Stück, das ich offenbar wieder von zwei Personen getragen worden war, wurde ich erneut abgestellt – diesmal ein Stück erhöht, wie ich meinte. Gleich darauf hörte ich einen knappen, mit kehliger Stimme gerufenen Befehl. Dann, mit einem Ruckeln, ging die Reise ins Ungewisse weiter.

Ich befand mich offenbar auf einem Karren, der von einem Pferd oder Esel gezogen wurde. Ganz leicht konnte ich die anschlagenden Hufe auf einem befestigten Weg hören. Und die Bewegung, die die schlingernde Kiste mit mir machte, erinnerte mich an eine langsame, schaukelnde Kutschenfahrt.

Ich zwang mich, wach zu bleiben, versuchte, mich auf meine verbliebenen Sinne zu konzentrieren, und machte mich daran, mein enges Gefängnis zu untersuchen, soweit es in der völligen Dunkelheit und mit meiner weitgehenden Bewegungsunfähigkeit überhaupt möglich war.

Meine bloßen Hände ruhten auf Stoff. Er fühlte sich baumwollartig an, war nach meinem Empfinden aber derber. Leinen! Ja, ich war mir sicher, dass mein Körper auf Leinenbahnen gebettet war. Das war aber auch schon alles, was ich in meiner derzeitigen Lage fühlen konnte.

Dann konzentrierte ich mich ganz auf meinen Geruchssinn. Nach einer Weile glaubte ich tatsächlich, einen leichten bitteren Geruch wahrnehmen zu können, ähnlich dem einer scharfen Arznei. Gerade, als ich über die Quelle dieses markanten Aromas nachdenken wollte, nahm ich einen weiteren Duft wahr. Er war irgendwie *ölig*, rief Assoziationen nach Seife und Massageöl wach. Doch wirklich identifizieren konnte ich auch diesen Geruch nicht.

Damit waren meine beschränkten Möglichkeiten zu Ermittlungen in meiner derzeitigen Lage aber auch schon erschöpft. Wobei – ich hatte auch noch meine Erinnerung. Auch wenn meine Augen vorhin geblendet waren, so hatte ich doch einiges gesehen, als ich in diese Kiste gepackt worden war, auch wenn die Eindrücke deutlich überbelichtet waren.

Nun versuchte ich zu rekapitulieren, was ich tatsächlich wahrgenommen hatte.

Der Mann, der mich getragen hatte ... er hatte tiefschwarze Augen gehabt und einen sehr dunklen Teint. Ich war in Ägypten. Der Mann konnte also Nubier sein.

Der dunkle Teint dieses Peinigers rief auch die verschüttete Erinnerung an eine weitere unbewusste Beobachtung hervor; wieder nur ein schemenhaftes Bild, ein längst verwehter Eindruck, den meine völlig überreizten Sehnerven beiläufig aufgenommen hatten, als ich in diese Kiste gelegt worden war ... ein Eindruck, der durch die überschäumende Panik in meinem Innern nicht den Weg in mein Bewusstsein gefunden hatte. Bis jetzt.

Ich war in einer Kiste, das war gewiss. In einer hölzernen Kiste, glaubte ich. So jedenfalls hatten meine gelähmten Sinne es mir erzählt. Jetzt aber tauchte diese bruchstückhafte Wahrnehmung in meinem Gedächtnis auf, diese Momentaufnahme aus genau dem Augenblick, als ich in diese Kiste gelegt worden war – und für einen unglückseligen Moment die Innenverkleidung meines engen Verlieses gesehen, aber nicht erkannt hatte.

Das war kein Holz gewesen, über das mein starrer, stumpfer Blick hinwegging. Von außen sah man – und ich hörte es ja auch beim Hin- und Herwuchten – wahrscheinlich eine gewöhnliche Holzkiste, in der man alles Mögliche vermuten konnte, sogar einen regungslosen, wie lebendig begrabenen Menschen.

Von innen aber bestand dieses grausame Behältnis aus einer dünn aufgebrachten, grafitartigen Keramik, die in meiner nun im Bewusstsein angelangten Erinnerung hell und schwarz geschimmert hatte. Dieser Belag, das wusste ich nur zu gut, war unzerstörbar. Selbst wenn ich meine volle Bewegungsfähigkeit irgendwann zurückgewinnen sollte, gab es auf diesem Weg kein Entkommen. Egal, welche Kräfte frei würden – diese Substanz würde nicht nachgeben.

Aber das war nur die eine Seite der zusätzlichen Schrecken, die meine Entdeckung mir offenbarte. Die andere Seite war noch weit grausamer, unberechenbarer und in meinen Befürchtungen ungleich bedrohlicher – und ich war mir sicher, dass diese Wirkung nicht mehr lange auf sich warten ließ.

Derweil ging das monotone Geschaukel auf dem Karren weiter. Ich hörte lediglich, dass der Untergrund des Weges sich änderte. Aus der befestigten Straße wurde ein Schotterweg, wie das deutliche Knirschen von Steinen unter den Rädern verriet. Auch wurde ich gewahr, dass mein liegender Körper sich mehr als einmal leicht neigte. Wir verließen also die Nähe des Nilufers, um zu einem höher gelegenen Ziel zu gelangen. Doch so sehr ich mich anstrengte, wach und bei vollem Bewusstsein zu bleiben, schlief ich schließlich doch wieder ein, oder besser: Ich fiel wieder in eine tiefe Ohnmacht.

Das Geräusch sich öffnender Riegel weckte mich. Der Deckel meines Sarkophags wurde angehoben. Ich rechnete damit, in gleißende Helligkeit zu blicken. Doch zu meiner freudigen Überraschung sah ich das lebendige Flackern brennender Fackeln.

Meine von der langen Finsternis hochsensiblen Augen registrierten mit wachsender Verwunderung eine blaue, mit naiven Sternen bemalte steinerne Decke über mir. Ich befand mich offenbar in einem altägyptischen Raum, wahrscheinlich einer Grabkammer.

Eine Bewegung in meinem Sichtfeld erregte meine Aufmerksamkeit, aber ich konnte die Pupillen nicht in die Richtung lenken. Doch das sich bewegende Objekt näherte sich meiner Blickrichtung, und ich erkannte eine hölzerne Maske in Form eines Löwenkopfs. Mit starren Augen sah ich in das unbewegte, dennoch irgendwie erstaunt wirkende Gesicht einer stolzen Löwin, deren Haupt von einer großen roten Scheibe gekrönt wurde, vor der wiederum eine drohende goldene Kobra – die Uräusschlange – sich aufrichtete.

Sachmet, durchfuhr es mich. Die Kriegsgöttin der alten Ägypter. Die wilde, ungezügelte andere Seite der milden und liebevollen Katzengöttin Bastet – mit dem Auge des Re, der Sonnenscheibe, auf dem Kopf.

Allerdings galt Sachmet den Ägyptern auch als Göttin von Krankheit und der Heilung. Es konnte also durchaus ein gutes Zeichen sein, in meiner Situation dieses Antlitz zu erblicken.

Nun hörte ich in der hohlen Maske eine weibliche, aber menschliche Stimme; allerdings sprach diese Stimme in dem für moderne Ohren völlig unverständlichen kehligen Idiom der alten Ägypter, das von Konsonanten beherrscht wurde, fast ohne die weiche Abmilderung durch Vokale, wie die heutigen Sprachen sie meist erfahren haben.

»Richtet ihn auf! Auf dass er sehe!«

Die Ägypter lieben den Imperativ, weil man sich damit so schön auf das Wesentliche beschränken kann.

Dem Befehl der Löwengöttin wurde augenblicklich Folge geleistet. Ich spürte, wie die Kiste, in der ich lag, angehoben, stehend aufgerichtet und gegen eine rückwärtige Wand gestellt wurde, sodass ich jetzt in den Raum blicken konnte, der sich rechteckig vor mir öffnete.

Neben der Sachmet, die außer der hölzernen, in prächtigen Erdfarben bemalten Maske mit der Sonnenscheibe obenauf in ein langes, sehr eng anliegenden Seidenkleid gehüllt war, bemerkte ich sechs kahl geschorene, nur mit leinenen Lendenschurzen bekleidete Männer. Zwei von ihnen hatten offensichtlich den Befehl der Sachmet ausgeführt, meine Kiste an die Wand zu stellen.

Zwei weitere Gestalten, die unbeweglich in einer schummrig beleuchteten Ecke standen, konnte ich nicht richtig erkennen. Allerdings sah ich einen lebendigen schwarzen Stier, der rechts von mir mit einem Seil an einem Mauervorsprung festgebunden war. Er sollte wohl eine Inkarnation des göttlichen Apis-Stiers darstellen. Allerdings war das Tier von eher kleiner Statur.

Der Raum mochte insgesamt zwanzig auf zehn Meter messen, wobei ich an einer der kürzeren Querseiten stand. Da keine zusätzlichen Säulen die etwa vier Meter hohe Decke trugen, vermutete ich, dass wir tief unter der Erde sein mussten, wo das umgebende Naturgestein diesem großen, saalartigen Raum die nötige Stabilität gab.

Der Raum schien vollkommen unmöbliert zu sein, sah man von einem halbhohen, massiven Altarstein ab, der mit rund zwei Metern Länge mitten im Raum quer zu meiner Blickrichtung stand und aus dem natürlichen Felsen gehauen zu sein schien. Ich vermutete, dass es sich bei diesem Objekt um einen Altar oder Opfertisch handelte, war mir aber nicht sicher: Er hatte irgendwie die optische Wirkung eines Operationstisches in einem zugegeben archaischen Operationssaal.

Die schlanke Löwin, die die Ausführung ihres Befehls aufmerksam verfolgt hatte – wobei ich nicht erkennen konnte, wie sie durch die Maske überhaupt zu sehen vermochte –, hatte sich nun umgewendet und war mit anmutigen Bewegungen hinter den Altar getreten. Nun starrte sie mich über den Opferstein hinweg an.

»Beginnt!«, ließ sie einen weiteren Befehl hören.

Sofort verneigten sich zwei der kurz geschorenen Männer vor der Löwin und hoben etwas auf, das offenbar zwischen Altar und Göttin auf dem Boden gelegen hatte. Es war ein in Leinen gewickeltes Bündel, das von den beiden Männern nun auf dem Altar abgelegt wurde.

Das Bündel besaß die Konturen eines Menschen.

Zweifellos handelte es sich um eine Mumie, die in Leinenbänder gewickelt und so konserviert worden war. Da Parish zusammen mit mir auf unserer Feluke betäubt worden war, drängte sich mir spontan der erschreckende Verdacht auf, dass sich unter den Mumienbinden die Leiche meines Begleiter befinden musste …

Mittlerweile waren alle sechs Kahlgeschorenen an den Altar getreten und machten sich daran, die Leinenverbände vom Körper darunter zu lösen. Die Löwin und die beiden Gestalten weiter hinten in der Ecke rührten sich derweil keinen Millimeter.

Dann aber machte ich eine Entdeckung, die mir neue Hoffnung gab: Mit einem Mal ließen meine Augenlider sich wieder schließen. Auch die Sehschärfe nahm zu, und die Augäpfel ließen sich wieder bewegen. Bald konnte ich den von zunehmender Unruhe erfassten Stier, der bisher wenig mehr als ein Schemen gewesen war, genauer erkennen: Er war, wie ich nun bemerkte, doch kein genaues und lebendiges Abbild des Apis. Seine Haut war von einem dunklen Rotbraun – nicht Schwarz, wie der erste Eindruck mich hatte vermuten lassen. Doch er trug seltsamerweise die typischen Zeichen des Apis, den weißen Fleck in Form eines Dreiecks auf der Stirn und den zweiten weißen Fleck in Form einer Mondsichel auf der mir zugewandten rechten Körperseite.

Ein roter Apis-Stier! Hier war offensichtlich ein sehr merkwürdiger Zauber im Gange.

Ich schaute wieder zum Altar, wo die Arbeit an der Mumie mittlerweile weiter vorangeschritten war. Am Kopf sah ich bereits einige vollständig freigelegte Partien, konnte aber nicht erkennen, wie das ganze Gesicht aussehen würde. Doch ich war mir jetzt sicher, dass es sich auf keinen Fall um Parish handelte. Die Mumie hatte ganz klar eine hellere Hautfärbung, wenngleich dies im fahlen Licht der Fackeln schwer auszumachen blieb.

Ich sah, wie die sechs Männer am Altar immer wieder kleine Metallamulette, die offensichtlich in die Leinenbinden gesteckt worden waren, aus dem Bündel nahmen und zur Seite legten. Gesprochen wurde nicht; jeder der Männer wusste offenbar sehr genau, was er zu tun hatte.

Als nur noch eine Leinenbahn auf dem Gesicht der Mumie lag, hob die Löwin, die hinter dem Altar stand, den rechten Arm und rief, wieder in dem alten Dialekt: »Halt!«

Augenblicklich unterbrachen die Kahlgeschorenen ihre Arbeit und traten vom Altar zurück, sodass ich freien Blick auf das bekam, was sich auf dem massiven Tisch tat.

Nun näherte die Maskierte sich der Mumie und begann, die letzten Bahnen des Verbandes von dem leblosen Körper zu lösen, wobei sich das Gesicht mit der Maske nach einer Weile hob und mich anzuschauen schien. Auch ich blickte der Löwin genau in die künstlichen Augen – und entdeckte das erste Mal kleine, sehr fein gearbeitete Sehschlitze, die mir bisher verborgen geblieben waren. Jeder kennt dieses Phänomen: Der Verstand kleistert unlogische Löcher in Bildern einfach zu, weshalb man in der Nacht genau fixierte Sterne nicht sehen kann. Ihr Bild fällt auf einen toten blinden Punkt auf der Netzhaut, und der Verstand schließt diese Lücke mit dem umgebenden sichtbaren Hintergrund.

Doch ich vermochte nicht zu erkennen, wer sich hinter den Sehschlitzen verbarg. Obwohl ich zugeben muss, dass ein erster Verdacht in mir aufkeimte.

Ganz plötzlich brach die Löwin den Blickkontakt mit mir ab und wandte ihr Maskengesicht wieder der Mumie vor ihr auf dem Altar zu. Ich folgte ihrer Kopfbewegung und erkannte, dass Sachmet das Gesicht des Leichnams inzwischen völlig freigelegt hatte.

Ich erschrak bis ins Mark.

Ich hatte Trons Gesicht bisher nur einmal im Leben gesehen, aber – konnte das sein?

Der Tote sah meinem Freund Tron verdächtig ähnlich.

War mein ehemaliger Berliner Hackerfreund möglicherweise doch nicht durch irgendeine verfluchte Manipulation in der Erde seiner Väter in Kroatien beerdigt worden? Oder jemand hatte ihn vielleicht in den letzten Wochen dort wieder ausgegraben und schließlich hierher nach Ägypten geschafft.

12.

Ich spürte, wie mein mittlerweile doppelt angeschlagenes Herz sprunghaft seine Schlagfrequenz erhöhte. Ein Adrenalinstoß wurde von meinem Körper ausgeschüttet, fuhr mir in die Bauchhöhle, weitete die Adern dort. Es waren die Symptome eines Schocks.

Mit aller Willenskraft versuchte ich meinen Körper unter Kontrolle zu bringen. Nur meine Augen gehorchten mir wieder. Deshalb sah ich die Löwengöttin an, die mich nun wieder anstarrte. Obwohl ihre Maske unbewegt blieb, konnte ich sehen, wie das tierhafte Gesicht sich zu einem diabolischen Grinsen verzog.

»Raus!«

Der neuerliche Befehl der Sachmet zerriss die lastende Stille. Sofort verschwanden die sechs Kahlgeschorenen nach links, wo sich offenbar eine für mich unsichtbare Tür befand. Die zwei Gestalten in der Ecke des hallenartigen Raumes rührten sich jedoch nicht. Dafür bewegte der Stier sich immer unruhiger hin und her und zerrte an seiner Maulfessel.

Die maskierte Gestalt der Sachmet kam derweil wieder um den Altar herum und auf mich zu. Vielleicht zwei Meter vor mir blieb sie stehen. Ich sah, wie die Frau, deren Körperformen unter dem dünnen Kleid gut zu erkennen waren, ihr falsches Löwinnengesicht hob. Dabei beugte sie sich vor, sodass sie ihr Haar ausschütteln konnte, das in üppigen roten Locken fiel. Dann richtete sich die schlanke Gestalt mit der wie zerbrechliches Porzellan wirkenden Haut kerzengerade auf. Und lachte mich aus.

Margo! Die rote Tochter des roten Drachens – des Barons. Welcher teuflische Plan hatte sie hierher geführt? Welches dämonische Vorhaben hatte sie dazu getrieben, diesen Leichnam hierher zu schaffen?

Wusste der Baron, was seine Brut hier tat?

Ich wollte sprechen, aber meine Zunge gehorchte mir nicht.

»Nun, Herr Gaspard? Ist diese Zeitreise nach Ihrem Geschmack? Ich hoffe, die kleine Präsentation hat Ihnen gefallen. Wo wir hier doch gewissermaßen bei Ihnen zu Hause sind ...«

Ich schaute mich um.

Der künstliche gemalte Sternenhimmel war mir ja vorhin schon aufgefallen. Nun betrachtete ich zum ersten Mal die im Fackelschein sichtbaren Wände und erkannte kunstvolle Fayencearbeiten, in einem helleren Blauton ausgeführt als die Deckenbemalung, die offenbar Schilfmatten darstellten. Die Fayencen sahen wie echte Arbeiten aus der dritten Königsdynastie des alten ägyptischen Reiches aus.

Wir befanden uns offensichtlich in einem Kultraum, der einem Mithräum nachempfunden war, in einer Kultgrotte, die zwar altägyptischen Ursprungs war, eigentlich aber der Verehrung meines noch älteren persischen Gottes Mithras galt. Und das bedeutete, dass ich letztlich doch in Saqqara angekommen sein musste, allerdings ganz anders als geplant. Ich war irgendwo unterhalb der Stufenpyramide des Pharaos Djoser. Nur dort, so wusste ich, gab es solche blauen Kammern.

Ich suchte den Blick der rothaarigen Schönen, die unter anderen Umständen in ihrem wie durchsichtig schimmernden Kleid begehrenswert gewirkt hätte. Die Konturen ihres Körpers waren vollkommen makellos. Doch auch mit diesem Abbild der wahren Bastet, der sinnlichen Göttin der Fruchtbarkeit und weiblichen Wolllust, war die Atmosphäre in dieser Gruft ganz und gar nicht erotisch, sondern durch und durch unheilvoll.

Als die rothaarige Schöne meinen Blick gestattete, schloss ich dreimal nacheinander die Augen.

Sie verstand.

»Ja, mein Freund. Da hinter mir auf dem Lichtschrein, das könnte dein erwählter Messias sein. Diesmal nicht ans Kreuz genagelt und durch Wunder oder von Menschenhand zu neuem Leben erweckt, sondern ganz und gar das erwürgte Lamm deiner Offenbarung, mein *treuer* …«, dieses Wort sprach sie mit giftiger Ironie, »… Johannes. Aber wie der Zimmermannssohn aus Nazareth wurde auch dieser Junge hier so rasch wie möglich von seinem Galgen genommen und in Spezereien konserviert, damit er bereitet ist für die große Wiederbelebung, wie die Alten sie uns vor ewigen Zeiten überliefert haben.«

Nach einem Augenblick sprachlosen Erstaunens wurden ihre Worte mir deutlicher. Natürlich! Ich hatte die Ermittlungsakten zu Trons Tod von Kronos bekommen und selbst gelesen. Die an den Fundort des Toten in diesem unseligen Berliner Park geeilten Polizisten hatten sich darüber beschwert, dass die Feuerwehrmänner, die zuerst am Ort des Geschehens eingetroffen waren, den Erhängten sofort vom Baum geschnitten hatten – obwohl es ja angeblich nichts mehr zu retten gegeben hatte.

Tatsächlich wie bei Jesus, bei dem Joseph von Arimathäa den vermeintlichen Leichnam ja auch nicht schnell genug bergen konnte.

Und wenn auch Tron mit der seltsamen Droge, die mich zum bewegungslosen Opfer der rothaarigen Wildkatze gemacht hatte, ruhiggestellt worden war, könnte das alles in der Tat eine mehr als ruchlose Show des Barons oder seiner offensichtlich noch viel ruchloseren Tochter gewesen sein. War es also wirklich Tron da auf dem Altarstein?

Und wie dumm ich doch gewesen war! Der Tipp, der roten Baroness nach Ägypten zu folgen, war mir ja auch von Banner zugespielt worden, dem willfährigen Lakaien dieser durchtriebenen Teufel. Wahrscheinlich war die Information, wo ich Margo finden könne, an alle Welt weitergegeben worden, sodass auch mich die lancierte Mitteilung irgendwann erreichte und mich in die geschickt errichtete Falle lockte. Und ich hatte auch noch selber nach dieser Falle fragen lassen.

Was aber, wenn Tron nicht an dem Baum in diesem Berliner Park gestorben war? Wenn er nicht in freier Selbstbestimmung seinen Tod gewählt hatte? Dann war unsere Unternehmung, eine fleischgewordene Reinkarnation Trons zu finden, eine einzige Farce. Dann brauchte die Welt gar keine Wiedergeburt von Tron.

Ich überlegte angestrengt. Irgendetwas passte hier nicht zusammen. Wenn es stimmte, was diese Margo da eben mehr angedeutet als gesagt hatte, was sollte ich denn dann an diesem Ort? Warum diese *Show* allein für mich inszenieren? Das war nicht die Art des Teufels, wie ich ihn kannte. Der schaffte harte Tatsachen. Der musste mir mit seinen Taten nichts beweisen.

Und doch war ich hier an diesem mystischen Ort, war Zeuge dieses uralten Zeremoniells, das perfekt vorbereitet schien – nur für mich. Und die erforderlichen sechs Zeremonienhelfer mussten den Raum verlassen, als die Sachmet ihr wahres Gesicht zeigen wollte.

Hätte ich lachen können, wäre jetzt der richtige Moment dafür gewesen. Denn nun durchschaute ich, wie bodenlos niederträchtig das Vorhaben dieser bösen Göttin wirklich war.

Vielleicht hatten meine Augen meine grenzenlose Erheiterung über meine Entdeckung verraten. Jedenfalls wandte meine Peinigerin sich ab, um meinen kleinen Triumph nicht mit ansehen zu müssen.

»Schade«, hörte ich die Rothaarige erstaunlich gelassen sagen. »Ich hätte meinen Vorteil gerne noch ein wenig ausgekostet. Aber mein Vater hatte mich schon davor gewarnt, dass du nicht leicht zu täuschen sein würdest. Ja, Ian, ich brauche deine Hilfe. All dieser Aufwand dient nur dem Zweck, einen kleinen Blick in dein Buch der geheimen Weisheiten werfen zu dürfen.«

Eine Pause entstand.

Dann blickte die schöne Frau mir wieder direkt ins Gesicht.

»Also, Ian, wirst du mir helfen, diese ältesten Wahrheiten der Menschen zu ergründen?«

Ich hätte noch lauter gelacht, wenn ich gekonnt hätte. Da reiste ich um die halbe Welt, um mit der Tochter des Teufels eine kleine Konspiration anzuzetteln, damit *ich* sie um einen Gefallen bitte konnte – nämlich mir Zugang zu den Aufzeichnungen meines alten Freundes Tron zu verschaffen –, und was geschieht? Dieses Luder nimmt mich selbst gefangen, um stattdessen *mich* um einen Gefallen zu bitten.

Was für eine Ironie!

Ich blickte die junge Frau, die in meinem Gesicht noch immer nach einer Antwort auf ihre Frage suchte, lange und aufmerksam an. Erst als ich wachsende Unsicherheit in ihren schönen blauen Augen ausmachen konnte, schloss ich abermals dreimal die Lider – als Zeichen meines Einverständnisses.

Sofort verwandelte sich das Gesicht der Rothaarigen. Aus dem verängstigten Kätzchen wurde wieder das stolze Raubtier.

»Fein«, sagte sie, wandte sich um und fügte über die Schulter hinzu: »Dann werde ich deine Helfer mal hereinbitten.«

Aus Margo wurde Sachmet, die Ehrfurcht gebietende Göttin, die nun ihre Maske aufsetzte, als sie sich erneut hinter dem Altarstein aufstellte, auf dem der leblose Körper lag.

»Tretet ein!«

Margo sprach wie zuvor mit einer unwiderstehlichen, beherrschenden Kraft in der Stimme, die in dem altägyptischen Idiom besonders gut zur Geltung kam.

Augenblicklich erschienen die sechs barhäuptigen Männer wieder. Wortlos starrten sie ihre Gebieterin an, die ihnen zunickte. Daraufhin traten zwei von ihnen an meine Kiste und kramten irgendetwas aus deren Fußende, was sich meinem Sehfeld jedoch gänzlich entzog, so sehr ich auch die Augen verdrehte.

Als die beiden Männer sich wieder vor mir aufstellten, erkannte ich kleine Alabasterkanopen in ihren Händen, aus denen sie winzige Holzpfropfen lösten. Anschließend hoben sie die vasenähnlichen Gefäße an meine Lippen und gossen mir nacheinander ein paar Tropfen einer ölig-breiigen Flüssigkeit in den Mund.

Ich ahnte, um was es sich bei den Flüssigkeiten handelte, und hätte mich bestimmt übergeben, hätte ich es gekonnt. So blieb mir nur ein unvorstellbar übler Geschmack auf der Zunge, irgendetwas zwischen verdorbenem Fleisch und verrottenden Exkrementen.

Aber das grässliche Elixier verfehlte seine Wirkung nicht. Schon nach wenigen Augenblicken spürte ich, wie sich die allgegenwärtige Verkrampfung meiner Muskulatur langsam löste. Erleichtert entspannte ich zuerst meinen in der Bewegung verkrampften Hals. Dann allerdings musste ich aufpassen, dass meine nun wieder biegsamen Knie unter dem spontanen Gewicht meines Körpers nicht vollends einknickten.

Reflexartig griff ich nach den Kanten der Kiste, in der ich aufrecht lag, um mich festzuhalten; ich wunderte mich, dass meine Arme und Hände meinem unbewussten Befehl gehorchten, ohne dass ich strauchelte.

Trotzdem waren meine Schritte unsicher, als ich endlich aus meinem Sarg heraustrat – und mich erneut über alle Maßen wunderte: Statt meiner schwarzen Hose, dem schwarzen Hemd und dem schwarzen Mantel trug ich … einen schwarzen ledernen Lendenschurz. Ich blickte an mir herunter und sah schlichte schwarze Riemensandalen. Sogar der Verband auf meiner noch frischen Wunde auf der Brust war verschwunden.

Ich hob die rechte Hand an meinen Kopf und ertastete eine lederne, wahrscheinlich schwarze Kappe sowie einen Reif um meinen Hals. Ich war seltsam berührt, dass mir diese eigene Maskierung an meinem Körper bisher völlig entgangen war.

Die sechs Hilfspriester musterten mich neugierig, als wüssten sie mein seltsames Gebaren nicht recht zu deuten. Doch als ich mit noch immer wackligen Beinen endlich an den Altartisch trat, konzentrierten auch sie sich sofort wieder auf die uns nun gemeinsam bevorstehende Aufgabe.

Ich sah mir den Leichnam genauer an. Er lag jetzt auf dem Altar, nur noch mit einem Tuch um die Lenden. Seine Augen waren geschlossen, doch seine Haut wirkte erstaunlich frisch. Und wenn er tatsächlich obduziert worden war, so schien der Körper hier erstaunlich unverletzt.

Ich nahm wieder die charakteristischen Gerüche war, die mich auch in meiner Kiste bis eben umfangen hatten. Ich beugte das Gesicht näher zu dem Toten, um mich zu vergewissern, ob diese nun deutlich stärkeren Aromen tatsächlich von ihm ausgingen. Der Geruch wurde tatsächlich intensiver, je näher ich dem Körper kam.

Es war in der Tat, wie es bei Jesus gewesen sein konnte – Myrrhe und Aloe vera, um den Verfall zu stoppen und dem möglicherweise nur Schwerverletzten eine Chance auf ein Überleben zu verschaffen.

Ich legte mein Gesicht auf die Brust des Toten, um mit der empfindlichen Wange zu fühlen, ob er noch warm war und sein Herz vielleicht noch schlug. Dann aber blickte ich aus meiner gebückten Position nach oben in das leblose Gesicht – und entdeckte den verräterischen Tropfen getrockneten Blutes in der Nase des jungen Mannes.

Ich richtete mich auf und schaute die Löwengöttin an.

Sie hatte keine Ahnung, was wirklich mit dem jungen Menschen hier geschehen war!

Dieses Mädchen irrte durch einen finsteren Wald aus Wahrheiten und glaubte sich immer noch auf dem rechten Pfad; dabei hatte sie längst die Orientierung in diesem verwunschenen Hain verloren.

Irgendwie tat sie mir leid, diese Margo. Sie gierte danach, ein Teil der Welt ihres Vaters zu werden, so wie jedes kleine Mädchen im Vater die erste große Liebe ihres Lebens zu erkennen hofft.

Sie gab sich und ihren Körper diesem ruchlosen Mann und wollte nun den gerechten Lohn dafür, wie sie ihn zuvor sicher schon oft – und stets vergeblich – von ihrem Vater und Liebhaber eingefordert hatte.

Er, dieser Teufel, hatte sie bestimmt nur ausgelacht. Weil er niemals freiwillig teilen würde, was ihn so besonders machte, sodass dieses Mädchen nun verzweifelt handelte, um sich zu nehmen, was ihr gebührte. Und dadurch alles gefährdete, was der Baron sich – und ein wenig auch ihr – in seinem langen Leben aufgebaut hatte.

Aber sollte *ich* ihr nun geben, wonach es sie verlangte?

Sollte *ich* ihr die verbotenen Geheimnisse des Teufels offenbaren, um damit wohl auch sie unabänderlich zu einem Teufel zu machen?

Schließlich nickte ich dem Mädchen unter der Löwenmaske dreimal nachdrücklich zu.

Sofort spannte sich die Gestalt der Sachmet, sodass ihr begehrenswerter Körper sich noch deutlicher unter der schimmernden Seide abzeichnete. Sie drehte den Kopf nach links, wo die beiden von mir bisher nicht identifizierten Gestalten bewegungslos an der Wand ausgeharrt hatten. Einen Moment schien der Löwenkopf zu beben; dann begannen die beiden Gestalten mit einem herzzerreißenden, traurigen, wie in schmerzerfüllter Trance vorgetragenen Klagegesang.

Margo hatte ihre Hausaufgaben also sehr gut gemacht, was diese Dinge anging. Die beiden mystischen Klageweiber waren für das, was ich jetzt vorhatte, absolut notwendig. Denn sie übertönten weitgehend die geheimen Beschwörungsformeln, die ich als Zeremonienmeister nun für die große Wiederbelebung zu sprechen hatte.

»Dies sind die heiligen Worte der Isis, gemacht für ihren Bruder Osiris, um seine Seele zu beleben und seinen Leib zu beleben, um alle seine Glieder noch einmal zu verjüngen, damit er das Lichtland erreiche mit seinem unsterblichen Vater Re, um seine Seele erscheinen zu lassen als Mondscheibe, um seinen Leib als Orion strahlen zu lassen am ewigen Leib der Nut.«

Auch ich hatte jetzt im kehligen Dialekt des alten Ägyptens gesprochen, wobei einige Worte dem nahe verwandten Koptischen entlehnt waren; die Kopten, obwohl die ersten Christen der Menschheit, waren ihrer Art nach ja die Nachfahren der Pharaonen.

Einer der Helferpriester reichte mir eine bronzene Amphore, die er während meiner Rede aus einer rückwärtigen Nische des Altarsteins herausgeholt hatte.

Ich schaute die Sachmet an, und sie nickte.

»Mögen die Fluten des Nun dich reinigen. Möge das Nun deine Glieder spannen. Möge das Nun den Staub abfließen lassen von deinem Leib, inwendig und auswendig.«

Und ich goss das Wasser aus der Amphore in einem dünnen Strahl über den Körper auf dem Altartisch aus, sodass möglichst viel von seiner Haut mit dem heiligen Wasser des Nils benetzt wurde.

Als ich alles Urwasser des Nun verbraucht hatte, reichte ich dem Hilfspriester die leere Kanne, worauf mir ein anderer Kahlköpfiger eine kleine irdene Schale reichte, in der sich ein harziges Granulat befand, bei dem es sich um Weihrauch handeln musste. Ich nickte dem Mann zu, und er drehte sich um und nahm eine der brennenden Fackeln aus ihren Wandhaltern.

Als er mir dieses Zeichen meiner eigentlichen Macht reichte, umfasste ich den Schaft des Lichtträgers mit der freien Hand und hielt die flackernde Flamme in die Schale mit dem Weihrauch. Augenblicklich begann er zu glimmen und zu qualmen, sodass sich der intensive, süßliche Wohlgeruch rasch im ganzen Raum ausbreitete.

Selbst die lamentierenden Klageweiber stockten für Sekunden in ihrer Litanei, als sie das zauberhafte Aroma gewahr wurden. Doch gleich darauf setzte ihre Klage wieder ein.

Jetzt nahm ich die nun intensiv räuchernde Fackel mit dem weiterhin brennenden Feuer und begann damit, den nassen Leib des Toten abzustreichen.

»Der Götter Tau, der Väter Glanz und Licht mögen dich, Thron des allsehenden Auges, rein machen für deine Reise. Ich gebiete den urbösen Mächten, ich gebiete den Dämonen der drei lebendigen Welten, deinem Leib zu entfliehen, oh, Osiris. Rein sei dein Leib, geläutert dein Ka, deine unsterbliche Seele. Ein Arm deines Ka ist vor dir, ein Arm deines Ka ist hinter dir, ein Fuß deines Ka ist vor dir, ein Fuß deines Ka sei hinter dir.«

Dazu schlug ich mit der Fackelspitze wie ein Kreuz über dem Altartisch.

Nun ging ich zu dem noch immer sehr unruhigen Stier und wiederholte über ihm diesen Teil des Ritus, um auch ihn als künftiges Opfertier vorzubereiten und zu reinigen für den noch folgenden Höhepunkt der Zeremonie.

Damit war die notwendige innere und äußere Reinigung des neuen Osiris, der durch die Hand des Seth gestorben war, seines ebenbürtigen Bruders, abgeschlossen. Was folgte, waren die magischen Zauberformeln der eigentlichen Mundöffnung.

»Möge dein Geist leben, Osiris, mögest du, der du das wahre Ägypten liebst, noch tausend mal tausend Jahre leben, das Gesicht dem Nordwind zugewandt und das Glück schauend.«

Ein Hilfspriester reichte mir einen Dächsel und nahm dafür die Fackel in Empfang.

Der Dächsel war ein kleines Querbeil, dessen Schaft aus schwarzem Holz, die Klinge jedoch aus purem Gold gearbeitet war. Auf der Klingenfläche war ein viergestaltiges Uzatauge eingraviert – das Auge des Lichtgottes Horus, das einst auch dem Osiris der Legenden als wiederbelebende Speise gedient hatte.

Als Zeichen des Mondes, der im ewigen Wechsel von Seth verletzt wurde, dem Herrn alles Bösen, war gewiss auch dieses uralte Werkzeug in einer Vollmondnacht gefertigt worden.

Ich nahm den Dächsel und schob ihn dem Toten in den geschlossenen Mund und mit einiger Mühe auch zwischen die Zahnreihen. Dann versuchte ich ganz vorsichtig, mithilfe der Hebelwirkung des Stils, die Klinge zu drehen, um so den Mund des Toten zu öffnen, ohne Zähne oder gar Knochen zu verletzen. Es war für das Gelingen des Zaubers ungemein wichtig, dass der Körper des Wiederzubelebenden unversehrt blieb, sonst wäre alles verdorben.

Das heikle Vorhaben gelang, wobei sich ein lautes Knirschen der erstarrten Kiefergelenke jedoch nicht gänzlich vermeiden ließ.

Nun entfernte ich den Dächsel vorsichtig, um zu sehen, ob der geöffnete Mund des Toten, der das Uzatauge gekostet hatte, auch geöffnet blieb und bereit war für die Aufnahme der zu seinem Heil zu bereitenden Opfer.

Der Kiefer verharrte tatsächlich in seiner Stellung, ohne sich wieder zu schließen. Einer der Opferhelfer reichte mir ein weiteres Schüsselchen mit kleinen weißen, unregelmäßig geformten Kügelchen darin. Natron. Ich nahm einige Kügelchen und legte sie in den geöffneten Rachen des Toten.

Nun kamen die Augen an die Reihe. Das war gewiss der emotional schwierigste Teil der gesamten Kulthandlung. Denn tote Augen sind das, was uns Lebende am meisten an die eigene Endlichkeit mahnt. Tote Augen erschrecken uns Lebende am allermeisten. Weshalb wir meist so schnell wie möglich versuchen, sie für immer zu schließen, sollten wir ihrer einmal ansichtig werden.

Ich aber musste die bereits geschlossenen Augen eines Toten wieder öffnen, musste in die darin verborgenen Abgründe des Todes schauen und nach vielleicht doch noch vorhandenen, allerletzten Funken des Lebens fahnden, die manchmal sehr viel länger glimmen, als der moderne Mensch es in seiner tumben Allwissenheit im Allgemeinen wahrhaben will.

Wieder beugte ich mich über den Körper des Toten. Ich legte die Daumen auf seine geschlossenen, kalten, von der vorangegangenen Waschung noch feuchten Augenlider. Und schob sie langsam nach oben, wobei ich die eigenen Augen in gleichem Maße schloss, um mich innerlich auf das vorzubereiten, was mich jetzt vielleicht erwartete.

Die Klageweiber wurden lauter, um die geheimsten Geheimnisse, die nun ausgesprochen werden mussten, auch ganz sicher vor der anwesenden Welt zu verbergen.

»Mögest du, Sohn des Lichts, nun eintreten in das Haus der Maat, in den Saal der beiden Wahrheiten.«

Ich fühlte, mehr als dass ich es sah, wie meine sechs barhäuptigen Gefährten vom Altar zurücktraten und sich dem hinter mir schnaubenden Stier näherten.

»Du durchwandelst den Himmel und leitest die Erde, indem Maat bei dir ist, und wenn du in der Unterwelt ruhst, ist Maat bei dir.«

Ich öffnete meine Lider und blickte in die matten Augen des Jungen, die wie tiefe Brunnen wirkten. Und doch!

»So lange du bestehst, besteht Maat. So lange Maat besteht, bestehst du. Sie ist vereint mit deinem Haupt, sie ist ewig bei dir. – Jetzt!«, befahl ich.

Augenblicklich erklang ein lautes Getöse hinter meinem Rücken. Die wilde rote Kreatur ahnte das Schicksal, das ihr von mir bestimmt war, und lehnte sich mit all ihrer urgewaltigen Kraft dagegen auf.

Ich aber fuhr unbeirrt fort:

»Dein rechtes Auge ist Maat, dein linkes Auge ist Maat. Dein Fleisch und deine Glieder sind Maat; der Atem deines Leibes und dein Herz sind Maat; du gehst durch die Länder mit Maat; du salbst dein Haupt mit Maat; du gehst, indem deine Hände Maat tragen. Dein Gewand ist Maat; das Kleid deiner Glieder ist Maat.«

Der Lärm hinter mir war immer lauter und wilder geworden; das panische Blöken des Tieres mischte sich mit den schmerzerfüllten Schreien von Menschen.

»Du isst Maat, du trinkst Maat, dein Brot ist Maat, dein Bier ist Maat, der Atem deiner Nase ist Maat. Maat ist deine Herrin des Westens. Maat ist deine Herrin den Nordwindes.«

Und ich blies den Jungen an.

Im selben Moment erstarb das Getöse der Kreatur und der Männer, die mit ihr gerungen hatten. Auch die Klageweiber verstummten schlagartig. Ich hörte jetzt nur noch das nass schmatzende Geräusch blutender Wunden, aus denen etwas herausgeschnitten oder herausgerissen wurde.

Ich selbst war immer noch über den Leib des Toten gebeugt, die Hände an seinem Kopf, mein Gesicht ganz nah an dem seinen. Aus seinem Mund strömte ein übel riechender Odem, wie ich trotz der ungeheuren mentalen Anspannung erfasste.

Ich löste meine Linke von seiner Schläfe und hielt sie, allerdings ohne aufzusehen, schräg abgewinkelt hinter mich, damit die anderen Priester ihre Jagdbeute dort hineinlegen konnten.

Mit einem abermals nass schmatzenden Geräusch schmiegte sich die schwere Last in meine Hand, sodass sie unter dem plötzlichen Gewicht fast nachgegeben hätte. Doch ich hielt die teure Fracht und spürte die eben noch pulsierende warme Feuchte dieses Schatzes.

Mit einem kurzen Seitenblick zu der starr bei mir stehenden Löwengöttin richtete ich mich auf und führte die linke

Hand mit ihrem schweren Inhalt über den vorhin mit Gewalt geöffneten Mund des Toten, sodass aus dem fast noch lebendigen Herzen des Stiers das letzte Blut in den geöffneten Schlund rinnen konnte.

»Möge Maat, die mit Apis als Boten zu dir kam, deine Zunge bewegen und dein Herz lösen, Osiris. Mögest du mit ihr ziehen als neu belebter Stier des Westens auf deiner Bahn.«

Zum Abschluss der Zeremonie tauchte ich den kleinen Finger der rechten Hand in die blutige Masse in meiner Linken und markierte mit drei Punkten auf der Stirn des Mannes vor mir die Form eines gleichschenkligen Dreiecks, einer Pyramide.

13.

Der Blutrausch war verebbt. Ich trat vom Altar zurück und blickte mich um. Einer der Glatzköpfe war auf mich zugetreten, eine große irdene Schale in den Händen. In diese Schale hinein legte ich das immer noch bluttriefende Rinderherz.

Nun bemerkte ich auch den Kadaver des bis eben so stolzen Tieres. In wilder Wut war offensichtlich sein Leib geöffnet worden. Zwei der Priester hatte der Stier bei seinem Tod mit in den Abgrund gerissen. Ihre leblosen Körper schauten unter dem Leib des Tieres hervor. Ich sah das Bild einer grausam wütenden Schlacht vor Augen.

Und die war noch nicht beendet. Die übrigen Hilfspriester waren dabei, den toten Stier weiter auszuweiden, um das Fleisch des Tieres für das bevorstehende Opfermahl zu gewinnen.

Der Zauber brauchte Zeit, um seine Wirkung zu entfalten; die Wiederbelebung brauchte Zeit für ihre Vollendung. Jesus lag drei Tage in der Grabhöhle, ehe die Gruft sich für ihn öffnete. Ganz so lange würden wir zwar nicht brauchen, um zu sehen, ob die Magie in diesem Fall gelang, doch die Wartezeit ließ auf jeden Fall genug Raum für ein kleines Bankett.

Ich betrachtete die geschmeidige Wildkatze. Sie setzte sich in Bewegung, kam um den Altar herum auf mich und den Ausgang des Saals zu. Im Vorbeigehen fasste sie mich an meinen blutigen Armen und führte mich hinaus in die angrenzenden Gänge des Labyrinths.

Viele Kilometer lang zogen sich die Tunnel unter der Stufenpyramide des Djoser dahin – eine wahre Unterwelt mit endlosen Kammern, Grüften und Tempeln wie dem, aus dem wir gerade heraustraten. Sogar einen künstlichen See gab es hier, mit einem Abbild des Urhügels in der Mitte, jenes mystischen Berges, der als Erster aus der zurückweichenden Urflut des ewigen Nils herausschaute und der Rückkehr des Lebens nach der Zeit der Überschwemmung den Weg bereitete.

Doch Sachmet und ich gingen nur einen kurzen Gang entlang und folgten an einer Weggabelung der Abbiegung nach rechts, um schließlich nach wenigen Metern eine weitere blaue Kammer zu betreten, die aber ungleich kleiner war als die, die wir gerade verlassen hatten. In der Mitte dieses Raumes sah ich einen niedrigen Tisch, an dessen Längsseiten zwei elegante Liegen aus Holz mit stilisierten Löwenfüßen standen.

Hier also würden die Götter die Morgendämmerung abwarten, um das Wunder der aufgehenden Sonne zu schauen, die Wiedergeburt des ewigen Lichtgottes.

Mit einer anmutigen Handbewegung forderte Sachmet

mich auf, auf einer der Liegen Platz zu nehmen. Ich folgte der Aufforderung gerne, jedoch setzte ich mich im Schneidersitz hin, während die Löwin sich wie eine Venus auf ihre Liege bettete.

Es dauerte nicht lange, da erschienen zwei der Kahlköpfe, einer mit einer Schüssel, einer mit einer großen Amphore. Sie hielten mir beides entgegen, und während ich meine immer noch blutigen Hände und Unterarme über der Schüssel ausstreckte, wurde das Rosenwasser aus der Amphore drüber gegossen, sodass ich mich endlich waschen konnte. Schließlich nahm ich ein sauberes Leinentuch, das der Schüsselträger über seinen Arm gelegt hatte, um mich abzutrocknen.

Daraufhin verließen die beiden wieder den Raum, und es dauerte nicht lange und die zwei anderen überlebenden Priester erschienen, um Margo und mir das Mahl zu bereiten: Fleisch von dem toten Stier und Brot, Wasser und Bier sowie gegartes, aber kaltes Getreide – alles in kleinen, bereits mundgerechten Portionen.

Nachdem alles aufgetafelt war, ließen die Männer uns wieder allein. Ihre Schritte verklangen in den dunklen Gängen. Als wir nichts mehr hörten, nahm Sachmet wieder ihre Maske ab und wurde zur hübschen und begehrenswerten Bastet.

»Also hat meine weibliche Intuition mich nicht getrogen«, begann das jetzt schnurrende Kätzchen. »Imhotep lebt, der Erste aller Vorlesepriester. Der unsterbliche Wunderheiler der Ägypter, der für Djoser die erste Pyramide baute und noch für Kleopatra fünfzehn Jahrhunderte später ein tätiger Heiliger war.«

»Wie kommst du darauf, schönste Margo, dass ich der große Imhotep sein könnte? Wäre es so, müsstest du ja als Sachmet meines Vaters Ptah Gemahlin sein – Mami?« Ich konnte mir einen leichten Spott nicht verkneifen.

»Nun, von Johannes, dem Evangelisten und Schriftgelehrten, zu Imhotep, dem Autoren und Schriftgelehrten, ist es ja nicht weit. Und wie du einen Bruder im Geist hast, deinen amerikanischen Freund Tom, so hat Imhotep seinen gleichen Widerpart Amenophis, den Sohn des Hatu.

Hat man euch zu Ehren nicht sogar einige gemeinsame Tempel errichtet? Jan und Tom, Johannes und Thomas, Kosmas und Damian, Cautes und Cautepates, Imhotep und Amenophis? Ziemlich viele ungleiche Brüderpaare, findest du nicht? Und immer mit Schriftenkunde, Heilkunst, Magie, Zauberei und Unsterblichkeit verbunden. Ich sah in meines Vaters Haus viele weise Männer über diesem Phänomen grübeln, mein Lieber.«

»Und während die weisen Männer grübeln, sagst du dir, warum nicht einfach fragen?«, gab ich zurück.

»Nicht fragen – erproben! Und du hast die Probe mit Bravour bestanden!«

»Bist du ganz sicher, dass ich die Probe tatsächlich bestanden habe?«

Es machte Spaß, die so stolze und selbstbewusste Göttin zu verunsichern. Und mein Einwand verfehlte seine Wirkung nicht – die schöne Frau sah für einen Moment irritiert aus, erlangte aber sofort ihre ursprüngliche Bestimmtheit wieder.

»Natürlich. Aber lass uns essen. Ich habe Hunger.«

Und das edle Raubtier machte sich über seine Beute her.

Ich zögerte, nahm dann ein paar Bissen vom Brot und dem Getreide, und trank dazu aus breiten Bechern von dem Wasser.

Die wilde Katze aber verschlang das warme Fleisch, dessen archaischem Geruch sie nicht widerstehen konnte. Wer einmal frisch geschlachtetes, rohes Fleisch geatmet hat, weiß, dass der Mensch tief im Innern ein Raubtier ist. Das Aroma von warmem Blut, das noch durchsetzt ist mit all den anderen Seren des Lebens, vermag die Schleusen jeglicher Kultur fest zu verschließen.

Was bleibt, ist der wilde Jäger, der nicht das von seiner Hand ausgelöschte Leben sieht, sondern nur das wunderbare Elixier, das sein eigenes Leben verlängert.

»Sagt, ehrwürdiger Imhotep«, setzte die wonnig schmatzende Katze mit blutig rotem Mund an, »wie lange wird es nun dauern, bis Euer Zauber wirkt und der in Leinen gebundene Ptah als mein Gemahl an meine Seite treten kann?«

Ich war wie vor den Kopf geschlagen.

Natürlich, die Mumie nebenan symbolisierte in diesem Zauber den durch eine Mumie personifizierten Ptah. Der Apis-Stier galt den alten Ägyptern als Inkarnation eben dieses Ptah, und unser Apis hier in der Gruft gab sein Leben, um seinen Ursprung wiederzuerwecken – als wiederbelebter Ptah. Der als ewiger Gemahl an die Seite seiner himmlischen Braut Sachmet treten sollte. Und ich war der Hohepriester, um diesen Zauber zu bewerkstelligen und die heilige Dreiheit zu vervollständigen.

Ganz so, wie ich vermutet hatte, war Margo doch nicht das verlorene Kind in den Wäldern der Wahrheit. Das war perfekt inszeniertes Wissen der Alten, wie es zweitausend Jahre Christentum und Aufklärung zur Personifizierung des Bösen gemacht hatten.

Und ich selbst hatte diese Pervertierung meiner Pläne ausführen müssen. Statt eines neuen Messias des Wassermannzeitalters hatte ich eine Wiedergeburt eines der ältesten ägyptischen Hauptgötter geschaffen – des Ptah. Kein neues Zeitalter, stattdessen Rückfall in die alte archaische Ordnung.

Oh, was für eine tyfonische Hexe diese Margo doch war! Der Name ihres Schiffes hätte mir Warnung sein sollen. Wie sehr sie mich in die Irre geführt und ausgetrickst hatte!

Doch einen letzten Trumpf hatte ich noch.

»Sie glauben, das sei bereits das Geheimnis Ihres Vaters, Baroness? Dieser mystische Hokuspokus aus den Totenbüchern der vergangenen Hohepriester der namenlosen Religion der alten Ägypter? Sie waren zu oft mit Ihren Freimaurern zusammen, meine verheißungsvolle Margo. Nicht in den Worten liegt die Zauberkraft. Und meine Magie ist keine Zauberei, es ist Naturwissenschaft. Es ist das Wissen über das Leben, die Dinge und die Menschen, wie sie wirklich sind, das mich manchmal für ungeübte Augen Erstaunliches bewerkstelligen lässt.

Doch was sich selbst getötet hat oder von Ihres Vaters Hand starb, unwiederbringlich und endgültig, kann auch der mächtigste Zauber nicht wiederbeleben. Tot ist tot. Nur wenn noch ein letzter Rest Leben besteht, kann das Wunder geschehen. Und glauben Sie mir, liebste Margo, Ihr Vater hat in dem Jungen da hinten in der anderen Gruft keinen Funken Leben übrig gelassen. Der Ruchlose hat zur Befriedigung seiner Gier auch den letzten Rest magischen Feuers aus diesem Leib herausgekratzt.«

Wieder verfehlte meine Rede ihre Wirkung nicht, denn das Mädchen ließ seiner aufgestauten machtlosen Verzweiflung freien Lauf. Hätte es als Kind vor mir gestanden und nicht auf der gemütlichen Liege gelegen, hätte es wohl voller Wut mit dem Fuß aufgestampft, wie bockige Kinder es manchmal tun.

»Das kann nicht sein«, bäumte die Schöne sich noch einmal auf. »Ich habe gesehen, wie Sie seinen wiedererwachten Atem auf dem Gesicht spüren konnten.«

»Ich habe nicht seinen Atem gespürt, sondern den Odem

des Todes. Der Junge ist nicht mehr. Finde dich damit ab, Margo.«

Die kleine Katze sah mich mit bittenden großen Augen an.

»Kannst du mir schwören, Ian, dass er wirklich tot ist, wie du sagst? Bei all deinen Siegeln?«

Ich war überrascht, auch wegen des bittenden Tonfalls.

»Ich schwöre dir, dass es die Wahrheit ist und dass ich dich nicht aus verborgenen Absichten täusche. Ich schwöre es bei meinen dreiundzwanzig Siegeln!«

Margo warf das Stück Fleisch, das sie gerade in den Händen hielt, enttäuscht auf den niedrigen Tisch.

»Wie kannst du dir so sicher sein? Vater ließ ihm seine Organe. Hätte er ihn nicht für die große Wiederbelebung aufheben wollen, wieso entnahm er ihm nicht seine Innereien – so wie du als Imhotep es seiner und deiner Zunft zu deiner Zeit als oberster Mumifizierer gelehrt hast? Erst wenn man jemandem die lebenswichtigen Organe entfernt hat oder den Kopf abtrennt, kann man ganz sicher sein, dass dieser Jemand wirklich tot ist. Der Junge in deiner blauen Kammer hat seinen schönen Kopf und seine inneren Organe noch – also muss mein Vater Leben in ihm zurückgelassen haben.«

Ich überlegte, ob ich noch mehr Geheimnisse preisgeben durfte und sollte. Ich beschloss, es vorerst bei einer Andeutung zu belassen. Vielleicht kam das so schöne wie ehrgeizige sethische Kind ja selbst hinter des Rätsels Lösung.

»Sachmet, edle Tochter des Re, du irrst. Der Herr der dunklen Gewalten hat ganze Arbeit geleistet. Das Tier des Seth hat sich geholt, was es zum Leben braucht. Er, der Retter der Sonnenbarke deines Vaters Re – dessen Sonnenscheibe dein Haupt ziert –, hat die düstersten Abgründe der Unterwelt durchschritten und sich als wahrer Herr des Lebens genommen, was die ewige Sonne zum Scheinen bringt. Sein unaussprechlicher Frevel ist das Mysterium, das jede Sonne zum Aufgehen bringt. Ich habe die Zeichen seines Kampfes mit Apophis mit eigenen Augen gesehen. Die Schlange wurde durch seinen Zauber gezwungen, wieder auszuspeien, was sie zum eigenen Leben verschlungen hatte. Und da Seth seinerseits verschlang, was die Schlange ihm preisgab, wurde er selbst wieder zu der großen Schlange, die die Menschen verführt.

Schau auf dein Löwenhaupt, edle Sachmet, die Uräusschlange. ›Deine Stirnschlange speit Feuer gegen ihre Scheitel und vernichtet ihre Leiber‹, so schreibt der Papyrus. Und das jeden neuen Tag, den die Sonne aufzugehen wagt. Das Sethtier muss so böse sein, es liegt in seiner Natur. Nun aber sag mir, Sachmet, willst du wirklich deine vornehme und königliche Löwengestalt ablegen, um dich in dieses finstere, schlürfende Rüsseltier zu verwandeln, in den stets wütenden, niederträchtigen und feisten Zwergelefanten, der dem Sethtier einst seine Gestalt gab?«

Meine Worte hatten Margo sichtlich nachdenklich gestimmt, wenngleich sie den tieferen Sinn wohl noch nicht zu erfassen vermochte. Doch sie ahnte ihn wahrscheinlich …[1]

Bereits weit weg in ihren Gedanken, fragte das Mädchen: »Ein Zwergelefant gab dem Tier des Seth sein eigenartiges Aussehen?«

»Eigenartig wurde sein Aussehen erst im Mittleren und

[1] Anmerkung des Autors: Auch diese drei Punkte, die so viel Unaussprechliches auszudrücken versuchen, sind von den Freimaurern und ihrer magischen Dreiheit auf uns übergekommen, als ein geheimes Erkennungszeichen ihres geheimen Wissens ...

besonders im Neuen Reich der alten Ägypter«, ging ich auf dieses Randthema ein, wenngleich ich nicht zu erkennen vermochte, warum gerade dieses Detail die Neugier des Mädchens erweckte. »Der Zwergelefant starb rund zweitausendfünfhundert Jahre vor unserer Zeitrechnung in Nordafrika aus. Es gibt altägyptische Wandmalereien, die eindeutig solch einen Palaeoloxodon, einen Zwergelefanten, zeigen. Das jüngste Skelett, das je entdeckt wurde, datiert auf zweitausendvierhundert vor Christi und wurde auf der griechischen Insel Tilos gefunden. Da spätere Generationen dieses eindrucksvolle, in seinem Wesen dem heutigen Elefanten ähnliche Tier nur aus alten Überlieferungen kannten, verfremdete es sich mit der Zeit und wurde zum hundeartigen Sethtier. Aber auch da sind der Rüssel und der Fransenschweif der Gattung Elephantidae noch deutlich als charakteristisches Merkmal des Ursprungstieres erkennbar.«

Unvermittelt stand Margo von ihrem Lager auf und verließ den Raum. Ich folgte ihr. Sie ging zurück zu dem blau gekachelten Saal, in dem vorhin die Zeremonie stattgefunden hatte und in dem der Tote noch auf seinem Altarbett liegen musste.

Doch als wir den Raum betraten, bot sich uns ein erschreckender Anblick.

Alles war voller Blut. Was vorher blau war – die Wände und die mit Sternen bemalte Decke –, war bespritzt mit Blut. Und überall lagen die Toten, nicht nur die unter dem gleichfalls toten Stier. Auch die Leiber der Klageweiber waren von einer unbekannten, entfesselten Macht zerfetzt worden. Auch die Überreste der verbliebenen vier Opferhelfer waren über den ganzen Raum verteilt.

Ich wunderte mich, dass Margo und ich von unserem kleinen Bankettsaal aus keine fünfzig Meter entfernt von diesem Schlachtfeld nichts, aber auch gar nichts von diesem Massaker gehört hatten, das nie und nimmer geräuschlos abgelaufen sein konnte. Ich war entsetzt über dieses Gemetzel, das sich so nahe bei uns zugetragen hatte.

Doch all die blutrünstigen Schrecken waren nichts im Vergleich zu dem verstörenden Bild, das sich wie eine Insel der Unschuld, wie ein Fels der keuschen weißen Reinheit, aus diesem Meer der mit Gewalt vergossenen Ströme von Blut erhob. Unberührt, rein und weiß lag inmitten dieses Chaos der Altarstein, als würden ihn der Pfuhl aus Vernichtung und brutaler Vergänglichkeit nicht das Geringste angehen. Nicht der kleinste Tropfen der roten Flut schien den massiven Stein getroffen zu haben.

Zudem war der Altar vollkommen leer. Jungfräulich stand der strahlende Kulttisch da. Die Leiche, wenn es denn noch eine Leiche war, war tatsächlich spurlos verschwunden!

Ich schaute Margo an, die mit großen Augen fassungslos neben mir stand. Die Panik in ihrem Blick ließ vermuten, dass sie so etwas noch nie gesehen hatte. Mich erinnerte die Szenerie sehr an das Blutbad, das der Baron im Learjet von Parish angerichtet hatte, als er die echte Tron-Freundin Tatjana Junk aus dessen Obhut entführt hatte.

»Sie wissen, wer das gewesen ist? Sie kennen diese Handschrift? Und die Bedeutung dieses Zeichens?«, fragte ich die geschockte junge Frau.

»Vater!«, war alles, was sie sagen konnte.

»Ja. Der Teufel mag es gar nicht, wenn man unbefugt hinter seine Geheimnisse zu kommen versucht. Ich denke, von nun an wird Ihr Leben sich sehr verändern, Baroness. Ist Ihnen das klar?«

Ich wusste nicht, ob Margo verstand, was ich ihr sagte.

Wie hypnotisiert starrte sie auf die Szenerie des Todes, und ich war mir mit einem Mal gar nicht mehr sicher, ob sie dieses Bild voller Schrecken betrachtete oder mit wachsender Faszination.

»Was denken Sie, meine Liebe?«, versuchte ich mich zu vergewissern.

Schweigen war die Antwort.

Doch nach einer Weile hörte ich Margo mit dünner Stimme durch bewegungslose Lippen sagen:

»Es ist mein Fleisch und Blut, das dieses Bild des Grauens gezeichnet hat. Die Farbe Rot ist meine Farbe, wie es die Farbe meiner Ahnen ist. Und es ist die Farbe des Sethtieres, des Herrn der dunklen Gewalten. Meiner Väter Erbe.«

Margo wandte sich mir zu und blickte mir mit wachsender animalischer Wildheit in die Augen. Der allgegenwärtige Blutgeruch hatte auch die letzten verschlossenen Pforten geöffnet.

Dann sagte sie: »Das Rot Unterägyptens ist nun doch einmal siegreich über das Weiß Oberägyptens. Das rote Nildelta schluckt den weißen Obelisken des ewigen Flusses und seiner fruchtbaren Fluten.«

Nun war es an mir, fassungslos dreinzublicken.

Hier hatte ein messerscharfer Verstand gesprochen, der bewandert war in den ältesten Symbolen der menschlichen Kultur. Hier hatte das Wissen um die ältesten Konflikte der Menschheit gesprochen. Rot gegen Weiß. Papyrus gegen Lotus. Der Jäger und Sammler, symbolisiert im unterägyptischen Honigmann, gegen den Ackerbauer Oberägyptens, dargestellt als Gerstenmann.

Und erst in der Herrschaft des einen über den anderen konnte Kultur entstehen. Die mächtigste Kultur der Menschheit, die auch am längsten angedauert hatte. In der

Vereinigung Unter- und Oberägyptens wohnte die kreative Kraft der menschlichen Zivilisation. Die gewaltigste Metapher des menschlichen Daseins. Erst aus der Vereinigung von zweien kann etwas Neues, Drittes, entstehen. Eins und eins gleich drei. Zwei gleich drei. Die machtvollste Magie der Welt, weil sie etwas Neues entstehen lässt, etwas nie Dagewesenes erschafft. So sieht göttliche Inspiration aus. Und diese Frau hatte es geschaut.

Margo musterte mich noch immer.

»Der schlanke, stolz erhobene Schaft der Weißen Krone des Südens wird von der warmen samtigen Hülle der Roten Krone des Nordens umfasst. So sieht die Doppelkrone des alten Ägyptens aus, die die Herrschaft über die Welt symbolisiert.«

Für einen Moment schloss ich die Augen.

Ich merkte, wie mein Herzschlag sich wieder beschleunigte. Schweiß trat mir aus den Poren, und meine Hände wurden feucht. Meine Beine und Arme begannen vor aufkeimender Gier zu zittern.

Wieder öffnete ich die Augen.

Und sah in ein blaues Meer der Wolllust.

»So sei es, edle Bastet. Mein Schwur.«

Und ich nahm den dargebotenen Arm der Göttin und führte sie fort von diesem Ort der Gewalt und Zerstörung, der einst als Ort der Schöpfung gedacht und nun von der dunklen Macht besudelt war. Ich führte Bastet mit den blauen Augen in die reine blaue Kammer, wo ich ihr die Seide löste – und ein erstes Lächeln nach den Schrecken nicht unterdrücken konnte.

Ich sah das rote Delta der Venus, das sich mit dem weißen Obelisken des Sämannes vereinigen wollte, um vielleicht etwas gänzlich Neues zu erschaffen.

So nahe, musste ich denken, können schöpferische Liebe

und zerstörender Hass beieinander liegen. Dem Krieg folgt die Befriedung. Den Toten das neue Leben.

»Komm, Imhotep, ich heile deine vielen Wunden!«

14.

Als ich erwachte, schien mir eine strahlende Sonne ins Gesicht. Ich lag unter freiem Himmel auf dem Deck einer Feluke und trug meine gewohnte schwarze Kleidung.

Ich schaute mich um. Keine zwei Meter von mir entfernt schnarchte Parish.

Das kleine Segelboot war an einem kleinen hölzernen Anleger festgemacht. Nach dem Sonnenstand musste es das Westufer des Nils sein. Von der Schiffsbesatzung sah ich niemanden.

Ich stand auf, trat zu dem schlafenden Schwarzen und tippte ihn mit der Schuhspitze an.

»He, Parish, aufwachen. Du verschläfst den schönsten Teil der Reise.«

Schlaftrunken öffnete mein Begleiter die Augen. Schaute sich so ungläubig um, wie ich es eben getan hatte.

»Du, Ian? Mann, hatte ich seltsame Träume …«

Ich lächelte nur vielsagend und trat vom Boot hinüber zum Anleger. Nachdem Parish sich aufgerafft hatte, folgte er mir.

»Wo sind wir?«

»Bei Saqqara, nehme ich an. Was hast du denn Seltsames geträumt, mein Freund?«, fragte ich, während ich auf einen prächtigen Hain voller reifer Dattelpalmen zuging, die sich mit ihren blassgrünen Fächerblättern prächtig gegen das strahlende Ocker des Bodens und das leuchtende Azur des Himmels abzeichneten. Das Bild wurde perfekt durch den Anblick einer kleinen Gruppe offensichtlich wohlhabender Beduinen, die in wertvolle Gewänder gekleidet in einiger Entfernung neben ihren Kamelen im Schatten der Bäume lagerten. Das war für mich der Orient von seiner allerschönsten Seite.

»Wir waren vom Tee unseres Bootsführers wie zu Steinsäulen erstarrt«, beantwortete Parish meine Frage. »Ich hatte wohl das Bewusstsein verloren, und als ich im Traum erwachte, war ich die Statue eines schwarzen Pharao in einem prächtigen Tempel. Ich konnte sehen und hören, mich aber keinen Millimeter rühren.«

»Und was konntest du sehen und hören?«, wollte ich von dem schwarzen Pharao wissen, während ich uns einen Platz im Schatten der Palmen aussuchte, um uns dort niederzusetzen.

»Ich sah einen geflügelten Mann, einen Engel, wie ich glaubte, mit einer glänzenden Schlange und einem großen Vogel mit einem langen gebogenen Schnabel ringen. Aber ich glaube, in Wirklichkeit haben sie nicht gerungen, sondern sind miteinander verschmolzen.«

»In Wirklichkeit?«

»Nun … in der Wirklichkeit des Traumes. Wobei das alles sehr real erschien.«

Ich nickte und fragte: »Weißt du, was der Traum bedeuten könnte?«

Parish setzte sich kopfschüttelnd neben mich.

Also antwortete ich selbst.

»Der Vogel war ein Ibis. Er ist das Symboltier des altägyptischen Gottes Thot, dem Erfinder der Hieroglyphen. Wir sprachen ja schon von ihm. Der geflügelte Mann ist der griechische Hermes, der Götterbote, mit denen die Hellenen den Ibisgott Thot einst gleichsetzten. Die glänzende Schlange könnte Apophis sein, die Urschlange der ägyptischen Mythologie, die der Sonnengott Re in seiner Nachtpassage besiegen musste, um am neuen Tag auch wirklich wieder aufgehen zu können. Allerdings …«

Ich stockte, da mir eine andere offensichtliche Bedeutung für die glänzende Schlange einfiel, die eine ganz neue Verbindung der alten Geschichten und Bilder offenbarte.

»Allerdings?«, fragte Parish, als ich nicht weitersprach.

»Nun, wo findet sich noch eine glänzende Schlange?«

Parish schlug sich laut klatschend mit der flachen Hand auf den Schenkel.

»Tupac Amaru, der letzte Inkafürst, der mir meinen verstorbenen Künstlernamen gab! Tupac Amaru heißt ja übersetzt ebenfalls glänzende Schlange.«

»Bemerkenswert, oder? Und du bist dir sicher, dass es wirklich nur ein Traum war?«

Nach einigem Zögern antwortete Parish: »Nein.«

»Gut. Dann will ich dir erklären, was das Erlebnis bedeuten könnte. Hermes ist der Götterbote. Er symbolisiert in dem von dir geschauten Bild die sogenannte Theosophie, die Weisheit der Götter. Hermes ist der Überbringer der göttlichen Botschaften an die Menschen. Er ist es, der göttliche Weisheit unmittelbar schaut und sie den Menschen begreiflich macht.

Der Ibis ist die Inkarnation des Gottes Thot. Er symbolisiert die Gottesmystik, das geheime, eigentlich unbegreifliche höchste göttliche Wissen, das im wörtlichen Sinne nicht *verstanden*, nur durch persönliche Erfahrung erlebt werden kann.

Und die glänzende Schlange schließlich symbolisiert die Theurgie, auch eigentlich Magie genannt. Mit ihr kann das

Wissen der Mystik und der Theosophie in greifbare Handlungen umgesetzt werden, in die Handfertigkeiten eines Magiers und Zauberers.

Diese drei Elemente zusammen bilden die größte Triade des Wissens und der Wahrheit, den Hermes Trismegistos, den dreimal großen Hermes. Er gilt den alten Quellen zufolge als Schöpfer und Erfinder der Alchemie, der hermetischen Kunst, und als Autor der sogenannten hermetischen Schriften – des gesamten Wissens der Menschheit, das im Grunde auf das gesamte Wissen des Volkes zurückgeht, dessen Gast wir hier am Ufer der großen Mutter Nil sind.«

Ich nickte den Beduinen freundlich zu, die neugierig zu uns herüberblickten. Parish folgte meinem Blick, wobei er meinen Gedankengang aufnahm.

»Alchemie? Tatsächlich? Die Kunst, Gold herzustellen? Das gesamte Wissen der Menschheit, nur um dem schnöden Mammon zu frönen? Ziemlich ernüchternd, finde ich. Aber die Ägypter liebten ja das Gold. Und die Gier nach Gold und Reichtum – sie waren es ja auch, die meinem großen Namensvetter schließlich das Leben kosteten.«

»Und die ja auch bei deinem eigenen inszenierten falschen Tod als Rapper Tupac Pate standen, nicht wahr?«, versetzte ich. »Gier ist nun mal eines der treibenden Elemente der Menschheit. Aber es darf nicht die *allein* treibende Kraft sein – wie auch das Gegenteil der Gier, die Askese, allein nur destruktiv ist. Du brauchst ein drittes Element, einen Angelpunkt, an dem sich die Extreme gegeneinander auspendeln können, so wie sich in einer göttlichen Waagschale das Gute gegen das Böse abwägen kann.«

»Ich denke, gut ist nicht gut und böse nicht böse«, forderte Parish mich heraus.

»Ja. Deswegen kann man bei diesem magischen Dreieck, dieser höchsten Trinität, nicht ausmachen, was und wer auf welcher Seite steht und die Oberhand gewinnt. Es ist gleich. Eine Einheit, die nur im Zusammenwirken wirklich funktioniert. Nehmen wir die Alchemie. *Al* steht für das arabische Wort für *Gott* oder der *Allmächtige*. Der Begriff *keme* oder *chemi* kommt aus dem Ägyptischen und meinte ursprünglich *das Schwarze*, was wiederum ein Synonym für die schwarze fruchtbare Erde des Nillandes war. *Schwarze Erde*, so nannten die Ägypter in alter Zeit ihr ganzes Land. Also war es der Name für das, was wir heute Ägypten nennen. Deshalb wird Alchemie heute gern mit *Die göttliche Kunst der Ägypter* übersetzt. Alchemie umfasst demnach weit mehr als nur das Goldmachen. Es ist die Auseinandersetzung mit der Naturphilosophie, aus der das Wissen der Heilkunst hervorging. Ohne die Alchemie und das Wissen der Alten hätte die Menschheit nie die modernen Wissenschaften, von der Chemie bis zur Medizin, von der Mechanik bis zur Informationstechnologie, hervorbringen können. Der Ursprung allen Wissens ist das Geheimwissen der Alchemie.

Auf der einen Seite also steht die Alchemie des Goldmachens, die Alchemie der Gier. Auf der anderen Seite die Alchemie des Fortschritts, die Alchemie der Aufklärung. Und der Angelpunkt ist der Mensch, der diese beiden Extreme ins Gleichgewicht bringen muss, sonst drohen Despotismus oder Anarchie.«

Parish ergriff einen herumliegenden Stock und drehte ihn gedankenversunken in den Händen.

»Und was soll dieser Traum mir sagen?«

Ich nahm mein Handy aus der Manteltasche und schaute aufs Display.

»Es war ja kein Traum. Kein natürlicher Schlaf dauert vierundzwanzig Stunden. Und wir haben mit dieser netten kleinen ägyptischen Anekdote einen vollen Tag verloren.

Oder gewonnen, ganz wie man will. Auch ich hatte nämlich einen solch bemerkenswerten *Traum.*«

Ich erzählte Parish von meinen fast surrealen Erlebnissen im Labyrinth unter der Djoser-Pyramide, wobei ich die Schlussszene allerdings vornehm wegließ.

»Und was soll das alles?«, fragte Parish.

»Das ist doch offensichtlich. Unsere Freundin Margo treibt Spielchen. Es kann ihr nicht verborgen geblieben sein, dass ihren Vater, den Baron, ein düsteres Geheimnis umgibt. Das Geheimnis seines bereits ja ziemlich langen Lebens. Du erinnerst dich?«

»Nicht gerne. Ein Mann in den besten Jahren, der über zweihundert Jahre alt sein soll … das ist schon eine ziemliche Zumutung für einen rationalen Verstand.«

»Weil man diesen Gedanken nicht gewohnt ist. Unsere Ahnen im Alten Testament hatten da eine ganz andere Sichtweise als die Menschen von heute. Aber selbst in moderner Zeit gibt es erstaunliche Berichte zu diesem Thema. Im Jahr 1933 beispielsweise erschien in der renommierten *New York Times* ein Artikel über den chinesischen Naturmediziner und Lehrer Li Chung Yun, der im selben Jahr im Alter von zweihundertsechsundfünfzig Jahren gestorben sein soll. Damit wäre er exakt hundert Jahre vor unserem Baron geboren worden, auch wenn eine Geburtsurkunde als Beleg für das Alter von Li Chung Yun fehlt. 1677 gab es solche Aufzeichnungen in China noch nicht, doch sprechen die belegten dreiundzwanzig überlebten Ehefrauen und die mit ihnen über Generationen gezeugten Nachkommen eine deutliche Sprache für die Authentizität des überlieferten Alters.«

»Und was ist das Geheimnis für die scheinbare Unsterblichkeit dieses Li und unseres Barons? Ein genetischer Defekt?«

»Ein interessanter Gedanke, da es mittlerweile ja tatsächlich genetisch manipulierte, unsterbliche Bakterien und sogar Würmer in speziell dafür erbauten Laboratorien gibt. Aber zumindest das Geheimnis des Barons ist noch viel düsterer. Und um dieses Geheimnis geht es Margo. Sie will es mit unserer Hilfe ergründen.«

»Ich dachte, wir sind nach Ägypten gekommen, um das Geheimnis um die von Tron gelösten Rätsel mithilfe dieser Margo zu ergründen. Hat diese rothaarige Hexe unser Kommen etwa erwartet?«

Ich lachte.

»Es sieht so aus. Aber das ist doch nicht schlecht. Wir beide haben bei unseren Abenteuern – ich unter der Pyramide, du in einem Tempel – offensichtlich keinen Schaden genommen. Ganz im Gegenteil. Die Konstellation unseres Universums hat sich für den Moment eindeutig zu unserem Vorteil verschoben. Nutzen wir ihn, bevor das Pendel durch einen Ausschlag in die Gegenrichtung den Vorteil gemäß der ewigen Ordnung wieder auszugleichen versucht.«

Ich spürte etwas Lebendiges mein Bein streifen, senkte den Blick und sah ein Kätzchen mit rot getigertem Fell, das sich an meinem Hosenbein rieb. Mit einer vorsichtigen Handbewegung hob ich das Tier auf und setzte es auf meine Armbeuge. Mit der freien Hand fasste ich das Gesichtchen der Katze und drehte es zu meinem. Zu meiner großen Überraschung schaute ich in herrliche blaue Augen – eine für gewöhnliche Katzen sehr ungewöhnliche Pupillenfarbe.

Das Kätzchen fing zu schnurren an, machte sein Köpfchen von meiner Hand frei und kuschelte sich an meine Brust. Dabei entdeckte ich, dass ein kleines, schwarzseidenes Halsband durch das Fell des Tieres schimmerte.

»Und wie geht es jetzt weiter?«, fragte Parish in die Stille an diesem wunderbaren Ort hinein.

Ich überlegte.

»Vielleicht sollten wir zurück nach Frankfurt. Wir haben von diesem Banner ja nicht nur erfahren, dass die durchtriebene Margo …«, ich spürte, wie das Kätzchen auf meinem Arm leicht die Krallen ausfuhr und sie mich durch Mantel und Hemd spüren ließ, »… dass Margo hier in Ägypten auf uns wartete. Dieser schmuddelige Ermittler hatte ja ebenfalls berichtet, dass der Baron in seinem Hauptquartier in Frankfurt weilt. Wir haben dieser Botschaft bisher keine Beachtung geschenkt. Vielleicht aber stand eine bestimmte Absicht dahinter, uns genau diese Mitteilung quasi wie nebenbei gleich mit unterzujubeln.«

»Und was sollen wir beim Baron?«, wollte der Mohr wissen. »Der wird uns nicht einfach die Aufzeichnungen von Tron aushändigen. Außerdem sollte das doch sowieso dieser Saint Clair für uns besorgen, nicht wahr? Oder meinst du, dass der Baron tatsächlich den wiederbelebten Tron, von dem du berichtet hast, zu sich nach Frankfurt bringen lässt und wir unseren alten, untoten Freund bei ihm finden könnten – wenn er es denn tatsächlich war, den du wiederbelebt hast?«

»Ich gebe zu, dass ich dieses Rätsel noch nicht durchschaue. Nach meinem Wissen konnte ich den Jungen gar nicht wiederbeleben, die Zeichen waren eindeutig. Und doch … Zeichen können vorgetäuscht werden, wer wüsste das nicht besser als ich. Und wir wandeln hier ja die ganze Zeit durch sehr seltsame Vexierbilder. Also, wieso sollte Tron nicht vielleicht doch noch am Leben sein? Schließlich waren es jene, die ihm nach dem Leben trachteten, die ihn seit seinem vermeintlichen Tod in ihrer Obhut hatten. Da ist viel Raum für Manipulationen.«

»Aber … ich dachte, du hast den toten Tron selbst gesehen – auf jeden Fall ja damals im Leichenschauhaus?«

»Gesehen ja. Sogar oberflächlich untersucht. Aber *wissen*, ob jemand wirklich tot ist … das geht nur, wenn man ihm den Kopf abschneidet oder lebenswichtige Organe entfernt. Oder Anzeichen von Verwesung feststellt. Doch keiner dieser drei Nachweise ist aus unserer Sicht bei Tron bisher erbracht. Wir haben uns lediglich auf Anzeichen und Hörensagen verlassen. Da ist jede Menge Raum für düstere Manipulationen.«

»Was ein Grund mehr ist, dem Baron schnellstens auf die Finger zu klopfen, falls er wirklich und wahrhaftig einen noch lebenden Tron gefangen hält«, sagte Parish. »Also auf, zurück nach Frankfurt. Verschaffen wir uns Gewissheit.«

15.

Mit einem zufriedenen Miauen richtete sich die rothaarige Katze auf meinem Arm auf, sprang zu Boden, huschte davon und verschwand zwischen den Palmen.

Auch Parish und ich standen auf. Auf der Suche nach einem Taxi, das uns zurück nach Kairo und zum Flughafen bringen sollte, wandten wir uns an die Beduinen, die nicht weit von uns rasteten.

Man lud uns ein, Platz zu nehmen und reichte uns Tee und Früchte zur Stärkung. Erst zögerten Parish und ich; dann aber nahmen wir die Einladung dankbar an, denn nach unseren seltsamen Abenteuern waren wir tatsächlich sehr hungrig und durstig.

Schließlich brach die Gruppe auf und nahm uns auf ihren Kamelen mit bis zum nächsten Taxistand, nicht weit entfernt bei den Pyramiden von Saqqara.

Dort verabschiedeten wir uns von unseren neuen Freunden, stiegen in ein glücklicherweise klimatisiertes Taxi und fuhren in halsbrecherischer Geschwindigkeit zurück in den Moloch Kairo. Von unterwegs rief ich in den Nile Towers an, wo wir ja noch unsere nicht bezogenen Hotelzimmer hatten.

Wir erreichten eine Abendmaschine nach Frankfurt und trafen in tiefer Nacht dort ein. Trotz der späten Stunde rief Parish seinen Fahrer Chip an, der noch in Berlin war und auf neue Order von seinem Chef wartete. Parish teilte ihm mit, wo wir uns befanden, und bat ihn, mit der Limousine nach Frankfurt zu kommen. So waren wir beweglicher.

Mit einem Taxi fuhren wir anschließend wieder zum Marriott, denn Symbole wie dieses eigentlich zweiundvierziggeschossige Gebäude sind nie Selbstzweck; sie schaffen immer auch die Möglichkeit, sich den tieferen Sinn dieser Symbolik für seine eigenen Vorhaben nutzbar zu machen. So kann man an solch symbolischen Orten ohne vorhergehende Verabredung seinesgleichen treffen, denn verwandte Seelen orientieren sich zwangsläufig von selbst an den gleichen Wegmarkierungen. Und vielleicht brauchten wir in allernächster Zeit Hilfe.

Daher wunderte es mich nicht, als ich am nächsten Morgen beim gemeinsamen Frühstück mit Parish im Restaurant *Espressivo* ein mir bekanntes Gesicht zur Tür hereinkommen sah. Auch der Neuankömmling, ein drahtiger, dunkelhaariger Mann mit olivfarbenem Teint und dunklen Augen, gekleidet in Kordhose und Tweedjacket, bemerkte mich, nickte mir zu und trat schließlich an unseren Tisch.

»Gaspard«, sprach er mich an, »ich hätte es mir denken können. Und der schwarze Mann an Ihrer Seite ist diesmal nicht Cautepates, sondern unser neuer Fixstern Mercurius, nehme ich an. Ich freue mich, Sie kennen zu lernen, Mister Crooks.«

»Parish, darf ich vorstellen – Alexandro Orieades, der Träger des Diadems der Venus in unserm Kult. Wie der Name verrät, ist er Grieche.« Und an unseren neuen Gast gewandt: »Setz dich bitte zu uns, Alex.«

Der Angesprochene folgte der Aufforderung.

»Ich nehme an, Miles hat dich hierher an die Frankenfurt beordert, oder?«, fragte ich. »Sind die anderen Repräsentanten des Kultes auch schon angereist? Gibt es schon einen Termin für die große Zusammenkunft?«

Der Grieche schüttelte den Kopf.

»Nein, die Vorbereitungen laufen noch. Ich wollte schon mal herkommen und nachschauen, ob ich mich irgendwie nützlich machen kann. Wie du siehst, hatte ich einen sehr guten Lehrer, was die Nutzbarmachung der eigenen Intuition angeht. Ich wette, du hast eine Aufgabe für mich, mein guter Cautes.«

Parish schaute mich an.

»Ihr zwei wollt mir doch nicht weismachen, dass ihr euch telepathisch verständigt habt? Du hast Alex hier angerufen, und unser Treffen hier und jetzt ist gar kein Zufall?«

Ich lächelte Parish in aller Unschuld an.

»Kein Zufall, aber auch kein Anruf. Es ist, was Alex sagte: Intuition. Bewusste Entscheidungen auf der Grundlage unbewusster Schlüsse. Es gibt tatsächlich Techniken, sich das eigene unbewusste Wissen verfügbar zu machen. Jeder Mensch nutzt solche Techniken, ohne sich dessen allerdings bewusst zu werden.«

»Wie meinst du das?«, wollte Parish wissen.

»Worauf hast du gerade Appetit?«

Parish überlegte. »Eier, Speck und Kaffee.«

»Sehr gute Wahl. Aber warum hast du gerade jetzt Appetit darauf?«

»Keine Ahnung.«

»Dann will ich es dir sagen. Weil dein Unterbewusstsein viele Jahre lang die Erfahrung gesammelt hat, dass es die richtige Mischung ist, deinem Körper für einen neuen Tag die maximale Energiemenge zuzuführen. Der Appetit ist eine der unbewussten Techniken, die uns helfen, uns das immense Wissen und den gewaltigen Erfahrungsschatz unseres Unterbewusstseins nutzbar zu machen. Eine andere Technik sind Träume, in denen das Unterbewusstsein die ungewöhnlichsten Szenen und Konstellationen durchspielt, die aus den vorhandenen Erinnerungssplittern immer wieder neu zusammengesetzt und kombiniert werden. So bereitet unser Geist uns darauf vor, in neuen, im Grunde unvorhersehbaren Situationen fertige Strategien aus den Schubladen des Unterbewusstseins ziehen zu können.

Deshalb handeln wir in Situationen, die unseren bewussten Verstand in ihrer Unvorhersehbarkeit völlig überfordern, mitunter vollkommen richtig – und wundern uns anschließend, welche Schutzengel uns wieder mal aus einer misslichen Lage befreit haben und woher diese Déjà-vu-Erlebnisse kamen.

Bei Kindern ist diese intuitive Macht über ihre Handlungsweisen sogar noch deutlich ausgeprägter als bei den ach so vernünftigen Erwachsenen. Deshalb gibt es Fälle, dass Kinder aus höheren Etagen eines Wohnhauses fallen, ohne sich die kleinste Schramme zu holen, wie man es immer wieder in den Zeitungen liest. Oder sie wachen auf, wenn das Haus brennt, und retten die anderen Bewohner – auch eine beliebte und immer wiederkehrende Zeitungsmeldung. Die degenerierten Erwachsen müssen und können sich dieses Talent erst wieder mühsam erarbeiten.«

»Und du, Ian, bist Lehrer für dieses Fach?«

»Ja. Deswegen halte ich für meinen Gott die Fackel empor und erleuchte die Welt.«

»Und wie funktioniert das mit dem Anrufen ohne Telefon?«

Diese Frage war nur zu logisch; man hätte sie intuitiv erahnen können …

»Gar nicht«, sagte ich zur sichtlichen Enttäuschung Parishs.

»Und woher wusste Alex dann, dass du hier etwas von ihm willst?«

»Es war ein Bauchgefühl bei ihm, gespeist aus seinen Erfahrungen innerhalb unseres Kultes. Er weiß, wie wir anderen Kultbrüder *ticken*, wie wir funktionieren und in was für Situationen wir deshalb immer wieder hineinstolpern. Daher konnte er zielgerichtet vermuten, wo er zurzeit wahrscheinlich am besten gebraucht wird. Alte Ehepaare erreichen mit den Jahren eine ähnliche intuitive Vertrautheit, die im Voraus erahnen lässt, was der Partner gerade denkt, fühlt oder vorhat, auch über große Entfernungen hinweg.

Jedenfalls, unser Freund Miles bereitet hier die große Zusammenkunft vor. Von Miles weiß Alex wahrscheinlich auch, dass wir auf unserer Reise nach Ägypten hier vorbeigekommen sind. Und unser wichtigster Gegenspieler hat hier eines seiner Hauptquartiere. Da war es nicht weit zu der Vermutung, dass er, Alex, am ehesten hier gebraucht würde.«

Parish verzog die Mundwinkel.

»Okay. Und *wozu* brauchen wir ihn? Was machen wir jetzt?«

»Als Erstes frühstücken wir gemeinsam.«

Und ich winkte einen Kellner herbei, damit er unsere Bestellung aufnahm.

Während wir auf die Speisen warteten, berichteten Parish und ich dem Griechen von den neuesten Entwicklungen im Fall Tron.

Nachdem wir uns mit Eiern, Speck und viel schlechtem Kaffee gestärkt hatten, nahm Parish das Gespräch wieder auf.

»Puh, ich glaube, da hat sich mein Unterbewusstsein diesmal aber mächtig geirrt. Das Essen war nach der sehr dürftigen Kost der letzten Tage eindeutig zu schwer für uns – stimmt's, Ian?«

Alex, der unserem Gespräch bisher schweigsam gelauscht und auch beim Essen kaum etwas gesagt hatte, meldete sich nun zu Wort.

»Manchmal sind wir halt nicht mit dem einverstanden, was die Intuition uns sagt. Dennoch wird sich dein Körper über die neuen Energiereserven freuen. Aber wir können ja gleich noch einmal und auf anderem Gebiet ausprobieren, ob Ians System der unbewusst-bewussten Entscheidung tatsächlich funktioniert. Indem wir dein Gefühl, Parish, entscheiden lassen, wo wir heute Morgen zusammen als Erstes hingehen sollten, um unsere Mission zu erfüllen.«

Parish schien dieses Angebot zu verunsichern.

»Ich dachte, wir gehen direkt zum Baron, hauen ihm eins vor den Latz und holen uns Tron – oder was von ihm noch übrig ist – und seine Aufzeichnungen.«

Alex schüttelte den Kopf.

»Zu viel Ratio. *Du dachtest!* Du sollst aber *fühlen.* Mehr Emotion, weniger Verstand.«

Parishs Verunsicherung wuchs.

»Mehr Emotion? Dann müsste ich in den Fitness-Raum, um meine Wut auf den Baron abzureagieren.«

Alex schüttelte erneut den Kopf, stand auf und trat vor den Schwarzen hin.

»Du musst uns nicht zeigen, wie wütend du auf den Teufel bist. Deine Emotion gehört nicht uns, sie gehört dir. Steh mal auf.«

Parish gehorchte.

Alex legte ihm die geschlossene rechte Hand auf die Augen, während er die Linke auf Parishs Hinterkopf legte.

»Nicht denken, Mercurius. Fühlen! Was sagt dein Bauch? Höre ihm zu. Suche dein Herz. Lausche ihm. Lass deine Augen singen. Atme ihren Klang. *Golden brown texture like sun … son*!«

Der Grieche hatte immer schneller gesprochen und bewegte sich nun, den Schwarzen stets vor sich, langsam rückwärts im Kreis.

»Also, was siehst du, Sänger? Welche Botschaft haben die Götter dir für uns mitgegeben, Hermes? Wo schwingt das ewige Dreieck, Thot? Wohin schlängelt sich die glänzende Schlange, Tupac Amaru? Siehe, Seher! Und verkünde, Prophet! Zünde den Dornenbusch an! Entflamme deinen Verstand! Der Lichtgott will aus deiner Zunge treten, Uräus! Lass ihn raus! Lass es raus!«

Alex hatte immer schneller gesprochen, war immer lauter geworden und hatte sich zunehmend rascher bewegt, sodass sich die anderen Gäste zu uns umdrehten.

Parish fing derweil zu stottern an, sodass Alex seinen Kopf losließ. Parish blieb augenblicklich stehen, die Augen nach wie vor geschlossen; zaghaft zuerst, dann immer sicherer formten sich die Worte.

»Ich … ich sehe den Pfad. Er glüht.«

»Das ist gut«, lobte Alex. »Wo führt er hin, dein leuchtender Pfad?«

Nach einigem Zögern: »Er führt … nach rechts …«

Alex machte ein enttäuschtes Gesicht, setzte aber sofort nach, wobei er noch immer schnell und laut sprach.

»Was ist rechts? Du kannst das besser!«
»Da ist … die Sonne. Sie steigt, strahlt … sie glüht …«
»Was will die aufgehende Sonne von dir?«
Parish wollte die Augen öffnen, doch Alex verschloss sie ihm sofort wieder mit der Hand und begann erneut, mit Parish im Kreis zu tanzen.
»Nicht sehen, schauen! Was sagt die aufgehende Sonne?«
Plötzlich wurden auch Parishs Worte hastig, ja hektisch: »Siehe, mein Sohn, man hat ihm seine Haut genommen, bei lebendigen Leib. Seinen Hals geschunden. Seinen Geist geraubt. Sein Fleisch zerteilt. Und ins Meer geworfen. Doch der Tyfon wollte sein Opfer nicht, warf ihn ans Land, wo der Fluss am niedrigsten ist. Und seine Tempel am höchsten. Der Deckel seines Hauptes sei dein Ziel!«
Parish atmete tief durch. Alex ließ ihn los. Beide waren wieder stehen geblieben.
Dann öffnete Parish die Augen und schaute in die Runde, woraufhin die neugierigen Blicke an den anderen Tischen rasch eine andere Richtung suchten.
»War das Hypnose? Oder Suggestion?«, fragte Parish schließlich, wieder Alex und mir zugewandt. Beide setzten sich zurück an den Frühstückstisch.
»Weder noch«, antwortete ich. »Alex hat mit seinem hektischen Gequassel lediglich deine rechte Hirnhälfte ausgeschaltet – jene Hälfte, in der die Ratio sitzt. So konnten die verqueren Gedanken, die in deiner linken Hirnhälfte schlummerten, an die Oberfläche kommen. Ich nehme an, so ähnlich hast du früher auch deine Songs geschrieben, oder? Irgendwann küsste dich die Muse, und die neuen Ideen strömen nur so aus dir heraus.«
»Du meinst, so funktioniert Kreativität? Ich denke, ihr beiden Hübschen habt gerade ein Orakel aus mir gemacht.«
»Einen selbst gebastelten Propheten, ja«, bestätigte Alex.

»Aber laute Musik hätte es auch getan. Oder eine extrem schnelle Autobahnfahrt. Es gibt viele Möglichkeiten, den bewussten Verstand auszuschalten und auf unterbewusste automatische Steuerung umzuschalten. Der Tanz eben war nur einer dieser Wege. Hast du den Film *Der Club der toten Dichter* gesehen? In dem Film macht Robin Williams als Lehrer John Keating mit seinem Schüler Todd Anderson, Ethan Hawke, genau das Gleiche, als dieser ein selbst geschriebenes Gedicht frei vortragen soll.«

»Oh Captain, mein Captain!«, ließ Parish sich vernehmen.

»Genau. Eine der besten Kreativtechniken. Du hast es ja gerade am eigenen Leib erfahren. Dein Gedicht war wirklich ausgesucht düster.«

»Aber wir wollten doch herausfinden, wohin wir als Nächstes sollten. Ich weiß zwar nicht mehr, was ich gesagt habe, aber nach einem Wegweiser klang es nicht gerade.«

Ich kramte meinen Laptop aus seiner allgegenwärtigen Tasche.

»Das werden wir gleich sehen. Moment, ich will uns nur kurz online bringen. Zum Glück gibt hier im Haus ja bereits das segensreiche WLAN.«

Parish schaute wieder verwundert drein.

»Und was soll uns das bringen?«

»Warte es ab«, sagte ich und rief als Erstes die Website der Suchmaschine Google auf.

»Wir sind in *Frankfurt.*«

Ich gab das Wort in das Feld für die Suchabfrage ein.

»Außerdem sprachst du davon, dass jemandem bei lebendigem Leib die Haut abgezogen wurde. Wenn ich recht darüber nachdenke, solltest du dich einem Psychologen anvertrauen«, sagte ich im Scherz, gab aber als weitere Begriffe *abgezogene Haut* in den Suchstring ein.

»Vergiss nicht die *Schädeldecke* … den Deckel des Hauptes, von dem unser Götterbote hier eben auch noch sprach«, ergänzte Alex.

»Ja, genau.«

Ich gab auch *Schädeldecke* zur Suchabfrage. Dann drückte ich die Return-Taste. Das Suchergebnis wurde mit einer kurzen Verzögerung unmittelbar angezeigt.

»Das ist doch eindeutig. Dreiundzwanzig Nennungen, und gleich die erste verweist auf den Kaiserdom des Sankt Bartholomäus hier in Frankfurt. Da passt fast alles – wo uns doch erst der Hinweis auf die Bartholomäusnacht auf diesen Pfad gesetzt hat. Also, worauf warten wir noch?«

Und ich klappte meinen Laptop wieder zu und stand auf.

16.

Wir ließen uns von einem Taxi zu dem Kaiserdom bringen, der dem Apostel Bartholomäus geweiht war, einer der elf ursprünglichen Jünger Jesu. Die mächtige Kirche liegt östlich des Zentrums der Mainmetropole, weit ab von den Wolkenkratzern der Stadt, wodurch sich der seltsame gotische Westturm des Gotteshauses deutlich gegenüber der umliegenden Bebauung abheben kann.

Wir betraten das imposante Gebäude durch das sogenannte südliche Turmportal – auch diese Kirche war offensichtlich exakt an der Ost-West-Achse ausgerichtet, mit dem Hochaltar nach Osten, in Richtung der aufgehenden Sonne – und gelangten ins beeindruckende Innere.

Parish schaute sich um, während wir über den Mittelgang schritten. Genau an der Stelle, an der sich Quer- und Längshaus kreuzten, blieben wir stehen und schauten uns eingehend um.

»Die Achsen der vier Flügel scheinen absolut symmetrisch und damit gleich lang zu sein«, hörte ich Parish sagen, während ich mir die gotischen Gewölbe über uns anschaute.

»Exakt vierundsechzig Meter je Achse. Du hast recht«, antwortete ihm Alex. »Die Höhe des Gewölbes beträgt rund dreiundzwanzig Meter. Bemerkenswert ist auch der rote Sandstein, aus dem dieses Kirchengebäude fast vollständig errichtet wurde. Deshalb scheint der Innenraum in einem roten Licht zu glühen, das von den Wänden abgestrahlt wird. Und da der Grundriss mit Quer- und Längsschiff ein symmetrisches Kreuz nachzeichnet, ergibt es quasi ein rotes Kreuz, wie wir es beispielsweise als Zeichen der Tempelritter kennen.«

»Ist das denn hier eine Templerkirche?«, wollte Parish sofort wissen.

»Nicht bekanntermaßen«, antwortete diesmal ich. »Eigentlich ist es eine normale Stiftskirche, doch ihre Geschichte ist außergewöhnlich. Hier wurden die meisten Könige des Heiligen Römischen Reiches Deutscher Nation gewählt. Hier wurden sie von ihren Kurfürsten in Amt und Würden und auf das seither sprichwörtliche Schild gehoben.«

»Gewählte Könige?«, fragte Parish.

»Ja, auch deutsche Kaiser. Wir haben ja schon mit Miles darüber gesprochen. König- und Kaisertum waren teuer, und hier am Sitz des Geldes konnten sich die Reichen und wirklich Mächtigen schon seit über tausend Jahren einen ihnen genehmen Herrscher kaufen.« Ich streckte den Arm aus. »Da vorn, rechts neben dem Hochaltar – siehst du die Tür? Lass uns dorthin gehen.«

An alten Chorstühlen vorbei machten wir uns auf den Weg zu einem Steinportal, das in eine Seitenkapelle abzweigte. Die schwere Holztür des Portals ließ sich überraschenderweise öffnen, und wir betraten einen deutlich niedrigeren, schmaleren Kirchenraum, der wie eine Miniatur des Hauptgebäudes wirkte.

»Früher war hier die Bibliothek des Stifts untergebracht, dem der Dom gehörte. Und genau hier, in der *Wahlkapelle*, fanden fast fünf Jahrhunderte lang die Königswahlen statt. Schau mal das Bild da an der Wand. Es zeigt die sogenannten Kurfürsten.«

Ich zeigte auf die Reproduktion eines offenbar mittelalterlichen Gemäldes.

Parish betrachtete die Darstellung interessiert.

»Es sind sieben«, sagte er schließlich.

»Ja. Bemerkenswert, nicht wahr? Wenn du die ledernen Sessel drüben an der anderen Wand durchzählst, wirst du feststellen, dass es ebenfalls sieben sind. Zeitweise hat man die Zahl der Kurfürsten allerdings auf neun erhöht. Aber diese Zahl überrascht uns ja auch nicht wirklich.«

»Sieben Planeten plus die beiden Fackelträger – macht neun.«

Ich musste schmunzeln. »Ja. Und ist dir beim Betreten der Kirche der seltsame Kirchturm aufgefallen?«

»Sieben Geschosse?«, sagte Parish.

»Nur mit sehr viel Wohlwollen«, gab ich zurück. »Aber ganz oben ein Oktogon, ein Achteck, mit Kuppel – beinahe so, wie der heilige Schrein des Islam in Jerusalem, der Felsendom mit der goldenen Kuppel. Aber wenn das da über uns ein symbolischer Felsendom wäre …«

»… wären wir hier im Berg Zion! Mann! In der symbolischen Felsengrotte«, ergänzte der Mohr.

»Und in der wurden die mächtigsten Männer des ausgehenden Mittelalters von sieben – beziehungsweise neun – Magiern in Amt und Würden gesetzt.«

»Magier?« Parish hatte wieder Schwierigkeiten, dem Gedankengang zu folgen.

»Na klar. Überleg mal: Die sieben erwählen einen, den sie durch Balsam und Öl zum König und Kaiser salben. Salben durfte übrigens nur der Kurfürst von Mainz, der eigentlich Erzbischof von Mainz gewesen ist.«

Ich zeigte auf das Bild.

»Das dritte Wappen von links auf dem Gemälde ist seins.«

»Rotes Kreuz auf weißem Grund – die Farben dieser Kirche.«

»Und der Templer sowie einiger anderer. Der neue König wurde an Scheitel, Brust, Nacken, zwischen den Schultern, auf dem rechten Arm, am Gelenk des rechten Armes und an den Innenflächen der rechten Hand gesalbt. Dabei wurde von dem Magier im Ornat die Zauberformel gesprochen: *Ich salbe dich zum König im Namen des Vaters, des Sohnes und des Heiligen Geistes.*«

»Das soll ein Zauberspruch gewesen sind? Ein Hokuspokusfidibus? Das war doch ein ganz normaler Segen!«

»Was ist ein *Segen* anderes als eine magische Beschwörungsformel? Und in diesem Fall hat die Formel ja einen unglaublichen Zauber entwickelt: Ein gewöhnlicher Mann aus Fleisch und Blut wurde zum gottgleichen Herrscher erhoben, zum König von Gottes Gnaden. Und dieser Mann hatte dann tatsächlich die ihm durch den Zauber verheißene magische Kraft, ein riesiges Land zu beherrschen. Weil alle an diesen Zauber glaubten, funktionierte er so fantastisch.«

Der Schwarze wurde nachdenklich. »Bei uns zu Hause in den Vereinigten Staaten hat der Supreme Court, der Oberste Gerichtshof der USA, auch neun Mitglieder, und davon einen Vorsitzenden … der die Zauberformeln murmelt, seine Urteile, die ebenfalls magische Gewalt über alle Menschen in seinem Herrschaftsbereich entwickeln.«

Alex meldete sich lachend zu Wort.

»Jetzt hast du es verstanden, mein Freund. Solche Macht beruht auf einem magischen Zauber, der eigentlich nicht funktionieren kann – und *doch* funktioniert, weil alle daran glauben. Magische Rituale paralysieren die Menschen. Und denk einmal bildlich an deine Richter in Washington und an die Kurfürsten da auf dem Gemälde. Sie alle tragen Ornat, Zaubermäntel, die sie aus Normalsterblichen zu mystischen Gestalten machen sollen. Ohne Ornat wäre der Zauber verschwunden. Oder nimm unseren Freund Ian hier – stets schwarze Klamotten. Und auch wir, seine Brüder, legen in magischen Momenten diese Kleidung an. Das tut unsereins seit zehntausend Jahren, auch wenn die Mode selbst sich in diesen Dingen gewandelt hat. Aber der Zweck dieses Rituals ist geblieben. Zeremonielle Kleidung verwandelt uns und verleiht unserer Magie die richtige Kraft.

Die Normalsterblichen haben gelernt, diese Kostüme zu fürchten. Nimm die Uniform der Polizei. Fast jedem läuft ein leichter Schauer des schlechten Gewissens über den Rücken, wenn er sie sieht. Und noch etwas. Wir sind hier in einer Kirche des heiligen Bartholomäus. Du erinnerst dich an deinen Orakelspruch von vorhin? Diesem Heiligen hat man bei lebendigem Leib die Haut abgezogen – also das Symbol dessen, was ihn für die sehende Welt gleichsam erst zu einem Menschen machte. Was für eine Symbolik, nicht wahr? Kleider machen Leute, und Bartholomäus ließ man nicht einmal mehr sein natürlichstes Kleid. Trotzdem mussten seine Peiniger ihn zusätzlich köpfen, um seinen raschen Tod zu bewirken. Aber reden wir einmal darüber, was Bartholomäus so Schlimmes getan hatte, dass seine Peiniger ihm diese bestialischen Strafen auferlegten. Kommt mal mit.«

Alex ging uns voraus in das Kirchenschiff zurück und durchquerte den großen Raum in westliche Richtung, dorthin, wo wir die Kirche ursprünglich betreten hatten. Doch anstelle des Südportals wählte er jetzt eine gegenüberliegende Tür und trat in eine Vorhalle.

»Nebenbei bemerkt«, sagte er im Gehen. »Schaut mal hoch.«

Parish und ich hoben die Köpfe und blickten in einen stilisierten Sternenhimmel.

»Ja, auch das Firmament fehlt hier nicht. Aber jetzt geht es nach rechts in den Kreuzgang. Hier ist das Dommuseum untergebracht. Ich will euch auch hier etwas sehr Interessantes zeigen.«

Wir gingen an Vitrinen mit Kirchenutensilien vorbei.

»Da wären wir. Schaut euch das einmal in Ruhe an.«

Wir waren vor einer großen Vitrine mit einem ganzen Ensemble von Gegenständen stehen geblieben. Neben Abendmahlsgefäßen, Monstranzen und schmuckvollen alten Bibeln beherrschte ein stilisierter Altar das Bild. In dessen Zentrum lag eine geschmückte, mit rotem Samt ausgelegte Glashalbkugel, eingefasst in eine metallene Pyramide, die wiederum gekrönt wurde von sechs kristallenen Obelisken und einem kristallenen Kreuz, sodass sieben transparente weiße Mini-Pfeiler aus dem Dreieck ragten.

»Da liegt sie – die Schädeldecke des Bartholomäus. Na ja, zumindest lag sie dort eine Zeit lang auf dem Samt.«

Um die Pyramide, Obelisken und das Kreuz herum zog sich ein Oval, das aus stilisierten Strahlen gezeichnet war. Einige Strahlen waren länger als die anderen. Ich zählte sie. Wie erwartet, waren es genau dreiundzwanzig …

Derweil fuhr Alex in seinem Vortrag fort.

»Bartholomäus war einer der zwölf Jünger Jesu. Ursprünglich aber zählte er zu den Jüngern von Johannes dem Täufer. Philippus war es, der ihn bei Jesu einführte, weil er in ihm einen Mann erkannte, *in dem kein Trug ist*, einen Weisen also, der einiges mit unserem Tron gemeinsam hatte.

Nach Jesu Kreuzigung, Auferstehung und Himmelfahrt machte Bartholomäus sich ebenfalls auf gen Osten, nach Persien, vielleicht sogar bis nach Indien. Auf jeden Fall gelangte er irgendwann in das damalige Großreich Armenien, das sich zwischen Mittelmeer, Schwarzem Meer und Kaspischem Meer erstreckte. Dort herrschte König Polymios, dessen Tochter schwer erkrankt war. Unser Heiliger heilte sie, so die Legende, wobei er sich sogar von verschlossenen Türen nicht aufhalten ließ, zu seiner Patientin zu gelangen. Tief beeindruckt und voller Dankbarkeit ließ Polymios sich taufen und trat mit Familie und Hofstaat zum Christentum über.

Interessant ist eine Überlieferung, in der Polymios sogar ein sprechendes Götzenbild niederreißen ließ, um seinem alten Gott abzuschwören. Die Legende besagt, Bartholomäus bannte den darin hausenden Teufel und machte ihn ihnen allen sichtbar: Der Dämon war *schwärzer als Ruß, mit scharfem Angesicht, langem schwarzem Bart und schwarzen Haaren, die bis auf seine Füße gingen.*«

»Sag mal, Ian, warst du das oder Tom, nachdem ihr ’ne ganze Weile nicht beim Friseur gewesen wart?«, fragte Parish im Scherz. »Sprechende Statue … das klingt ganz nach einem deiner Taschenspielertricks.«

»Keine Tricks«, antwortete Alex an meiner Stelle. »Magie! Die Menschen müssen nur daran glauben, dann klappt es. Doch wegen dieses Zweiflers Bartholomäus funktionierte dieser Zauber dann natürlich nicht mehr. Das ist diesem wahrheitsliebenden Heiligen allerdings nicht gut bekommen – er bezahlte es mit dem Leben. Astyages, der Bruder des Polymios, wurde von den alten Priestern zu Hilfe gerufen, die um ihre Pfründe fürchteten, um den in ihren Augen seltsamen und gefährlichen Heiligen zu beseitigen. Und das tat Astyages. Er schickte tausend Krieger, die Bartholomäus erst mit Knüppeln schlugen, ihn dann schinden ließen, ihm also die Haut abzogen, und schließlich köpften. Genützt hat es aber nichts, wenngleich es der Überlieferung zufolge noch zweihundertfünfzig Jahre dauern sollte, bis aus Armenien auch offiziell der erste christliche Kirchenstaat der Welt wurde – im Jahr 301 unserer Zeitrechnung. Allerdings versuchten die Sassaniden des benachbarten persischen Großreichs immer wieder, ihren aus dem Mithrakult hervorgegangenen Zoroastrismus auch im Nachbarland wieder einzuführen. Doch die Macht des Bartholomäus war größer. Und das Christentum siegte.

Allerdings ist es eine seltsame Allegorie des Lebens, dass es keine verlässlichen historischen Quellen über einen Astyages als Bruder des Herrschers von Armenien gibt, lediglich die Berichte über die mythische Geschichte des Apostels Bartholomäus. Dafür gibt es einen recht gut belegten historischen Astyages, der als medischer König der Großvater des legendären Persers Kyros des Großen gewesen sein soll. Doch er lebte rund sechshundert Jahre vor Bartholomäus und dessen Legende.«

Parish schüttelte ungläubig den Kopf. »Ist es eigentlich Zufall«, fragte er dann, »dass am Übergang von diesem Zoroastrismus, dem staatlichen Mitrakult, zum offiziellen, staatstragenden Christentum ein heiliger Bartholomäus stand – und am Übergang vom Katholizismus zum Protestantismus eine Bartholomäusnacht? Zumindest im Frankenland? Und wenn es eine Verbindung gibt, wie sieht sie aus?«

Alex nickte anerkennend. »Dafür müssen wir zurück ins Kirchenschiff, in den ältesten Teil des Doms hier«, sagte er und ging uns voraus aus dem Kreuzgang zurück durch die Vorhalle des Nordportals zum westlichen Kirchenschiff, wo er vor einer großen, in den Boden eingelassenen Sandsteinplatte stehen blieb. In die Platte war ein Kreuz eingemeißelt sowie die Inschrift:

Grab eines adeligen Mädchens um 680

»Du musst dir jetzt vorstellen, Mercurius, du stehst hier in einer Kapelle der Merowinger, wahrscheinlich christlich. Es war ein bescheidener romanischer Bau, nur zwölf Meter lang. Die Merowinger waren das erste Frankengeschlecht. Was du hier vor uns auf dem Boden siehst, verweist auf ein merowingisches Grab, das hier vor einigen Jahren ausgegraben wurde. Das Mädchen wurde in einem Bau beerdigt, unter dem die Archäologen vermeintlich die Reste von Hypokausten fanden, einer antiken Fußbodenheizung römischer Bauart. Aber ich frage dich – wozu braucht man in einer Kirche eine Fußbodenheizung? Zudem sie wahrscheinlich nicht einmal funktioniert hätte, so wie sie gebaut war. Aber vielleicht hatten die gefundenen Säulenreste ja eine ganz andere Bedeutung.«

»Ein Mithräum?«

»Könnte man denken. Wir sind hier ja auf dem Frankfurter Domhügel, und der ist seit der Jungsteinzeit ein besonderes Kultzentrum. Südlich von uns der Fluss, um uns herum die Altflussarme. Der Domhügel ist die Insel, die aus dem Wasser ragt. Ein magischer Ort. Und die Römer waren vor den Merowingern hier. Doch schauen wir uns die Merowinger genauer an. Namensgeber ist Merowech, der noch nicht christliche, dafür umso mystischere Herrscher der frühen Franken. Die Legende sagt, Merowech stamme von einem Meeresungeheuer in Gestalt eines Stieres ab …«

»Wie bitte? Merowech war Perser?«

»Sieht so aus, Mercurius. Oder Kelte, denn die Kelten kannten ebenfalls den Stierkult. Oder auch beides, denn Kelten und Perser sind einander sehr ähnlich. Gleicher indogermanischer Sprachstamm, gleicher Stierkult, gleiche vorchristliche Begräbnisriten. Beide kannten das Pferd und die Herstellung und Verarbeitung von Eisen. Und beide hatten Zauberer – die einen als Druiden, die anderen als ursprüngliche und wortwörtliche Magier. Wahrscheinlich war dieser Merowech also Kelte mit persischen Ahnen, zumindest väterlicherseits. Denn der aus dem Meer kommende Stier schwängerte die Gattin des westgermanischen Königs Chlodio, der den Bastard großzog und zu seinem sagenhaften Nachfolger machte.

Merowechs Volk also waren Westgermanen, keine Kelten. Und dieses Volk hatte über Jahrhunderte hinweg unter der roten römischen Flut gelitten, als es hier die ersten paar Dutzend Dekaden nach der Zeitenwende lebte. Irgendwann, als die rote Flut abebbte, schlossen sich verschiedene Stämme zusammen und nannten sich *Franken*, was so viel wie *die Freien* bedeuten soll – im Deutschen kennt man ja die Redewendung *frank und frei*. Man könnte auch glauben, dass ›Franken‹ vom lateinischen *frango* abgeleitet wurde, *zerbrechen* oder *zermalmen*. Und tatsächlich zermalmten die Franken die römischen Besatzer, wo sie auf sie trafen.

Allerdings hat *Franken* – das Frankreich und Frankfurt ihre Namen gab – noch eine weitere Bedeutung, und die wird im etymologischen Ursprung des Wortes deutlich. *Frank* ist nämlich aus dem Wortstamm von *frech* hervorgegangen, und das bezeichnete im Gemeingermanischen ursprünglich auch *ungezähmt* und *gierig* und *habsüchtig*. Man kann Frankreich und Frankfurt also auch als das Land und die Hauptstadt der Habgierigen bezeichnen. Schau dir nur unseren Baron an: Seine Familie stammt aus Frankfurt, er arbeitet von Frankfurt aus, und er selbst ist Franzose.

Aber wir sprachen von der Symbolkraft des Bartholomäus. Siehst du jetzt die Duplizität um den heiligen Bartholomäus, Mercurius? Die Armenier lehnten sich gegen die Perser auf, und Bartholomäus schenkte ihnen einen neuen Glauben als Waffe. Die hugenottischen protestantischen Franken lehnten sich gegen die römisch-katholische Kirche in ihrem Land auf, und die Bartholomäusnacht mit ihren Gräueln schenkte ihnen das Mitgefühl der übrigen Welt, die ihnen Asyl gewährte.

Übrig blieb bei den Armeniern die Armenische Apostolische Kirche, bei den hugenottischen Franken ein calvinistisch geprägter Protestantismus. Zwei ziemlich interessante Kirchen, die sich heute vor allem dadurch auszeichnen, dass sie über die ganze Welt verbreitet sind und sich in vielen Kulturen assimiliert haben, als hätten sie die Haut gewechselt. John D. Rockefeller beispielsweise war Hugenotte, der Investor Kirk Kerkorian ist Armenier …«

Parish hob eine Hand zum Zeichen, dass Alex eine Pause einlegen sollte.

»Das waren erst mal Fakten genug. Ich hab den roten Faden verloren«, sagte er.

»Der *rote* Faden ist gut«, meldete ich mich zu Wort. »Der rote Faden sieht so aus: Unter der roten Kirche hier ein römisches oder früh-merowingisches Mithräum. Hinter den freien Franken die im Namen gebrandmarkte Habgier. Hinter den christlichen Königen von Gottes Gnaden eine Wahl der sieben beziehungsweise der neun. Hinter den vereinigten Westgermanen ein keltischer Stier, der über das Wasser kam. Und hinter dem Bartholomäus, dem Sohn – *Bar* – des Tolmai, steht eigentlich Nathanael von Kana, den der Johannes in seinem Evangelium über Jesus sagen lässt: *Was kann von Nazareth Gutes kommen?*«

»Und der Mann war Jünger Jesu?«, wunderte sich Parish. »War er ein Maulwurf, wie man heute sagen würde?«

»Könnte man glauben, wo er doch anschließend gegen jene Magier vorging, die als Heilige aus dem Morgenland Jesus erst zu dem gemacht hatten, was er den Menschen heute noch ist. Vielleicht hat er deshalb seine Haut abgeben müssen …«

Parish bemerkte: »Wieso wird hier eigentlich nur die Schädeldecke verehrt? Die des Bartholomäus, der eigentlich Nathanael heißt? Hat das auch eine Bedeutung?«

»Hat es«, sagte Alex. »Kommt mit.«

Wieder eilten wir durch die Kirche bis zum südlichen Kirchenschiff und von dort in Richtung einer großen Orgelempore. Wir hielten uns links und blieben schließlich vor einem reich verzierten schrankähnlichen Schrein mit zwei Türen stehen.

»Dann schauen wir mal, was wir hier finden.«

»Was ist das?«, wollte Parish wissen.

»Ein Sakramentshaus. Da drinnen wird die Schädelplatte des Bartholomäus aufbewahrt.«

Alex öffnete die beiden Flügel des Sakramentshauses. Ein ziemlich modernes Gestell wurde sichtbar, das in seiner O-förmigen Mitte unter einer kleinen Glaskuppel die mutmaßlichen Knochenreste des Apostels Bartholomäus barg.

»Findet ihr nicht, dass die Metallmanschette um die Glaskuppel mit der Reliquie ausschaut wie ein Torque?«

»Was ist nun schon wieder ein *Torque*?«, fragte Parish ungeduldig.

»Ein den Kelten zugerechneter Halsring, der sowohl weltliche als auch göttliche Macht symbolisiert. Wie passend, ihn als Einfassung für eine Schädeldecke zu nehmen. Schauen wir mal, ob wir den Spaß hier öffnen können.«

Alex hantierte an der ringförmigen Metalleinfassung. Schließlich konnte er die Glaskapsel tatsächlich gegen den Uhrzeigersinn herausdrehen. Er nahm die Kapsel herunter, und wir konnten in die Rückseite der Knochenschale blicken.

»Sieh mal einer an! Mercurius, du bist wahrlich ein großer Seher, wo doch erst deine Weissagung uns hierher geführt hat. Das da ist ganz gewiss keine Reliquie des Bartholomäus, sondern der Ersatzschlüssel zum Zentrum der Macht seines Namensvetters, des Nathanael der Gegenwart.«

Auf der Innenseite der Knochenschale war mit Klebestreifen eine kleine Speicherkarte befestigt, wie man sie heute beispielsweise für Digitalkameras kennt. Im Jahr 1998 war so ein kleiner Speicher noch eine echte Sensation; umso mehr überraschte uns dieser Fund an diesem eigenwilligen Ort.

»Wie passend«, kommentierte Alex seine Entdeckung. »Künstliche Intelligenz an einem Ort, an dem es einst ganz sicher *natürliche* Intelligenz gegeben hat.«

17.

Alex reichte mir die kleine Speicherkarte.

»Kommst du an die Daten ran? Hast du das nötige Equipment dabei?«, fragte er.

Ich nickte, setzte mich in eine nahe Kirchenbank und holte meinen Laptop aus der Tasche. Derweil baute der Grieche den Reliquienschrein wieder zusammen und verschloss anschließend auch das Sakramentshaus.

Ich stecke den Datenträger in ein Lesegerät und verband dieses mit dem bereits hochgefahrenen Rechner.

»Und was ist drauf?«, ließ Parish seiner nun wieder unbändigen Neugier freien Lauf.

Ich klickte mich durch die Dateipfade.

»Ich weiß nicht, auf jeden Fall keine Dokumente. Das sind aktive Algorithmen, würde ich sagen. Programme. Oder genauer, *ein* Programm. Lasst mich raten: Der ultimative Schlüssel zum Allerheiligsten des Barons. Wir haben hier offenbar gerade seine ganz private Fußmatte gefunden, unter der er seine Hausschlüssel versteckt hat. Also genau das, was wir gesucht haben. Parish – könntest du mal checken, ob dein Fahrer Chip schon in Reichweite ist und uns hier abholen kann?«

Der Schwarze zog sein Handy aus der Manteltasche. Doch schon während er in die Tasten tippte, hörten wir schwere, ausholende Schritte auf dem Steinfußboden, die sich rasch näherten. Als wir aufblickten, sahen wir einen hochgewachsenen alten Mann im weißen Bischofsornat aus Richtung des Hochalters auf uns zukommen. Selbst die Mitra trug er, die Bischofsmütze. Sie war weiß mit einem roten Schmuckkreuz vorne.

Die Anwesenheit eines Bischofs an diesem Ort war allerdings sehr ungewöhnlich, denn der Frankfurter Dom war nie Bischofssitz, sondern ursprünglich Stiftskirche und heute eine normale Gemeindekirche. Bischöfe kamen nur zu besonderen Anlässen hierher. Zu früheren Zeiten waren es beispielsweise die Königswahlen gewesen.

Als der Mann uns erreicht hatte, blieb er stehen, stemmte die Arme in die Seiten und schaute von einem zum anderen. Schließlich wandte er sich an mich.

»Johannes, genannt Kasper, wenn ich recht vermute. Sie haben da etwas, das nicht Ihnen gehört.«

Der Bischof hielt mir seine geöffnete linke Hand hin.

»Darf ich, bitte?«

Ich zog den kleinen Chip, den wir im Bartholomäusreliquium gefunden hatten, aus dem Lesegerät und legte ihn dem kostümierten Mann wortlos in die Hand.

»Danke«, sagte er schlicht und steckte den kleinen Datenträger in eine verborgene Tasche unter seinem weiten Brokatumhang.

»Übrigens, Nathanael wartet in seinem Kontor auf Sie.« Er wandte sich zum Gehen und sagte über die Schulter: »Und Sie sollten ihn nicht allzu lange warten lassen. Seine Tür wird nur sehr kurze Zeit für Sie geöffnet sein. Daher werden Sie dies hier«, er klopfte mit der Hand auf die Tasche, in der er jetzt den kleinen Speicherchip verbarg, »auch nicht brauchen. Leben Sie wohl!«

Damit rauschte die seltsame Gestalt so schnell, wie sie erschienen war, von dannen und war im nächsten Moment um die Ecke zum östlichen Kirchenschiff mit dem Hochaltar verschwunden.

»Wer war das denn?«, fand Parish nach diesem seltsamen Auftritt als Erster die Sprache wieder.

Ich packte meine Sachen zusammen und verstaute sie in der Umhängetasche für den Laptop.

»So wie er aussah, der Erzbischof von Mainz. Denk an seine Farben«, erläuterte ich. »Und das ist merkwürdig, denn Frankfurt gehört nicht zur Diözese Mainz. Das Bistum Limburg ist hier zuständig.«

»Aha«, kommentierte der Mohr. »Was du alles weißt. Und was hat der Baron damit zu schaffen?«

»Kommt mit, ich zeig es euch«, antwortete Alex, bevor ich etwas sagen konnte. Und schon war der Grieche auf dem Weg in das gegenüberliegende nördliche Kirchenschiff. Parish und ich folgten mit einiger Verzögerung.

Der nördliche Flügel des kreuzförmigen Kirchenbaus war alles in allem der schlichteste. Als Schmuck gab es hier unteren anderem an der westlichen Außenmauer große Steintafeln, die in die Wände eingelassen waren – Gedenk- oder Grabsteine. Vor einer dieser Tafeln blieb Alex stehen und wartete auf uns. Es war eine mehrflügelige Tafel aus schwarzem Marmor.

»Lest mal den Namen.«

Er zeigte auf eine kunstvolle Gravur:

Eugen Alexander von Thurn und Taxis

Paris las bedächtig den Namen und fragte dann: »Und was hat der mit dem Baron zu schaffen?«

»Er war der erste Fürst von Thurn und Taxis«, erklärte Alex. »Er lebte hier in Frankfurt und baute von hier aus als Monopolist den Postdienst in Europa auf. Einer seiner Nachfahren ließ sich vom Vater des Barons bestechen, ihn bei den damals wichtigsten Depeschen mitlesen zu lassen. So lernte erst der Vater, dann der Sohn, wie wichtig Informationen sind. Und bald verloren die Thurn und Taxis erst ihr Post-Monopol, dann die Herrschaft über Frankfurt und schließlich ihr Palais im Zentrum der Stadt. Und irgendwann auch dieses Haus hier, in dem wir uns befinden, als heimliche spirituelle Heimat.«

»Erinnerst du dich, Parish, was Miles uns von seiner Arbeit berichtet hat?«, fragte ich. »Das Palais der Thurn und Taxis stand genau dort, wo sich heute der von Miles erwähnte größte Fernmeldeknotenpunkt Europas befindet. Dreihundert Jahre Nachrichtendienst, und immer auf demselben Grundstück. Heute existieren allerdings nur noch die Portalbauten, auch wenn manche Leute davon träumen, mit einem neuen Zeitalter auch die alte Pracht und Herrlichkeit dieses Baus neu auferstehen zu lassen.

Aber wir müssen los. Wie der schräge Bischof vorhin schon sagte – der Baron wartet sicher nicht gern. Und in Anbetracht der Tatsache, mit welch brutalem Nachdruck er seine Gäste mitunter zu Besuch bittet, sollten wir uns wirklich beeilen, wo er seine Einladung vergleichsweise freundlich vorgebracht hat.«

Parish hielt immer noch sein Handy, und ohne weiteren Kommentar beorderte er seinen Fahrer zu uns. Zwanzig Minuten später saßen wir in der Limousine und fuhren in Richtung Innenstadt.

»Woher wusste der Baron, wo wir uns aufhielten?«, fragte Parish nach einer Weile.

»Eine Kamera, die den Sakramentschrank bewacht, der Anruf des Wachmannes, und alles ist klar«, antwortete Alex. »Viel spannender ist, was der Baron jetzt von uns will und was wir mit dieser Einladung anfangen. Ian?«

Ich überlegte bereits fieberhaft.

»Wir haben zwar den Zentralschlüssel zum Allerheiligsten des Barons nicht mehr, aber wir werden ja voraussichtlich jetzt auch so hineinkommen. Unser Ziel sind die Informationen von Tron, die der Baron aus Boris' Jugendzimmer hat beschlagnahmen lassen. Aber nicht sein verschlüsseltes Material, sondern sein Terminkalender – falls unser Freund Saint Clair nicht schon erfolgreich war. Und natürlich müssen wir herausbekommen, was der Baron mit dem Leib des Tron angefangen hat.

Ich schlage daher vor, dass wir getrennt vorgehen. Parish und ich kümmern uns um den Baron – mit uns dürfte er auf jeden Fall rechnen. Wenn wir Glück haben, hat er dich, Alex, gar nicht auf der Rechnung. Du bist ja eher zufällig hier. Versuchen wir also, dem Teufel ein Schnippchen zu schlagen. Parish und ich lenken ihn ab und verwickeln ihn in ein Gespräch, während du, kleine Nymphe, zusiehst, ob du herausbekommt, was der Baron uns bestimmt nicht freiwillig mitteilen möchte.«

Nach wenigen Minuten hielt Chip den Wagen vor einem sechsstöckigen, lang gezogenen Sandsteingebäude in einer Nebenstraße der Zeil, der Haupteinkaufsmeile Frankfurts. Ich bat Chip, noch einen Block weiterzufahren, damit wir Zeit hatten, die Örtlichkeiten genau zu prüfen.

Schließlich stiegen Parish, Alex und ich aus und machten uns auf den Weg zurück zur Residenz des Barons, wobei wir ein anderes großes, säulenflankiertes Gebäude passierten.

»Die Frankfurter Börse«, sagte ich. »Sieh mal da vorn, Parish. Ein Stier aus Bronze. Als die Menschheit noch keinen Besitz im heutigen Sinne kannte, war der Stier das Sinnbild für den Sexualtrieb des Mannes. Als aus dem Jäger und Sammler der sesshafte Ackerbauer wurde, der sein Land bestellte, der Häuser und Scheunen baute und schließlich das Geld erfand, um damit Dinge einzutauschen, die er nicht mehr selber herstellte, aber zum Leben brauchte, hatte er mit einem Mal *Besitz*, der die Begehrlichkeiten anderer erweckte. Seitdem symbolisiert der Stier auch die Gier des Menschen an sich, hier also die *Habgier*. Und sieh dir auch die Ornamentreliefs und die Figuren oben auf der Fassade an. Es lohnt sich, auf solche Symbole zu achten.«

»Ich sehe Zweiergruppen … auf den ersten Blick könnten es die Statuen von Zwillingen sein. Und die Reliefs sind die Tierkreiszeichen«, sagte Parish, als er den Blick über die Gebäudefront schweifen ließ.

»Schau dir an, womit diese Tierkreiszeichen links anfangen.«

»Die Zwillinge … auch hier wieder die Zwillinge. Dann sind davor der Stier und der … Widder! Stand der nicht vor dem Fisch, dem Symbol für das Lamm Christi?«

»Ja, und der Widder zeugte das Lamm. Und er brachte als babylonischer Ackerbauer, wie dieses Sternzeichen vorher genannt wurde, als Erster die Saat aus, die das Ernten und damit das Besitzen erst ermöglichte. – Aber jetzt schau mal zum Kontor des Barons und sieh dir die stilisierten Säulen an der Hausfassade an. Was siehst du dort oben als Kapitel dieser Schmucksäulen?«

»Widderhörner«, sagte Parish, als er hinaufblickte. »Was bedeutet das?«

»Eine sehr gute Frage. Ein Widder symbolisiert den, der vor dem christlichen Fisch da war. Aber ein Widder symbolisiert auch den ägyptischen Gott Amun, eine Schöpfer- und Windgottheit, die mit ihrem magischen Atem dem Urchaos das Leben einhauchte und den man auch Amon oder Imenand nannte, den Verborgenen, oder auch *Amen* …«

»*Amen?* Das ist doch die Schlussformel für Gebete …«

»… der Juden, Christen und Moslems, ja, und es bedeutet *so sei es.* Und doch ist Amen auch ein Name für den Widder, dessen Hörner du am Kontor des Barons und drüben an exponierter Stelle am Gebäude der Börse sehen kannst. Ein ägyptischer Gott, der mit seinem Namen den drei großen Ein-Gott-Religionen die Erfüllung ihrer Gebete schenken soll. Einen magischen Zauber. Unser Freund Kyros der Zweite hätte sich gefreut.«

»Und was soll der Widder *hier*?«

»Es ist das Wappentier des Barons. In der Astrologie wird dem Widder als Tierkreiszeichen die Farbe Rot zugeordnet – wie das Rot des roten Drachen der Apokalypse. Auch das Metall Eisen steht durch sein rotes Zerfallsprodukt, den roten Rost, mit dem Widder in Verbindung. Und als Edelstein der kostbare Rubin. Das passt doch wirklich gut zu unserem Nathanael, oder?«

»Widder, Drache, Schlange – so haben wir den Baron alles schon genannt. Wie passt das zusammen? Was ist dieser Baron Nathanael nun wirklich?«

»Alles, was du genannt hast, Parish. Nur mit einer gewissen zeitlichen Variablen. Das Bindeglied zwischen den drei eigentlich unterschiedlichen Symbolen Widder, Drache und Schlange ist erneut eine Gestalt aus dem ägyptischen Götterhimmel, ein Gott, genannt *Kematef.* Es ist der ältere Name von Amun, der als Kematef, die Urschlange, aus den Urfluten Nun hervorgegangen ist. Kematef bedeutet wortwörtlich *der, welcher seine Zeit vollendet hat.* So wurde aus der Schlange Kematef, als sie ihr Wirken vollendet hatte, der Widder des Amun. Das griechische Wort für Schlange aber ist *dracca,* der Drache. Da hast du deine drei Symbole, vereint in einem Gott.«

»Wir gehen also nicht in die Höhle des Löwen, sondern in die Drachenhöhle?«

»Oder in den Schafstall, wo der Widder Hausherr ist. Okay, da ist der Eingang. Was machst du inzwischen, Alex? Wie sehen deine Pläne aus?«

Alex hatte während des kleinen Symbol-Kolloquiums zwischen Parish und mir aufmerksam das Gebäude gemustert, in dem sich das Kontor des Barons befand, ein im Grunde ganz normales Bürogebäude mit verschiedenen Ladengeschäften in der Parterre: ein Reisebüro, eine Weinhandlung, eine Kunstgalerie. Alles sehr passend als Drapage für unseren Baron.

»Ich denke, durch die Weinhandlung könnte es gehen. Da hinten im Laden sieht man eine Treppe, die ins obere Stockwerk führt. Ihr müsst ja wohl den Haupteingang nehmen. Und da – Kameras, Sicherheitsschleuse, das Übliche halt. Ich schaue mal, ob ich einen verborgenen Pfad ins Innere des Gebäudes finde. Wenn alles gut geht, treffen wir uns nachher in dem Coffeeshop, an dem wir eben vorbeigekommen sind. Okay?«

So trennten sich unsere Wege.

Parish und ich gingen zum Hauptportal des Gebäudes, das wie ein normales Geschäftshaus in einer normalen Geschäftsstraße wirkte. Doch schon bei unserer Ankunft in Parishs Wagen hatten wir bemerkt, dass das Gebäude sich über einen halben Häuserblock erstreckte und an insgesamt drei Straßenzüge grenzte, sodass es über drei unterschiedliche Adressen verfügen konnte.

Ich drückte den Klingelknopf. Hinter einer kleinen Halbkugel aus Glas fokussierte uns unmittelbar der Objektivring einer Kamera.

Dann erklang aus einem Lautsprecher eine verzerrte Frauenstimme:

»Guten Tag. Kommen Sie bitte in den fünften Stock, und benutzen Sie bitte das Treppenhaus, leider ist der Aufzug defekt.«

Mit einem Summen entriegelte sich die Tür. Parish und ich traten ein. Ich ging zum Aufzug und drückte auf den Rufknopf, was aber ohne Wirkung blieb. Der Aufzug funktionierte tatsächlich nicht.

Da Parish mich fragend anschaute, sagte ich:

»Der Baron will uns möglichst müde in seinem Büro haben. Deshalb hatte ich den Verdacht, dass das mit dem

Fahrstuhl gelogen war. Aber wenn es gelogen war, hat er daran gedacht, den Aufzug tatsächlich außer Betrieb zu setzen. Komm, gehen wir.«

Wir stiegen das breite Treppenhaus hinauf bis zum fünften und obersten Stock. Oben am Treppenabsatz erwartete uns eine junge Frau, der wahrscheinlich die Stimme aus der Gegensprechanlage gehörte.

»Herzlichen willkommen. Sie werden bereits erwartet. Wenn ich Ihnen vorausgehen darf?«

Die Bürofee schwebte uns voran durch einen nüchtern ausgestatteten Flur, der dennoch erlesene Exklusivität ausstrahlte. Wir passierten mehrere gepanzerte und mit Codeschlössern gesicherte Glastüren, die unsere Führerin mittels einer Codekarte entriegelte, die sie vor ein Magnetfeld hielt.

Schließlich kamen wir an eine massive hölzerne Tür, die die Frau öffnete. Dahinter kam eine zweite Holztür zum Vorschein. Die Frau klopfte kurz an, öffnete dann ohne weitere Aufforderung auch diese Tür und bat uns mit einer Geste hinein. Sie selbst blieb im Flur stehen.

Parish und ich traten in das Zimmer hinter der Doppeltür, das sich tatsächlich als feudales Kontor entpuppte, mit kostbaren Hölzern vertäfelt, aufwändigem Parkettfußboden und einem riesigen, fast gänzlich leeren Schreibtisch, der in einer Ecke des Zimmers stand. Hinter dem Schreibtisch saß der Baron, diesmal ganz Aristokrat und somit vollkommen anders als bei unserem letzten Zusammentreffen vor etwas mehr als einer Woche in dem Berliner Park.

Der Baron machte keine Anstalten, aufzustehen und uns persönlich zu begrüßen, vielleicht sogar mit einem Handschlag. Stattdessen musterte er uns aufmerksam, als wir eintraten und mit leicht schleppenden Schritten auf ihn zukamen, denn das Treppensteigen war anstrengend gewesen.

Ich spürte wieder die Verletzungen in der Brust, die dieser Mann mir zugefügt hatte.

»Setzen Sie sich«, sagt er knapp, als Parish und ich zwei große Holzstühle erreichten. Wir folgten der Aufforderung und blickten unseren Gastgeber dann stumm und erwartungsvoll an – ein lautloses, verbissenes Kräftemessen, ein Taxieren und Abschätzen, ein Forschen und Studieren in der Miene des jeweiligen Gegenübers, um die eigene Position und die eigene Situation in dieser gefährlichen Lage besser einschätzen zu können.

»Sie haben uns rufen lassen, Baron. Nun, hier sind wir. Was können mein Freund und ich für Sie tun?«, sagte ich schließlich in das lastende Schweigen hinein.

Der Baron erhob sich von seinem Sessel, der fast schon die Ausmaße eines Throns hatte, und kam um den Schreibtisch herum zu uns.

»Wären Sie nicht früher oder später sowieso bei mir aufgetaucht?«, sagte er. »Sie haben ja gefunden, was Sie bei meinem Bruder Bartholomy gesucht haben. Wobei ich mir, das muss ich gestehen, nicht den geringsten Reim darauf machen kann, wie Sie dieses Versteck entdecken konnten. Ich hatte es für absolut sicher gehalten.«

Der Baron setzte sich vor uns auf die Schreibtischkante und verschränkte die Arme vor der Brust.

»Sie vermuten also Verrat?«, fragte ich, denn eigene Fragen schützen einen davor, selbst Antworten geben zu müssen.

»Verrat?« Der Baron sprach dieses Wort ganz langsam aus, ließ es gleichsam auf der Zunge und zwischen den Lippen zerrinnen. »Ja, Verrat«, wiederholte er. »Loyalität ist tatsächlich ein sehr kostbares Gut. Und leider auch sehr selten. Wir Menschen haben ja immer noch keinen Kardinalsweg entdeckt, unsere Mitmenschen zur absoluten Loyalität zu bringen. Eine Versuchung, eine Verlockung – und schon ist das Vertrauen dahin, das man in einen anderen Menschen gesetzt hat. Zerbrochen all das, was in vielen Jahren mit Mühe und Schmerz aufgebaut wurde. Zerrissen das Band, das man mit Fleiß und Geduld zwischen sich und einem anderen geflochten hat. Und weshalb dieser Frevel? Dieser Verrat? Für einen flüchtigen Vorteil, den man mit ein wenig Geduld sowieso irgendwann errungen hätte. Aber ich philosophiere hier vor mich hin und vergesse meine Pflichten als Gastgeber. Darf ich Ihnen etwas anbieten? Kaffee?«

»Nein, danke. Kommen wir zur Sache«, sagte ich. »Was wollen Sie von uns?«

Der Baron lächelte unergründlich, stand vom Schreibtisch auf und ging zurück zu seinem Thronsessel. Erst nachdem er sich gesetzt hatte, antwortete er.

»Was ich von *Ihnen* will, Ian, das sagte ich Ihnen schon bei unserer letzten Zusammenkunft. Leider haben Sie ja nicht auf meine Bitten gehört.«

Sein Lächeln wurde geradezu diabolisch.

»*Wenn du deine Feinde nicht vernichten kannst, dann umarme sie*. Sind das die Gedanken, die Sie jetzt bewegen, Baron?«, mutmaßte ich.

»Wir müssen uns ja nicht gleich um den Hals fallen, Ian. Was sollte die Welt denn davon halten? Die Ordnung, so wie sie ist, ist schön und gut. Und jetzt, wo wir unsere Kräfteverhältnisse noch ein wenig besser gegeneinander ausgemessen haben, wird das Gleichgewicht der Welt sicherlich noch ein wenig stabiler sein, als es bisher ohnehin schon war. Warum also etwas daran ändern?«

Die Bedeutung der Ironie in der Stimme des Barons konnte ich in diesem Moment nicht einordnen. Daher antwortete ich nicht auf diese wohl auch nur rhetorisch gemeinte Frage und ließ ihn weiterreden.

»Ich habe nur darüber nachdenken müssen, ob es nicht ab und an Situationen geben könnte, in denen Ihre und meine Interessen sich eine gewisse Zeit gut miteinander vereinbaren lassen könnten. Ich gebe zu ...« Er stockte kurz und fuhr dann fort: »Ja, es gibt noch etwas, das ich Ihnen freimütig gestehe. Ich gebe zu, dass Sie, werter Ian, mir Grenzen aufgezeigt haben, die ich so bisher nicht kannte. Sie haben mich sehr nachdenklich gemacht. Unsere kleine ... *Affäre* in Berlin hat mich ins Grübeln gebracht, mit welchen Mitteln ich mein Geschäft weiter betreiben soll. Aber ich rede für Sie bestimmt in Rätseln, nicht wahr? Soll ich Ihnen ein Beispiel geben, damit Sie verstehen, was ich meine?«

Ohne eine Antwort abzuwarten, fuhr er fort:

»Sie sprachen eben von Verrat. Wenn ich früher Verrat in meinen Reihen entdeckt hätte, wären meine Strafen drakonisch gewesen, und sie wären unmittelbar und ohne Gnade erfolgt. Heute jedoch ... nun, tatsächlich habe ich Verrat in meinen Reihen entdeckt. Doch anstatt sofort zur Tat zu schreiten und den Verräter augenblicklich zu beseitigen, habe ich meine Wut besiegt. Ich habe meinen Zorn tatsächlich niedergerungen, habe meine sonst so grausame Wut auf alles, das nicht in meinem Sinne läuft, bezwingen können – eine von mir nicht gekannte Selbstbeherrschung, Ian, die ich in der Tat Ihnen verdanke. Und das, obwohl – oder gerade weil – ich auch den jüngsten und neuesten Verrat Ihnen zu verdanken habe!«

Ich konnte nicht fassen, was ich da hörte. Dieser Zynismus war nicht zu überbieten. Schließlich hatte der Baron das Massaker in der Grabkammer angerichtet, in der ich die große mystische Wiederbelebung durchgeführt hatte. Von Selbstbeherrschung konnte da schwerlich die Rede sein. Für mich sah es eher nach zügellos ausgelebtem, leidenschaftlichem und grenzenlosem Jähzorn aus.

Oder war das alles doch nur ein Drogentraum gewesen? Oder etwas ganz anderes?

Langsam dämmerte mir, worauf der Baron womöglich hinauswollte.

»Ja. Ja, ja«, sagte er nun. »Verrat, von einem Menschen, der mir so nahe kommen konnte wie kaum ein anderer vor ihm. Dem ich alle Wege bereitet habe, hinauf bis in höchste Positionen. Ein Mensch, den ich zum Herrscher eines ganzen Imperiums hätte machen können. Jetzt aber ist mein Vertrauen zerstört. Und weshalb, frage ich Sie? Wofür? Ich sage es Ihnen. Für Sie, Ian. *Für Sie!* Das hat meinen Schmerz noch viel schlimmer gemacht. Aber es hat keinen Zweck, sich da etwas vorzumachen.«

Hatte der Baron Liebeskummer, weil seine Gespielin aus seinem Fleisch und Blut nun eigene Wege ging? Für mich hörte sich das, was der Führer der mächtigsten Wirtschaftsdynastie der Welt da von sich gab, jedenfalls sehr danach an.

Ich brach in schallendes Gelächter aus und prustete: »Ein solches Gejammer ist man von Ihnen ja gar nicht gewöhnt, Baron. Und machen Sie nicht mich für etwas verantwortlich, was Sie sich letztlich doch selbst zuzuschreiben haben. Ich habe niemanden zu etwas überredet. Nichts ist passiert, was dieser Mensch nicht von ganz allein wollte.«

»So? Sie haben niemanden zu irgendetwas verleitet? Dass ich nicht lache! Ich glaube nicht, dass unser guter Saint Clair ohne Ihre Hilfe auf die Idee gekommen wäre, ausgerechnet den Terminkalender von unserem Freund Boris, alias Tron, auszuwerten.«

Saint Clair! Nicht *Margo*, wie ich geglaubt hatte.

Ich holte tief Luft. »Sie haben ihn entdeckt? Er ist wohl doch nur ein lausiger Schauspieler und Verbündeter. Ich hätte ihm mehr zugetraut. Wie hat er sich denn verraten?

Der Plan war doch gut. Der versierteste Astrologe der Welt, der mit seinen Horoskopen versucht, Trons Codes zu knacken. Das hätte klappen können. Wie haben Sie gemerkt, dass es nur um den Kalender ging?«

Das Misstrauen wich nicht aus dem Blick des Barons.

»Nennen Sie es Menschenkenntnis«, sagte er. »Wenn man so lange lebt wie ich oder Sie, Ian, kennt man jedes Verhaltensmuster seiner Mitmenschen. Und jede Verhaltensweise eines Menschen entspricht einer genau programmierten Synapse in seinem Hirn, die ihn unter gleichen oder ähnlichen Umständen gleich oder zumindest ähnlich handeln lässt. Der gewöhnliche Mensch kann aus diesem biologischen Korsett nicht ausbrechen. Deshalb ist er berechenbar. Er kann nicht durch reine Willensanstrengung sein Verhalten ändern. Das können nur Götter. Und Saint Clair ist kein Gott, er ist nur Druide und Verleger. Wenn ein Mann wie er plötzlich daherkommt und seine Hilfe anbietet, wo er sonst nur auf Bitten und Befehle reagiert hat, macht das auch weniger begabte Menschen als mich misstrauisch.

Und ich kann nur sehr schwer glauben, dass Sie, Ian, an diesen Umstand nicht gedacht haben sollten. Auch das ließ mich bisher zögern, Saint Clair zu maßregeln. Sie wollten ihn in mein offenes Messer laufen lassen, Herr Gaspard. Doch glücklicherweise habe ich es rechtzeitig bemerkt. Wenngleich Verrat natürlich Verrat bleibt.«

Plötzlich hörten wir ein Miauen. Es kam von unterhalb des Schreibtisches, auf der Seite, wo der Baron saß. Der beugte sich auch sogleich hinab und hob ein elegantes Katzentier auf seinen Schoß, das ein rötliches Fell hatte – und herrliche blaue Augen.

»Musch, musch, geht es dir gut?«

Mit ungewohnter Zärtlichkeit koste der Baron das schimmernde Fell des kleinen Tigers.

Dann sprach er weiter: »Von dem Moment an, als Saint Clair überraschenderweise hier bei mir auftauchte und seine Hilfe anbot, ließ ich ihn nicht mehr aus den Augen. Sie haben recht – grundsätzlich wäre die Idee nicht schlecht gewesen, Saint Clairs Horoskope zu Rate zu ziehen, um die Codes von Tron zu knacken. Aber wenn Saint Clair diese Idee gehabt hätte, hätte er sie mir nie als Hilfe angeboten. Er hätte auf die Gelegenheit gewartet, diese Idee für sich zu nutzen – nur für sich allein.

Hier oben bei uns ist die Luft dünn und der Wettbewerb gnadenlos. Da gönnt keiner dem anderen auch nur das Schwarze unter den Fingernägeln. Und da soll Saint Clair zum dienstbeflissenen Helfer werden? In tausend Jahren nicht! Wirklich seltsam, Ian, dass Sie daran nicht gedacht haben wollen.«

Mit unverminderter Zärtlichkeit genoss der Baron die unmittelbare Nähe der Katze.

»Sie sehen, ich gehöre noch immer nicht zu denen, die an das Gute im Menschen glauben können. Aber das wissen Sie ja. Noch ein Beleg dafür, dass Sie den armen Saint Clair offenen Auges opfern wollten, um einen meiner wichtigsten Aktivposten beseitigen zu lassen – von mir selbst. Das wäre wahrscheinlich Ihre Rache für den kleinen Disput gewesen, den wir kürzlich in Berlin geführt haben. Aber ich habe Saint Clair nicht mehr aus den Augen gelassen, seit er vorgestern hier ankam. Und ich habe ihn arbeiten lassen, weil es ja sehr interessant sein kann zu sehen, wo so etwas letztlich hinführt. Und als der Druide artig seine Tafeln zeichnete und Diagramme malte und sich dabei immer wieder Notizen machte, erkannte ich langsam, wie dieser falsche Hund Wort für Wort die Einträge aus Trons Outlook auf seine Merkzettel übertrug. Trons Kalender! Was für eine bemerkenswerte Entdeckung, hochehrwürdiger Cautes!«

Ich war baff. Nicht wegen der Schlussfolgerungen des Barons und seines herausragenden Intellekts. Nein, er überraschte mich, weil er mir die größtmögliche Unterwürfigkeit erwies: *hochehrwürdiger Cautes* war die Anrede für einen wahren Meister. Und der Baron war der Letzte, von dem ich diese ungeheure Ehrerbietung erwartete.

Wir blickten uns sehr nachdrücklich und sehr lange in die Augen; das anfängliche Misstrauen in der Miene des Barons wurde niedergekämpft, und ich erkannte sein Bemühen, wahre Freundlichkeit zu zeigen. Dies hier war nicht nur eine Umarmung – es war das Angebot für einen Bruderkuss.

Konnte das tatsächlich sein? War dieser Mann wirklich zu einer solchen Wandlung fähig? Wenn ja, wusste er dann auch von mir und Margo, seiner mutmaßlich anderen roten Wildkatze? Wenn es das Erlebnis in den blauen Kammern wirklich gab – und das Massaker dort – lautete die Antwort vermutlich ja.

Warum aber sollte der Baron mir dann den Bruderkuss anbieten? Aus Falschheit? Oder weil ein Bündnis ihm augenblicklich mehr bringen würde als eine Konfrontation mit einem Gegner, den er nicht mehr richtig einschätzen konnte?

Der Baron nahm seinen Gedankengang wieder auf: »Warum seid Ihr mit Eurer Bitte nicht einfach zu mir gekommen? Warum habt Ihr mich nicht einfach gefragt, ob ich Euch die gewünschten Informationen überlasse?«

Er beugte sich vor und öffnete mit der rechten, freien Hand eine Schreibtischschublade, ohne dabei die Katze auf seinem Schoß abzusetzen. Er entnahm dem Fach ein Bündel Papiere, offensichtlich Computerausdrucke, und warf sie mir über den Schreibtisch hinweg zu. Mit einem klatschenden Geräusch blieben die Blätter vor mir auf der Tischplatte liegen.

Ich nahm das lose Bündel, warf einen Blick darauf, blätterte es kurz durch. Es waren Outlook-Tabellen mit einer Vielzahl von Einträgen. Ich las einige davon. Die Notizen konnten tatsächlich von Tron stammen; sie waren in seinem komprimierten und zugleich umständlichen Stil verfasst.

»Wer gibt mir die Garantie, dass diese Aufzeichnungen echt sind, Baron?«, fragte ich, nachdem ich sie überflogen hatte.

»Ihr misstraut mir?« war seine Antwort. »Nach diesem Kniefall vor Euch? Ihr enttäuscht mich, Fackelträger. Oder sollte ich sagen, Lichtträger? Oder gar *Luzifer*?«

Das alles war in der Tat eine sehr seltsame Situation. Der Teufel brach seinen Stolz. Das war eine unumstößliche Tatsache. Und das vor Zeugen – schließlich weilte Parish im selben Raum wie wir, wenn er diesmal auch vollkommen sprachlos war.

Und der Teufel war der Teufel, weil er stolz war. Stolz auf sein Imperium, stolz auf sein Wesen, stolz auf seine Macht, stolz auf seinen Besitz und ganz besonders stolz auf sich und seine Persönlichkeit. Wenn er diesen Stolz vor mir niederrang, hatte das eine Bewandtnis, denn genau hier lag die Grenze der Verschlagenheit eines Teufels: Ein König macht sich nicht einfach so zum Bettler, auch nicht aus Berechnung.

Wirft ein Mächtiger sich auf die Knie – wie Heinrich der Vierte, der in Canossa vor Papst Gregor vier Tage kniend im Schnee ausharrte –, ist das eine wirkliche und sprichwörtliche Unterwerfung. Heinrich kostete diese Unterwerfung vor dem Papst einen Großteil seiner Macht. Was würde der Preis sein, den der Teufel für seinen Kniefall vor mir zu zahlen bereit war?

Ich dachte an Alexandro, den Griechen, der sich jetzt irgendwo in diesem Gebäude an unserer kleinen Konspiration gegen den Baron zu beteiligen versuchte. Zurückrufen konnte ich Alex nun nicht mehr.

»Es sind die Originaldaten von Tron«, hörte ich den Baron in meine Gedanke hinein sagen. »Ihr hättet mich wirklich nur darum zu bitten brauchen, *Meister.*«

Ich glaubte ihm endlich. Das Erlebnis in dem Berliner Park, als der Baron mich nicht zu töten vermochte und dieses *Wunder* mit eigenen Augen sah. Sein Mann Saint Clair, der ihm zur Treue verpflichtet war und der trotz aller Gefahr diesen Schwur für mich brach. Und nun die Entdeckung seines ultimativen Verstecks in diesem Frankfurter Templer-Dom, allein mithilfe von Parishs befreiter göttlicher Intuition. Noch ein Wunder, das den Baron seine Machtlosigkeit hatte spüren lassen.

Und dies zeigte nun Wirkung.

Der Teufel gebannt.

Das war noch ein Wunder, dessen unerwartete Kraft aber jetzt schon verschwendet war. Denn mit Alex' Wirken irgendwo unter der Oberfläche dieses Hauses hinterging ich genau in diesem Augenblick jenen, der sich mir hier in seinem eigenen Palast unterwarf. Ich missbrauchte sein Vertrauen in dem Moment, in dem er mir dieses Vertrauen als Geschenk anbot.

Wenn auch dieser Verrat enthüllt wurde, da war ich mir sicher, würde dies auch die letzten Schranken in diesem Menschen zerbrechen und eine grenzenlose, alles zerstörende Wut entfesseln, die alles und jeden traf.

Ich rollte die Papiere mit Trons Aufzeichnung zusammen und steckte sie in die Innentasche meines Mantels. Nach wie vor hielt ich dem Blick des Barons stand.

»Also gut, Nathanael, lasst uns Licht in die Finsternis bringen«, sagte ich. »Margo!«

Die Pupillen des Barons verengten sich leicht, als ich den Namen seiner Tochter nannte – und ihm entging nicht, dass ich dies bemerkt hatte. So richtete er den Blick auf das rothaarige Tier auf seinem Schoß.

»Meine Margo ist wie diese Katze hier«, sagte er dann lachend. »Oh ja, wie diese Katze. Und solche Katzen gehören niemandem. Sie sind wilde Tiere ohne irgendwelche Bande, nur getrieben von natürlichen Bedürfnissen und Instinkten. Niemand kann sie halten. Niemand kann sie binden. Niemand kann sie an die Leine legen. Sie lassen sich nicht beherrschen. Nicht von Euch und erst recht nicht von mir. Katzen sind das freie, ursprüngliche Leben. Sie sind wild und tierhaft, voller Triebhaftigkeit und Leidenschaft. Solch ein schönes Tier wird nie zwischen zwei Männern stehen, sondern immer über ihnen. Mit wem es spielen will, entscheidet es selbst, nicht wir.«

Mit einem Mauzen sprang die rothaarige Katze von den Knien des Barons auf den Schreibtisch und setzte sich in einer eleganten Bewegung mitten auf die Arbeitsplatte, wo sie begann, ihre Vorderpfoten zu lecken und sich ausgiebig zu putzen.

»Sehen Sie?« Der Baron lachte wieder.

Ich stand auf und gab Parish ein Zeichen, mir zu folgen. An den Baron gewandt sagte ich: »Ich danke dir, Nathanael, für dein Vertrauen. Und ich danke dir für die Unterlagen von Tron. Du weißt, welch große Bedeutung diese Informationen für mich und meine Arbeit haben. Und ich freue mich, dass unsere Flüsse, zumindest für den Augenblick einmal, in die gleiche Richtung fließen. Schauen wir, wie lange dieses Experiment gutgehen kann. Denn an dem, was du eigentlich willst und an dem, was ich will, hat sich auch mit dieser neuen Konstellation nichts Wesentliches geändert, nicht wahr? Aber in jeder veränderten Weltordnung steckt eine Chance, die zu nutzen ich bereit bin.«

Ich trat nahe an den Schreibtisch heran, sodass ich die Katze streicheln konnte.

»Und was alles andere angeht, kann ich dir nur beipflichten – es liegt in der Tat nicht in unserer Macht. Also schauen wir, wohin uns das alles führt. Und legen wir einstweilen unsere Besorgnis vor dem Neuen ab, unsere Angst vor weitreichenden Veränderungen. Und vielleicht wird der Erlöser, den ich und meinesgleichen für das neue Zeitalter suchen, ja auch zum Messias deiner Art, Nathanael.«

Ich nickte dem Mann hinter dem Schreibtisch zu und ging zu der doppelten Holztür, um das Kontor und das Gebäude so schnell wie möglich zu verlassen. Ich musste dringend jemanden anrufen oder ihm eine Nachricht senden.

Denn dieser Jemand schwebte jetzt in allergrößter Lebensgefahr.

18.

Draußen auf der Straße zog ich sofort mein Handy aus der Tasche, um Alex anzurufen. Ich hörte das Freizeichen, doch Alex meldete sich nicht. Wahrscheinlich hatte er sein eigenes Handy vorsorglich stumm geschaltet. Also schickte ich ihm eine SMS mit der Aufforderung, sich sofort in Sicherheit zu bringen.

Dann blickte ich Parish an, der mein Treiben aufmerksam, aber ungewohnt schweigsam verfolgt hatte.

»Lass uns einen Kaffee trinken und wie verabredet auf Alex warten. Ich hoffe nur, dass er vorsichtig ist.«

Dass meine Intuition mich etwas ganz anderes ahnen ließ, sagte ich Parish nicht. Es genügte, wenn ich mir Sorgen machte.

Der Schwarze und ich erreichten den Coffeeshop. Wir suchten uns einen freien Tisch am Fenster, um nach dem Griechen Ausschau halten zu können. Doch er kam nicht. Weder innerhalb der nächsten zehn Minuten, wie ich nach der SMS gehofft hatte, noch nach einer Stunde. Auch nach weiteren zwei Stunden war von der Nymphe unseres Kultes nichts zu sehen.

Nach drei Stunden traf ich eine Entscheidung.

»Komm, Parish, wir zahlen und verschwinden.«

»Und was ist mit Alex?«

Ich hob die Schultern.

»Er ist erwachsen und weiß, was er tut. Und er kennt die Risiken«, sagte ich, obwohl diese Abgeklärtheit ganz und gar nicht meiner Gemütslage entsprach.

»Haben wir einen Fehler gemacht?«, fragte Parish denn auch.

»*Ich* habe einen Fehler gemacht«, antwortete ich schneller, als ich wollte.

»Ist Alex tot?« Parish war mit einem Mal sehr leise.

»Wir werden sehen.«

Wir zahlten und gingen zu Parishs Limousine, die immer noch genau dort stand, wo Chip, Parishs Chauffeur, uns vorhin abgesetzt hatte. Wir ließen uns zum Marriott bringen und überlegten auf der Fahrt, was als Nächstes zu tun sei. Gerade als wir vor dem Hotel vorfuhren, klingelte mein Handy. Es war Miles.

»Hallo, Ian. Wo steckst du?«

»In Frankfurt. Parish und ich kommen gerade von einem Gespräch mit dem Baron zurück, bei dem wir leider Alex verloren haben …«

»Ich weiß. Deswegen rufe ich an.«

Miles war NSA-Agent, und so war es eigentlich nicht verwunderlich, dass er Dinge wusste, die er normalerweise nicht hätte wissen können. Doch unter diesen Umständen war ich doch sehr überrascht.

»Woher weißt du davon? Uns ist dieses Missgeschick erst seit ein paar Minuten bewusst.«

Ich hörte den Amerikaner am anderen Ende der Verbindung tief durchatmen.

»Ich bin in Heidelberg, im Tempel. Vielleicht solltest du herkommen. Ist ja nicht weit.«

Ich verstand den Zusammenhang nicht.

»In Heidelberg? Was hat das mit Alex' Verschwinden zu tun?«

»Ich hatte in unserem Heiligtum zu tun, um die bevorstehende große Zusammenkunft unseres Kultes vorzubereiten. Dabei habe ich hier eine unangenehme Entdeckung gemacht. Aber lass uns nicht am Telefon darüber reden. Komm her und sieh es dir selbst an.«

Damit unterbrach Miles die Verbindung.

Natürlich folgte ich der Aufforderung unseres Soldaten, für den Miles in unserem Kult stand, als Personifizierung des Planeten Mars. Ich gab Chip genaue Anweisung, wohin er uns zu bringen hatte.

Unser Heiligtum in Heidelberg war natürlich ein Mithräum, das allerdings nicht wie üblich unter der Erde oder in einer Grotte oder unter einer Kirche lag. Dieser Mithras-Tempel war im Kurpfälzischen Museum in der Heidelberger Innenstadt originalgetreu rekonstruiert worden.

Damit war dieser Ort zwar nicht völlig authentisch, doch die großzügigen Räumlichkeiten verfügten über eine gute Infrastruktur und die für unser Treffen erforderliche Abgeschiedenheit. Außerdem war Heidelberg dank des nahen

Frankfurter Großflughafens für alle Mitglieder des Kultes – also die Vertreter der sieben antiken Planeten Merkur, Venus, Mars, Jupiter, Mond, Sonne und Saturn sowie für den in den USA weilenden Tom und mich als Opferhelfer unseres Gottes für die Neue und die Alte Welt – verhältnismäßig schnell erreichbar.

Außerdem gewährleistete die Lage in einem normalerweise öffentlich zugänglichen Museum eine stete und verlässliche Pflege unserer Einrichtung, ohne dass sich einer von uns darum zu kümmern hatte. Die deutsche Gewissenhaftigkeit, zumal in einer öffentlichen deutschen Einrichtung, sorgte für die Erfüllung aller anfallenden Arbeiten.

Und dann ist es ja auch so, dass sich nichts besser und unauffälliger verstecken lässt, als wenn man es für alle Augen sichtbar offen irgendwo hinstellt. Alle Welt konnte dieses Mithräum sehen und sogar besichtigen; aber um die tatsächliche noch gültige Bedeutung – für uns – ahnte außerhalb unseres Kultes sicher kaum jemand etwas.

Auf der sehr gut ausgebauten, geradezu amerikanisch dimensionierten Autobahn von Frankfurt nach Heidelberg gab Chip mächtig Gas, sodass wir knapp dreißig Minuten für die Fahrt brauchten. Der Verkehr in die Innenstadt von Heidelberg machte dann zwar doch wieder etwas mehr Mühe; aber dank unseres amerikanischen Nummernschildes verziehen die anderen Verkehrsteilnehmer Chip manche fahrerische Dreistigkeit.

Als er uns schließlich mitten in einer Fußgängerzone vor dem Kurpfälzischen Museum absetzte, regte sich noch nicht einmal jemand über das hier eigentlich unerlaubte Fahrzeug auf.

Parish und ich gingen durch den Torbogen eines alten Gebäudes, passierten einen großzügigen Innenhof, der in der wärmeren Jahreszeit als Biergarten genutzt wurde, und kamen zu einem sehr modernen Gebäudeteil, der den Eingang des eigentlichen Museums bildete.

An der Glastür sahen wir ein Schild: *Heute wegen Umbauarbeiten geschlossen.* Ich versuchte die Tür zu öffnen, doch sie war verschlossen. Eine Klingel war nirgends zu sehen, also klopfte ich an die Glasscheibe der Tür.

Es dauerte eine Weile, bis wir eine Bewegung im Gebäudeinnern bemerkten. Ein uniformierter deutscher Polizist erschien aus einem Gebäudeteil auf der rechten Seite, blieb vor der verschlossenen Tür stehen und zeigte von innen auf das *Geschlossen*-Schild.

Ich versuchte ihm mit Zeichensprache klarzumachen, dass wir trotzdem hineinwollten. Aber der Polizist schien nicht zu begreifen, oder er wollte nicht.

Doch mit einem Mal drehte er den Kopf in die Richtung, aus der er eben gekommen war, und schien einer Person zuzuhören, die wir nicht sehen konnten. Schließlich verzog er das Gesicht und drehte einen von innen steckenden Schlüssel im Schloss der Eingangstür. Grußlos ließ er Parish und mich eintreten, verschloss die Tür aber sofort wieder. Mit einem Kopfnicken forderte er uns auf, ihm in die dunklen Tiefen des Museums zu folgen.

Wir gingen an dem verlassenen Kassentresen vorbei und ein paar Stufen hinunter in ein tiefer gelegenes Zwischengeschoss. Wie ein weiteres Treppenhaus verriet, das wir passierten, musste es außerdem einen richtigen Keller geben, zu dessen Abteilen dieser gesonderte Abzweig führte.

Aus einem sich leicht verengenden Durchgang des Zwischengeschosses kam uns jetzt Miles entgegen. Der Polizist drehte sich augenblicklich um und bezog wieder Posten beim Kassentresen, von wo aus er offensichtlich die Eingangstür des Museums überwachen konnte, ohne von außen selbst gesehen werden zu können.

»Schön, dass ihr so schnell kommen konntet. Ich hätte euch nicht angerufen, Ian, wenn es nicht wirklich wichtig wäre«, kam Miles einer möglichen Frage zuvor. »Kommt hier entlang, ins Mithräum.«

Miles ging voraus in den Raum, aus dem er gerade erschienen war. Der Raum war schmal, rechteckig und ziemlich tief; man betrat ihn von einer der Stirnseiten aus. Während im Eingangsbereich mit seinen Vitrinen und Ausstellungstafeln eine typische Museumsatmosphäre herrschte, wurde der rückwärtige Teil von einem ganz anderen Raumeindruck dominiert.

Fußboden, Wände und der vordere Bereich der Decke waren in einem Schwarz gestrichen, das alles Licht verschluckte. Doch weiter hinten in diesem etwa fünf Meter breiten und fünfzehn Meter langen Saal sah man auf Augenhöhe rote und weiße Flächen, die von Säulen, Nischen und dazwischen befindlichen gepolsterten Podesten gebildet wurden, sodass sich ein streifiger Eindruck der beiden auf dieser Ebene vorherrschenden Farben ergab. Darüber spannte sich ein bogenförmiger, dunkelblau ausgemalter Himmel mit funkelnden weißen Sternen.

Diese Szenerie wurde normalerweise von flackernden Fackeln beleuchtet; zurzeit aber war die übliche Museumsbeleuchtung eingeschaltet, die durch einige dezente Spots deren geheimnisvolle Atmosphäre sehr gut aufnahm.

»Das sieht ja aus wie das Sternenbanner«, entfuhr es Parish bei diesem Anblick. »Ist das gewollt?«

Miles, der uns den kurzen Weg hinein in den Tempel vorausgegangen war und dabei unsere Blicke ins Zentrum des Heiligtums mit seinem Körper verstellt hatte, blieb stehen und drehte sich zu Parish um, wobei er einen Ausweichschritt zur Seite machte und die Aussicht auf das Allerheiligste freigab.

»Oh Scheiße«, entfuhr es Parish und mir in diesem Moment fast gleichzeitig.

Die geschlossene Stirnseite des Tempels wurde von einer großen Altartafel beherrscht, die ebenfalls in den vorherrschenden Farben Weiß, Rot und Blau ausgemalt war und eine Mithras-typische Jagdszene zeigte: Der junge Gott in persischer Tracht mit roter phrygischer Mütze hockt mit angewinkeltem linken Bein auf dem Rücken eines weißen Stiers, dem er sein Messer in den Hals rammt, wobei er sein schönes Antlitz von dieser Tat abwendet. Drumherum waren in den Altarstein die Symbole der verschiedenen Erkenntnisstufen des Kultes eingraviert sowie einige Szenen aus dem uralten Mythos der Mithras-Geschichte.

Diese Altartafel, das wusste ich, war römischen Ursprungs, also vergleichsweise jung. Diese römischen Altartafeln des Mithras waren um eine zentrale Vertikalachse drehbar, sodass man die Rückseite bei Bedarf sichtbar in den Raum zur Kultgemeinschaft drehen konnte. Und diese Rückseite zeigte üblicherweise zwei Männer, die zu einem gemeinsamen Mahl auf einer Liege lagerten – Mithras und der Sonnengott, wie man gemeinhin interpretierte. Ein Abendmahlsmotiv, das im weiteren Verlauf der Geschichte, so die Forscher, das Abendmahlsmotiv Jesu inspiriert haben könnte.

Aber das alles sahen Parish und ich in diesem Moment nicht und nahmen es auch nicht wahr. Unsere Blicke und unsere Aufmerksamkeit wurden von einem ganz anderen, nicht weniger symbolischen, jedoch sehr viel schrecklicheren Bild beherrscht: Unmittelbar vor der Altartafel mit dem Mithras baumelte an einem Draht, der mit einem großen Fleischerhaken an der Oberkante der Altartafel befestigt war und durch einen Gürtel verlängert wurde, der tote Alexandro Orieades. Die Füße des Griechen berührten mit den Zehenspitzen gerade eben den dunklen Fußboden.

Ich unterdrückte nur mit Mühe einen Aufschrei des Entsetzens. Parish versuchte gar nicht erst, seine Wut und seine Tränen zu bekämpfen, und schluchzte laut auf.

Wir hatten hier, so wusste ich, dieselbe Situation wie beim Auffinden Trons vor gut drei Wochen. Nur dass der Baron unseren Alex nicht an einen Baum gebunden hatte, sondern ihn uns quasi als Geschenk an den Opfertisch gehängt hatte. Statt eines echten Hains aus Laub und Holz hatte er diesmal einen mystischen Hain aus Fels und Licht gewählt.

Ich ging an Miles vorbei zu unserem erwürgten Venus, legte ihm eine Hand aufs Gesicht und fühlte noch die letzte Wärme auf der Haut. Ich drehte das Gesicht des Erhängten zu mir, sodass ich in die halb geschlossenen Augen blicken konnte, und öffnete die Lider ganz, doch das Licht hier drinnen war zu schwach, um mehr als den leeren, toten Ausdruck in den erloschenen Augen erkennen zu können.

»Hast du mal eine Stablampe?«, fragte ich Miles mit rauer Stimme.

»Vergiss es«, hörte ich zu meiner Verwunderung.

»Was soll das?«, sagte ich heftiger als gewollt.

»Dreh ihn um. Schau dir seine Nieren an.«

Ich ahnte, was kommen würde. Ich drehte den hängenden Toten trotzdem um, sodass ich an seinen Rücken herankam und sein Jackett hochschieben konnte. Knapp über dem Hosenbund sah ich eine lange, horizontale und sehr tiefe Wunde, die offensichtlich von geübter Hand stammte, die mit einem Operationsbesteck umzugehen wusste.

»Was ist das?«, hörte ich Parish mit leiser Stimme fragen.

»Man hat ihm die Nieren entfernt«, erklärte Miles in einem seltsam nüchternen Tonfall. »Und nicht nur die Nieren …«

»Die Nieren? Was will der Baron damit? Ist dieser Schlächter noch perverser, als ich bisher dachte?«, fuhr Parish auf.

»Wahrscheinlich«, antwortete Miles. »Aber in diesem Fall wollte er nur auf Nummer sicher gehen, dass unser Freund wirklich tot ist, wenn wir ihn fänden. Er ahnte wohl, dass wir ihm damit nicht bis zu einer Obduktion würden Zeit lassen wollen. Deshalb musste er bereits hier unabänderliche Tatsachen schaffen.«

»Nur wenn der Kopf abgetrennt oder lebenswichtige Organe entfernt wurden, kann man sicher sein, dass jemand wirklich tot ist«, ergänzte ich bitter. »Können wir ihn jetzt herunternehmen, Miles? Oder willst du einen offiziellen Fall daraus machen und weitere Spuren sichern? Falls du glaubst, noch welche zu finden.«

»Sollen wir denn einen offiziellen Fall daraus machen?«, fragte der Angesprochene zurück. »Oder sollen wir ihn hier einfach wegschaffen? Was ist eigentlich passiert?«

Ich erzählte dem NSA-Agenten in kurzen Worten von unseren Erlebnissen mit dem Baron und der ungünstigen Konstellation, die Alex wohl keine Chance zum Überleben gelassen hatte.

»Normalerweise hätte die Hoffnung bestanden, dass der Baron wie ein Sportsmann reagiert, falls Alex ihm als unser Schnüffler in die Arme läuft – in der berechtigten Annahme, dass wir umgekehrt auch einen *seiner* Leute würden laufen lassen. So aber lief Alex in den ultimativen Affront gegen seine Durchlauchtigkeit und bekam dessen ultimative Reaktion darauf zu spüren. Scheiße, Scheiße, Scheiße!«

Ich verlor nun völlig die Fassung und trat in hilflosem Zorn gegen Podeste und Säulen, bis Miles mich bei den Schultern packte, um mich wieder zur Besinnung zu bringen.

»Komm, hilf mir, wir nehmen ihn ab. Ich denke, eine offizielle Untersuchung wird uns hier nicht viel nützen. Zum Glück hat der Kastellan des Museums als Erstes mich benachrichtigt, als Alex gefunden wurde. Deshalb können wir das hier gut in den Griff kriegen. Den Polizisten draußen werde ich schon dazu bringen, dass er den Mund hält.«

Unterstützt von Parish hoben wir die Leiche des Griechen vom Fleischerhaken und legten sie vorsichtig auf den Boden.

»Das genügt«, sagte Miles. »Alles andere erledigen meine Leute.«

»Sagt mal«, nahm Parish einen ganz anderen Gedanken auf, »wenn das hier der personifizierte Planet Venus war, die Nymphe in unserem Mithras-Kult, wie ist es dann mit dem Dogma, mit dem ihr mich in diesen Kult gezwungen habt – dass dieser Bund niemals brüchig sein darf? Täusche ich mich, oder fehlt uns da jetzt nicht ein zweiter Erkenntnisgrad?«

19.

Miles und ich schauten uns an.

Parish hatte zweifellos recht. Das Siebengestirn hatte eine Lücke. Und wir waren gänzlich unvorbereitet auf diese Situation.

Doch in Zeiten wie diesen, in Zeiten allerhöchster Emotionalität, in Zeiten, wie sie die unmittelbare Nähe eines geliebten toten Freundes bestimmt, in Zeiten größten Schmerzes ist der Boden optimal bereitet für göttliche Inspiration.

Leiden schafft Leidenschaft, die nötig ist für wirklich gute Ideen.

Und eine aus solch grenzenlosem Leiden gezeugte magische Idee hatte ich genau in diesem Augenblick. Die stille, einsame, aber gewiss sehr schmerzhafte Passion des Freundes fand ihre Bestimmung in meiner unbändigen Wut über diesen tragischen Verlust und der daraus erwachsenden göttlichen Inspiration.

Es kommt nicht darauf an, was etwas ist, sondern was man daraus macht.

»Ich weiß, wie wir diese Lücke auf geniale Art und Weise wieder schließen können. Ich weiß auch, wo der neue Planet Venus auf uns wartet. Wem wir das Diadem der Venus verleihen können. Wer die nächste Zeit der Bräutigam – die Braut – in unserem Kult sein wird.«

»Ich dachte, man rutscht von unten nach oben in die Erkenntnisränge, je nachdem, welches Wissen man auf seinem Pfad der Erleuchtung gerade erlangt hat«, gab Parish sich völlig unangemessener Enttäuschung hin, bei der Besetzung des nun vakanten Amtes möglicherweise übergangen zu werden.

»Das stimmt auch«, antwortete Miles beschwichtigend. »Aber die Erkenntnisstufen müssen stets den wahren Erkenntnisstand einer Person widerspiegeln. Und diese Erkenntnisse kann man natürlich auch außerhalb unseres Kultes erwerben. Hat so jemand bisher im Verborgenen für uns gewirkt und entdecken wir ihn eines Tages, kann es gut sein, dass er schon von sich aus einen höheren Erkenntnisrang erreicht hat, also bereits eine Venus oder ein Mars ist. Dann wird er von uns in dieser Stufe initiiert.

Das kommt aber nur sehr selten vor und ist in den letzten Jahrhunderten immer mehr im Rückgang begriffen, weil viel von dem magischen und ursprünglichen Wissen der Menschheit im allgemeinen Bewusstsein verloren gegangen ist. Doch unmöglich ist es auch heute nicht. Denk nur an Persönlichkeiten wie unseren Tron. Sie sind aus sich selbst heraus Götter geworden, ohne je einen Pfad in einem Kult wie dem unseren beschritten zu haben. Das absolute Wissen gewannen sie trotzdem. Und zwischen solch außergewöhnlichen Menschen und den Unwissenden gibt es sehr viel andere Abstufungen in den selbst errungenen Erkenntnisrängen.«

Miles blickte mich an und fragte: »An wen denkst du?«

»Du würdest mich für verrückt halten, wenn ich es dir verrate. Also lass mich mit unserem Mercurius losziehen und sehen, ob wir tatsächlich eine weitere bisher verborgene Bestimmung finden können. Und informiere Kronos von den jüngsten Ereignissen. Sag ihm, dass ich versuchen werde, diese Scharte hier auszuwetzen. Er soll Mercurius und mich in Berlin erwarten, im Hotel Adlon. Wir werden ihn dort spätestens morgen Abend treffen und ihm von unserer hoffentlich erfolgreichen Mission berichten.«

Parish und ich machten uns sofort auf den Weg. Wir verließen das Kurpfälzische Museum, erreichten Parishs Wagen, der immer noch mitten in der Heidelberger Fußgängerzone den Weg versperrte, und fuhren zuerst zurück nach Frankfurt, um unsere Sachen aus dem Hotel zu holen. Als das erledigt war, erteilte ich Chip Anweisung, wieder nach Berlin zu fahren, von wo er ja am Morgen erst gekommen war.

Die Fahrt war unruhig, weil das Wetter an diesem Spätherbsttag immer schlechter wurde. Die Temperatur fiel bis auf knapp über den Gefrierpunkt, dazu regnete es immer stärker, und ein unangenehmer Wind mit starken Böen schüttelte den großen Wagen durch, sodass der riesenhafte Chip hinter dem Steuer der Limousine einige Mühe hatte, sie bei der hohen Geschwindigkeit, mit der wir unterwegs waren, in der Spur zu halten.

Unsere Fahrt führte von Frankfurt in Richtung Erfurt und Leipzig, und dann weiter nach Berlin. Dabei kamen wir an der thüringischen Stadt Gotha vorbei, wo wir von der Autobahn aus eine gläserne Pyramide sahen. Bisher waren wir schweigsam gewesen, obwohl ich ahnte, dass Parish vor Fragen schier platzte. Doch er hatte sich beherrscht – bis jetzt, als die Pyramide in einiger Entfernung an uns vorüberzog.

»Was ist das?«, wollte der neugierige Mohr wissen.

»Ein ganz normales Gebäude«, antwortete ich, während ich im Vorbeisausen die Namen auf den Hinweisschildern der Autobahnausfahrt studierte. »Interessant ist allerdings, dass der Bau in Gotha steht, denn in dieser Stadt hat nach der Zerschlagung der sogenannten Illuminaten deren Gründer Adam Weißhaupt gelebt und viele seiner Pamphlete verfasst. Der damalige Landesfürst gewährte ihm ob seiner zweifelhaften Verdienste Asyl in seinem Schloss.«

Die Zeit verstrich, und wir passierten ein Schild mit den Entfernungsangaben zu den nächsten größeren Städten am Rand der Autobahn.

»Gleich kommen wir an Weimar vorbei«, sagte ich. »In dieser Stadt wirkte der wohl größte deutsche Dichter, Johann Wolfgang von Goethe. Sein berühmtestes Werk, den *Faust*, lohnt es sich zu studieren. Es enthält viele verschlüsselte Geheimnisse.«

»Freimaurerische Geheimnisse?«, fragte Parish.

»Ja. Und Geheimnisse der Illuminaten.«

Plötzlich erinnerte ich mich, dass ich ja die Aufzeichnungen Trons in der Manteltasche bei mir trug. Während der Ereignisse der letzten Stunden hatte ich sie völlig vergessen.

Jetzt holte ich die Papiere aus der Tasche und begann, die Eintragungen aufmerksam zu studieren. Zu meiner Überraschung umspannten die Aufzeichnungen, die ich in den Händen hielt, exakt die Zeit eines Jahres – Trons letztes Jahr. Entweder hatte der Baron gewusst, dass es uns nur auf diesen bestimmten Zeitabschnitt in Trons Leben ankam, oder – was aus meiner heutigen Sicht wahrscheinlicher ist – Tron hatte nur die Notizen zu diesen letzten zwölf Monaten der Nachwelt hinterlassen und alles, was zeitlich davor lag, aus seinen Unterlagen getilgt.

Die erste und somit älteste Eintragung stammte aus dem Oktober 1997. Sie beschrieb Trons zweiten Besuch in dem Studio in Los Angeles, wo er ein Jahr zuvor, 1996, den gemeinsamen Song mit dem Rapper Tupac aufgenommen hatte. Tupac, der nun unter seinem bürgerlichen Namen Parish Lesanne Crooks auf den Spuren seines damaligen Gesangspartners mit mir durch Deutschland raste, hatte von diesem zweiten Besuch Trons in LA ja berichtet. Tron hatte sich eine Kopie von der CD mit dem gemeinsamen Song von Tupac und ihm selbst gezogen und sich dazu zahlreiche Notizen gemacht. Damals hatte er wohl seine erste Chiffre erstellt – die CD.

Ich fragte mich, ob Tron die Gelegenheit genutzt hatte, die Original-CD gegen eine andere von ihm weitergehend bearbeitete CD auszutauschen. Das hätte Tron ähnlich gesehen. Ich nahm mir vor, dieser Frage bei Gelegenheit nachzugehen.

In LA besuchte Tron anschließend ein Hackertreffen, zu dem jedoch keine weiteren Details aufgezeichnet waren. Nur das Wort *Geronimo* – dreimal unterstrichen – stand bei diesem Eintrag, wobei ich mich auf den zweiten Blick wunderte, wie man etwas im Outlook dreifach unterstreichen konnte.

Von LA flog Tron nach Jamaika. Zumindest besagten es diese Aufzeichnungen. Neben dem Eintrag mit Flugnummer, Abflugzeit und Gate-Kennung hatte er wieder einen einzeln stehenden Namen notiert, diesmal *Ballard*.

»Sag mal, Parish, hattest du Tron nicht einen Kontakt zu diesem Ballard vermittelt?«, wandte ich mich an meinen Begleiter.

»Ja. Wieso fragst du? Schreibt Tron etwas darüber?«

»Er hat hier offensichtlich den gleichen Flug genommen wie Ballard, von LA nach Jamaika. Aber erst 1997. Du hattest ihm den Kontakt doch schon ein Jahr vorher vermittelt, oder?«

Parish dachte nach.

»Ja. Im Sommer 1996, unmittelbar vor der Premiere des *Titanic*-Films.«

»Weißt du, ob die beiden später noch einmal zusammengekommen sein könnten, nachdem Tron sich in deinem Studio eure CD besorgt hatte?«

»Genau weiß ich es nicht. Wir haben uns nach meinem *Tod*, soweit ich mich erinnern kann, nicht mehr über Ballard unterhalten. Über den *Titanic*-Film ja, aber nicht über Ballard.«

Ich überlegte angestrengt, was Tron wohl bei diesem wahrscheinlichen zweiten Treffen vom Marinetaucher Ballard, der einst das Wrack der *Titanic* entdeckt hatte, gewollt haben könnte. Es war klar, dass es um den versunkenen Luxusliner gegangen sein musste; schließlich war es eines der größten Mysterien der Menschheit, wie ein als unsinkbar geltendes Schiff bereits auf der Jungfernfahrt unter so dramatischen Umständen hatte untergehen können.

War es Schicksal gewesen, weil man aus menschlichem Übermut mit diesem Schiff Gott selbst herausgefordert hatte? War es die gerechte Strafe für die Überheblichkeit und

Blasphemie der Schiffsbauer? Oder gar eine Verschwörung, die keine Rücksicht auf Menschenleben nahm?

Jedenfalls war klar, dass es ein Rätsel nach dem Geschmack von Tron gewesen war. Die Hintergründe dieses Menschheitstraumas aufzudecken war eine Herausforderung, wie Tron sie sich stets gewünscht hatte.

Nur, was hatte er *herausgefunden*? Wenn er etwas entdeckt hatte – so viel konnte ich mir zusammenreimen –, hatte es bestimmt mit dem damaligen Besitzer der *Titanic* und der White-Star-Line zu tun, John Pierpont Morgan. Aber was könnte es gewesen sein?

Ich hatte keinen Schimmer.

»Wonach suchst du?«, hörte ich Parish.

»Chiffren. Oder das, was unser Tron für Chiffren gehalten haben könnte.«

Wahrscheinlich würde ich diesen Ballard selbst aufsuchen und fragen müssen, was Tron von ihm gewollt hatte. Parish konnte ich ja schlecht bitten, seine Tarnung aufzugeben und seinen alten Kontakt zu diesem Mann zu reaktivieren. Wobei …

»Sag mal, Parish, hast du noch die Telefonnummer von Ballard? Du scheinst ihn vor deinem Ableben ja ganz gut gekannt zu haben.«

Parish schaute mich überrascht an. Dann zog er sein Handy heraus und tippte sich durch sein digitales Telefonbuch.

»Hier ist sie. Ist sogar seine Handy-Nummer, falls er sie noch hat. Doch Leute in seiner Position ändern ihre Mobilnummern nur selten. Also ist die Chance groß, dass du ihn unter dieser Nummer erreichst.«

Ich nahm Parish das Handy aus der Hand und drückte die Wahltaste. Es dauerte eine ganze Weile, bis ich am anderen Ende der Verbindung ein Freizeichen hörte. Das Gespräch wurde offensichtlich über die halbe Welt weitergeleitet.

Es dauerte wieder einige Zeit, bis sich eine energische männliche Stimme meldete.

»Ja?«

Ich nannte meinen bürgerlichen Namen und erläuterte mein Anliegen, dass ich die letzten Tage im Leben des Hackers Tron nachzuzeichnen versuchte und dabei im Kalender des toten jungen Mannes auf den Namen Ballard gestoßen sei. Was das zu bedeuten habe?

»Dieser Tron ist tot?«, hörte ich die Gegenfrage.

Wieder erläuterte ich ausführlich die Hintergründe des Geschehens, um über die vielen tausend Kilometer, die wahrscheinlich zwischen mir und dem Mann am anderen Ende der Leitung lagen, eine Vertrauensbasis zu schaffen. Schließlich wollte ich etwas von ihm, und dafür musste ich ihm erst einmal Informationen liefern.

Es folgte längeres Schweigen in der Leitung. Ich dachte schon, die Verbindung wäre zusammengebrochen; dann aber hörte ich trotz der Fahrgeräusche in Parishs Limousine meinen Gesprächspartner durchs Telefon tief durchatmen. Und dann begann er zu erzählen:

»Ich habe den jungen Mann tatsächlich zwei Mal getroffen – zufällig, wie ich dachte. Einmal 1996. Da besorgte ich diesem Boris eine Eintrittskarte für eine Preview. Ein Jahr später traf ich ihn noch einmal, auf einem Flug in die Karibik – ich weiß nicht mehr genau, wohin es damals ging. Ich wunderte mich seinerzeit, wie so ein Student sich ein Erste-Klasse-Ticket leisten konnte. Aber er erzählte mir, seine Eltern besäßen Reisebüros, und so käme er günstig an die Flüge heran. Bei dieser zweiten Zusammenkunft redeten wir vor allem von meinen Aufnahmen vom Wrack der *Titanic*. Der junge Mann fragte, ob ich ihm zusätzliches Filmmaterial von meinen Tauchfahrten zu Studienzwecken überlassen könne. Er wollte so etwas wie einen Director's

Cut vom *Titanic*-Film anfertigen, um zu sehen, ob das mit seinem Equipment damals ging. Ich ließ ihm dann tatsächlich solches Material zuschicken, weil ich für einen meiner Sponsoren verpflichtet bin, solche Universitätsprojekte zu fördern. Ich weiß noch, dass der Junge mir anschließend einige Links per E-Mail schickte, unter denen ich seine Arbeit hätte abrufen können. Aber ich hatte keine Zeit dafür und habe es schließlich ganz vergessen – bis gerade eben, als Ihr Anruf kam. Ich denke, ich werde es nun nachholen, wo dieser junge Mann tot sein soll. Das bin ich ihm wohl schuldig.«

»Sie haben die Links und die E-Mail noch?«, fragte ich gespannt.

»Ich lösche nie etwas. Besser gesagt, der erwähnte Sponsor, der für meine IT zuständig ist, löscht nie irgendwelche Informationen. Das Unternehmen heißt Electronic Data Systems. Sie kennen es vielleicht, wenn Sie selbst Hacker sind …«

Das war interessant.

»EDS, sagen Sie? Aus Plano, Texas? Wurde das Unternehmen nicht von dem berühmten Ross Perot gegründet? Und ist nicht ein gewisser Dick Cheney der CEO? Was haben Sie mit denen zu schaffen?«

Ich hörte den Mann am anderen Ende der Leitung lachen.

»Sie sind wirklich Hacker, was? Nun, die EDS finanziert meine Expeditionen. Und dokumentiert sie. Ich nehme dafür ihren verheißungsvollsten Managementnachwuchs mit auf meine Reisen. Das Unternehmen sorgt auch dafür, dass man meine Expeditionen im Internet mitverfolgen kann. Technisch sind sie absolut Spitze. Bisher dachte ich, dass ich dieser Verbindung auch den Kontakt zu diesem Boris zu verdanken hatte, aber jetzt … Jedenfalls danke ich Ihnen für den Anruf. Bitte halten Sie mich in dieser Sache auf dem Laufenden.«

Ich versprach es, falls er mir die Links, die Tron ihm einst mit seinem Director's Cut des *Titanic*-Films zugeschickt hatte, ebenfalls per E-Mail weiterleiten würde. Er war einverstanden, und ich gab ihm eine meiner E-Mail-Adressen durch.

Wir beendeten das Telefonat, und ich reichte Parish sein Handy zurück und erzählte ihm, was ich von Ballard erfahren hatte.

»Ein Video-File? Das passt. Wenn Ballard dir tatsächlich diesen Link schickt, hätten wir die zweite Chiffre auf Trons Passionsweg, nicht wahr?«

Ich bejahte. Allerdings mischte sich in meine Freude über diesen kleinen Erfolg eine leise Besorgnis darüber, was damit zusammenhängen konnte.

»Die EDS«, erklärte ich Parish, »ist das zweitgrößte IT-Unternehmen der Welt. Amerikanische Regierungsaufträge haben es groß gemacht. Sie haben das sogenannte Outsourcing in meiner Branche erfunden: Ein Dienstleister übernimmt die IT-Abteilung eines Unternehmens, einer Institution oder einer Regierungsstelle und organisiert und managt sie im Kundenauftrag. Eigentlich eine gute Sache. Allerdings übergibt man dabei die sensibelsten Informationen – sei es über eine Firma oder über einen Staat und dessen Bürger – einem Dritten, einem gewinnorientierten anderen Unternehmen. Das ist riskant. Sieh dir diesen Ballard an: Diese EDS sponsert seine Abenteuer nicht ohne Eigennutz. Dank Ballard und EDS ist die US-Regierung – und wer weiß sonst noch – stets darüber informiert, was sich auf dem Meeresgrund so abspielt.«

Parish stutzte.

»Ist das so?«

»Sicher. Die EDS arbeitet weltweit, hat rund um den Globus ihre Rechenzentren verteilt. Kein Mensch kennt die Adressen, außer jenen, die dort arbeiten. Über diese Rechenzentren laufen die sensibelsten Informationen der Kunden der EDS – sämtliche Informationen sämtlicher Kunden. Und wer kontrolliert das alles? Außer der EDS keine Sau. Niemand überprüft, ob die Informationen des einen in die Bahn des anderen, wichtigeren Kunden gelenkt werden. Ein Kunde ist zum Beispiel das amerikanische Verteidigungsministerium, das Pentagon. Über die Rechenzentren der EDS läuft deren gesamte Kommunikation, weil es so schön sicher ist – sogar die Kommunikation in Kriegszeiten. Eines der wichtigsten dieser Rechenzentren steht in der Nähe von Frankfurt, dem bedeutendsten Knotenpunkt der Nachrichtendienste seit über tausend Jahren. Der Irakkrieg vor ein paar Jahren, der Krieg der Amerikaner im Heimatland von Kyros dem Großen, wurde letztendlich über dieses Rechenzentrum bei Frankfurt abgewickelt. Eine mächtige Schaltzentrale, in der man jetzt ganz sicher über unser Tun Bescheid weiß.«

»Warum? Und was sollte man mit solchen Informationen anfangen? Warum bist du auf einmal so besorgt, Ian?«

Das war ich in der Tat.

»Der Anruf bei Ballard. Es hat lange gedauert, bis die Verbindung zustande kam. Wer weiß, wer sich da alles zugeschaltet hat. Und die Jungs in ihren Lauschposten haben viele Baustellen. Eine davon ist ganz sicher die Hochfinanz. Und wenn man bei der *Titanic* zu graben anfängt, landet man beinahe zwangsläufig bei der Hochfinanz. Denk an unser Gespräch über den Vater von Miles, über Henry Pommeroy Davison.«

»Das sind doch olle Kamellen.«

»Nicht wirklich. Wenn man sich mit solchen Themen beschäftigt, dann beschäftigt man sich immer auch mit dem System, das hinter dem Geschehen steht. Mit der Matrix. Denk an Trons Schicksal, das sich erfüllte, als er zu viel von dieser Matrix erblickt hatte. Die, die an dieser Matrix stricken, wissen, was man zu sehen bekäme, würden zu viele Geheimnisse entschlüsselt. Und sie bemühen sich nach Kräften, das zu verhindern.«

»Der Baron?«, folgerte Parish.

»Auch – oder vor allem. Er steht in der Hierarchie des Geldes schon ziemlich weit oben, wenn nicht gar an der Spitze. Aber in dieser Besitzstandspyramide gibt es ganz oben noch ein paar weitere Personen, die man im Auge behalten sollte. Die Rockefellers, Morgans, Guggenheims und so weiter.«

Parish wurde schweigsam, wohl um das Gehörte zu verarbeiten. Doch am Ende seiner Überlegungen stand wieder eine Frage:

»Du denkst doch nicht, Ian, dass wir es jetzt mit mehr als einem Teufel zu tun bekommen könnten?«

Ich lächelte. »Das haben wir bereits.«

20.

Wir trafen am späten Abend in Berlin ein. Ohne Umwege brachte Chip uns zur Urania-Loge. Ich musste dringend mit Saint Clair reden, in der Hoffnung, ihn tatsächlich noch hier im Keller dieser Freimaurerzentrale treffen zu können.

Wir hatten Glück. Saint Clair war in seiner Gruft. Wenn unser neuerlicher Besuch ihn überraschte, zeigte er es nicht.

Mit ausgesuchter Höflichkeit bat er uns in den Raum, in dem wir auch schon bei unserer ersten Zusammenkunft miteinander gesprochen hatten.

Auf dem mächtigen Holztisch in der Mitte des Kellers waren diesmal eine Vielzahl alter Pergamente ausgebreitet. Als einzige Lichtquelle flackerten immer noch einige wenige Fackeln an den massiven Natursteinwänden.

»Ich sehe, Sie arbeiten, mein bester Saint Clair«, eröffnete ich das Gespräch. »Ich hoffe, wir stören Sie nicht.«

Der Druide schüttelte den Kopf.

»Nein. Sie wollen sich die Ergebnisse meiner Recherchen abholen, nicht wahr?«

Saint Clair ging zu dem Tisch mit den wertvollen Papieren und kramte einen Stapel handgeschriebener Notizbogen darunter hervor.

»Hier haben Sie, was Sie wollten, Ian.«

Ich zog die Computerausdrucke, die der Baron mir übergeben hatte, aus der Manteltasche.

»Danke, Saint Clair. Aber ich war inzwischen selber erfolgreich. Unsere kleine Konspiration war also völlig unnötig – der Baron hat mir von sich aus gegeben, was ich gewünscht habe. Die Umstände wollten es, dass er und ich heute Morgen zusammentrafen. Ich bedaure, Ihnen diese unnötige Arbeit gemacht zu haben.«

Der Druide schaute mich groß an, nickte dann und warf seine Notizen zurück auf den Tisch zu den anderen Unterlagen.

»Schade. Oder auch gut für Sie. In der Tat, wenn man das geahnt hätte, hätte ich dieses große Risiko nicht einzugehen brauchen. Aber Sie haben jetzt die Informationen, die Sie wollten. Wie steht es denn nun mit dem zweiten Teil unserer Abmachung, mit meiner Bezahlung? Meine Mühe war echt und wurde geleistet ...«

»… und der Mann mit dem Messer, der hinter Ihrem Rücken steht, hat tatsächlich bemerkt, was Sie in seinem Kontor zu bewerkstelligen versuchten. Der Mohr hier an meiner Seite ist mein Zeuge, dass Ihr Frevel entdeckt wurde. Es tut mir ehrlich leid, dass ich Sie dieser Gefahr offenbar völlig unnötig ausgesetzt habe. Ich habe übersehen, dass sich das Verhältnis zwischen dem Baron und mir verändert hatte. Deshalb werde ich den zweiten Teil unserer Abmachung auf jeden Fall erfüllen … gewissermaßen als Lohn für die Unannehmlichkeiten, die Sie wegen mir nun möglicherweise ertragen müssen. Wenn wir einen Kandidaten für die Reinkarnation unseres verloren gegangenen Messias gefunden zu haben glauben, werde ich diesen Mann auf jeden Fall auch Ihnen und Ihrer Gemeinschaft zuführen. Seien Sie versichert.

Allerdings wäre ich gern bereit, Sie in nächster Zeit zusätzlich unter meinen persönlichen Schutz zu stellen. Leider ist es nämlich so, dass ich durch eine weitere Unachtsamkeit das Vertrauensverhältnis zwischen dem Baron und mir, das mir diese Aufzeichnungen unseres Freundes Tron beschert hat«, ich winkte kurz mit den Outlook-Ausdrucken, »sogleich wieder zerstört habe. Mit der Folge, dass der Baron nun ziemlich wütend ist. Sehr wütend. *Grenzenlos* wütend. Wir, als die Mitglieder meines Kultes, haben diesen Zorn bereits zu spüren bekommen, als der Baron einen der unseren unbarmherzig meuchelte. Wir kommen gerade von der Opferstätte. Und da ich befürchte, dass Sie in äußerster Gefahr schweben, und mich für Sie verantwortlich fühle, führte unser erster Weg uns zu Ihnen. Um Sie zu warnen. Und zu beschützen, wenn Sie es möchten, ehrwürdiger Saint Clair.«

Ich hatte langsam und eindringlich gesprochen. Der Druide schien das Gehörte abzuwägen, ohne mich dabei aus den Augen zu lassen. Schließlich ging er zu dem Tisch mit den Pergamenten und suchte eines davon heraus.

»Es wird Sie sicher nicht überraschen, Ian, dass ich bereits geahnt hatte, was Sie mir eben erzählten. Mein eigenes Horoskop warnt mich schon seit längerer Zeit vor einer sich aufbauenden Gefahr. Zwar glauben manche Menschen, drohende Gefahren vielleicht bannen zu können, wenn sie ihr Horoskop kennen, aber Sie und ich wissen, dass das ein Trugschluss ist. Was in den Horoskopen steht, wird sich auf die eine oder andere Weise erfüllen. Es ist sinnlos, sich davor schützen zu wollen. Das Schicksal ist nicht aufzuhalten. Mithilfe der Horoskope kann man sich allenfalls innerlich vorbereiten auf das, was da kommen wird. Ausweichen kann man ihm nicht, denn es ist festgeschrieben. Deshalb glaube ich nicht, dass Sie mir wirklich Schutz bieten könnten, sollte mein Schicksal sich jetzt erfüllen und falls der Baron mich tatsächlich umbringen will. Aber danke für das Angebot und für die Warnung. Es ist sehr viel angenehmer, wenn man weiß, von welcher Seite die Gefahr auf einen zukommt. Man kann seinen Blick in diese Richtung wenden und wird nicht gänzlich unvorbereitet getroffen.«

Mit dieser Reaktion hatte ich allerdings nicht gerechnet. Ein Opferlamm, das sich bereitwillig zur Schlachtbank führen lässt? Das war ja fast wie bei Tron. Aber dieser Saint Clair war kein Götterkind. Er war Druide, Priester – kein Messias. Ich hatte die Macht seiner Horoskope, die sie vor allem über ihn selbst hatten, unterschätzt.

Aber ich brauchte ihn.

Ich steckte die Computerausdrucke, die ich noch in der Hand hielt, zurück in die Manteltasche und trat näher an Saint Clair heran. Ich konnte den Geruch nach Weihrauch riechen, den er verströmte. Erst als ich ganz dicht vor ihm stand, hob ich die Augen und schaute ihm mit kalkulierter Plötzlichkeit ins Gesicht.

»Deine Horoskope in allen Ehren, Myste, doch älter noch als diese Kunst ist der, den ich repräsentiere. Ich lehrte dich und die deinen dieses Wissen – von Anbeginn der Menschheit an. Ehe du warst, war ich. Und sei gewiss, auch die Sterne gehorchen meinem Willen. Es ist da nichts, das sich meinem Willen widersetzen kann. Also sammle deine Sachen und folge mir nach. Ich bin dein Gewährsmann. Und ich sage dir, wenn du mit mir bist, wird selbst der Teufel seinen Dienst an dir versagen. Nichts und niemand kann meinen Bann durchbrechen, den wahren Zauber der Welt.«

Ich hatte mit der eindringlichsten Stimme gesprochen, zu der ich fähig war. Jetzt trat ich wieder einen Schritt vom sichtlich beeindruckten Saint Clair zurück, wandte den Blick ab und sprach mit normaler Stimme.

»Also pack deine Sachen, Druide, und komm mit. Wir warten draußen im Wagen. Er steht vor dem Haus auf dem Gehweg.«

Damit verließ ich die Gruft, den Keller und die Loge, einen ziemlich verwirrten Parish im Schlepptau. Als wir im Auto saßen, kam ich seinen unvermeidlichen Fragen zuvor: »Taschenspielertrick. Dieser Raum, dieses Licht, die veränderte Stimme, die besondere Wortwahl und Sprache. Ich musste dafür sorgen, dass Saint Clair sich uns anschließt. Und wir haben nicht viel Zeit. Deshalb dieser theatralische Auftritt. Ich glaube nicht, dass sich ein leicht beeinflussbarer Mensch wie unser Druide dieser Manipulation widersetzen kann.«

»Woher weißt du, dass Saint Clair leicht beeinflussbar ist?«

»Er glaubt an Horoskope«, antwortete ich. »Also keine

Magie, sondern schlichte Menschenkenntnis. Lerne und staune, kleiner Rabe.«

»Wird Saint Clair unser neuer Planet Venus?«, sprach Parish einen nahe liegenden Gedanken aus.

»Denkst du? Nun, wir werden sehen. Jetzt bringen wir ihn erst einmal von hier weg und suchen für uns alle ein gutes Hotel. Ich schlage wieder das Adlon vor.«

Parish blickte misstrauisch drein.

»Wieso immer das Adlon? Hat es damit noch eine andere Bewandtnis?«

»Hat es«, sagte ich und erläuterte dem Mohren mehr, als ich eigentlich hätte tun sollen.

»Es ist ein Tempel. Ein Tempel des Geldes. Und die Menschen in diesem Tempel sind die Gläubigen und Hohepriester dieses Gottes. Dort findet keiner hinein, der nicht zu dieser seltsamen Sekte gehört. Wer mit dem Aussatz der Armut geschlagen ist, wird sich nie in diesem prächtigen Schrein wohlfühlen. Die sicherste Vorrichtung, um Nicht-Initiierte ein für alle Mal von einem bestimmten Ort auszuschließen. Wenn man sich aber in diesem Tempel unter den seltsamen Jüngern des Krösus versteckt, fällt man ihnen als Widersacher gar nicht auf. Die suchen ihre Gegner und Feinde draußen auf der Straße, nicht drinnen zwischen all dem Prunk und edlem Geschmeide.

Übrigens wurde der historische Krösus, der letzte Herrscher Lydiens, von keinem Geringeren als Kyros dem Großen besiegt, nachdem Krösus ein zweideutiger Zauber, ein Orakelspruch der Pythia zu Delphi, ins Verderben gelockt hatte. Die Pythia weissagte Krösus: *Wenn du den Halys überschreitest, wirst du ein großes Reich zerstören.* Der Halys ist der längste Fluss in der heutigen Türkei, östlich davon lag zu Zeiten des Krösus das großpersische Reich.

Krösus in seiner hochherrschaftlichen Überheblichkeit

dachte natürlich, das Orakel von Delphi habe ihm den Sieg über das Perserreich vorausgesagt, und überschritt für seinen Angriff auf Kyros den Halys. Am Ende aber hatte er nur sein eigenes riesiges Reich zerstört und Kyros zu dem Beinamen ›der Große‹ verholfen. Es lohnt sich also stets, sehr genau hinzuhören, wenn einen ein Orakelspruch heimsucht.«

»Mit Zauberei also kann man diesen Geldsäcken beikommen?«, fragte Parish. »Mit Taschenspielertricks?«

»Und Zeichen. Erinnere dich, was Tron mir als letzte Botschaft vor seinem Tod mitteilte: *Folge meinem Pfad*, und: *Vergiss nie, der Teufel ließ sich stets mit Zeichen überlisten!* Und soll ich dir mal von einem witzigen Zeichen erzählen? Dieser Krösus war solch ein sprichwörtlicher Geldsack, weil er und sein Vater Alyattes das geprägte Münzgeld erfunden hatten, das Elektron, abgekürzt *El.* Elektron ... klingt doch ein wenig so wie der verkoste Kosename unseres Hackers Tron, *Elek*-Tron. Das Münzgeld des Krösus bekam diesen Namen nach dem Metall, aus dem es gefertigt wurde, eine natürliche Gold-Silber-Legierung, die aufgrund des leicht oxidierenden Silberanteils gewöhnlich eine dunkel glänzende Metalloberfläche aufwies.

Reines Gold kommt in der Natur sehr selten vor, und so war das Elektron in der antiken Welt sehr viel mehr verbreitet – zumal man es lange Zeit als eigenständiges Metall betrachtete und nicht als Mischung aus Gold und Silber. So benutzte man Elektron als Edelmetall zur Schmuckherstellung und für die Prägung des ersten Münzgeldes. Auch die Spitze der ägyptischen Pyramiden, das sogenannte Pyramidion, und die Spitzen der großen ägyptischen Obelisken waren früher mit Elektron überzogen. Doch worauf ich hinauswollte – dieses erste Münzgeld der Menschheitsgeschichte, das Elektron, das den Krösus zu einem Krösus machte, war ein besonderes Zahlungsmittel. Von Krösus stammte mit der Erfindung des Münzgelds zugleich die Idee, den Wert der Münze mit dem eigenen Siegel zu legitimieren, wie es je nach Herrscherkaste auch heute noch beim Geld üblich ist. So ließ er auf die Vorderseite das Bild eines Stieres einprägen, das Symbol seines großen Widersachers im Osten. Allerdings zusammen mit dem Bild einer Löwin, die diesen Stier mit weit geöffnetem Maul angreift – eine wilde, böse Katze.

Aber da kommt ja endlich unser Freund Saint Clair. Könntest du dich nach vorn zu deinem Fahrer setzen, Parish, damit ich hier hinten ein wenig mit unserem neuen Schützling plaudern kann?«

Der Druide trug einen großen Koffer mit sich, sodass Parish ihm half, diesen im Kofferraum des Wagens zu verstauen. Anschließend setzte Parish sich wie von mir gewünscht nach vorn auf den Beifahrersitz, während Saint Clair neben mir Platz nahm.

»Fein«, sagte ich. »Ich nehme an, Sie haben nichts dagegen, wenn wir die nächsten Tage im Adlon absteigen? Ein wunderbar kultivierter Ort. Man ist so schön nahe bei den wirklich Mächtigen. Und hoffentlich, mein lieber Saint Clair, ist es dort weniger gefährlich als in diesem feuchten Keller, in dem Sie jetzt schon seit drei Wochen hausen. Sie müssen ja gelebt haben wie ein Asket. Na, jetzt brechen erst einmal bessere Zeiten an, glauben Sie nicht?«

Der Druide blickte mich mit einem undeutbaren Ausdruck in den Augen an, blieb aber still. So wurde nichts aus der angestrebten Konversation, und wir fuhren schweigend durch die nächtliche Berliner Innenstadt.

Als wir beim Hotel ankamen, winkten wir einen Pagen herbei, damit er sich des Koffers des Druiden annahm. Gemeinsam betraten wir das Foyer und ließen uns an der Rezeption unsere Zimmer anweisen. Ich achtete darauf, dass das Zimmer von Saint Clair zwischen denen von Parish und mir lag, sodass wir ihm notfalls beide rasch zur Hilfe eilen konnten.

Auf dem Weg zum Treppenhaus ließ ich den Blick kurz in den angrenzenden Wintergarten schweifen – wo ich sah, was ich erhofft hatte.

Als wir die Treppe zu den Zimmern halb hinaufgestiegen waren, entschuldigte ich mich unter dem Vorwand, mir noch einige Toilettenartikel an der Rezeption besorgen zu wollen; man würde sich ja spätestens beim Frühstück wiedersehen. Dann kehrte ich zum Wintergarten zurück. Unser noch ziemlich neuer Kronos, als Personifikation des gleichnamigen Saturns das formale Oberhaupt des Mithras-Kultes, saß erwartungsvoll in einem eleganten Korbsessel.

Er stand allerdings nicht auf, um mich mit einem Handschlag zu begrüßen, als ich näher trat. Vielmehr legte er demonstrativ die Hände mit den Fingerspitzen über seinen Knien zusammen.

So setzte ich mich auf einen freien Sessel ihm gegenüber und schaute ihn genauso erwartungsvoll an wie er mich.

Minuten vergingen, ohne dass ein Wort gesprochen wurde. Unterbrochen wurde dieses stumme Ausloten des jeweils anderen erst durch einen Kellner, der nach einer Weile erschien, um sich nach unseren Wünschen zu erkundigen. Erst jetzt bemerkte ich, dass auch Kronos noch nichts zu trinken hatte; er konnte also noch nicht sehr lange hier sitzen und auf mich warten.

Als der Kellner uns schließlich unsere Whiskys gebracht und sich still zurückgezogen hatte, richtete ich erstmals das Wort an den auch »Pater« genannten Kultmeister.

»Es besteht kein Grund zur Sorge. Im Grunde ist der Bund in seinem ewigen Bestand nicht gestört, die Kette nicht unterbrochen. Auch wenn ich zugeben muss, dass die Ereignisse heute Morgen in ihrer Art für mich nicht vorhersehbar waren. Es war einiges dabei, was wirklich neu für mich war – als Erlebnis, als Erfahrung. Aber auch das ist aus meiner Sicht umso mehr ein untrügliches Zeichen dafür, dass wir mit Riesenschritten auf ein neues Zeitalter zugehen. Doch die Veränderungen werden gewaltiger sein, als wir bisher zu träumen wagten!«

Kronos lehnte die zusammengelegten Fingerspitzen an die ebenfalls gespitzten Lippen.

»Sie haben einen Venus? Und er ist ganz nah? Was weiß ich denn noch nicht über diesen Saint Clair, was ich wissen müsste? Ich brauche Ihnen ja nicht zu sagen, Cautes, dass ich in meinem bürgerlichen Leben keine uneingeschränkten Sympathien für diesen Mann hege. Und ich wäre auch sehr verblüfft, wenn zwei Männer mit der gleichen Profession sich zur gleichen Zeit in unserer Gruppe gebunden sehen würden. Er ist Verleger, ich bin Verleger – wie soll das gutgehen? Lassen Sie mich bitte nicht denken, was ich möglicherweise denken müsste, wenn Sie ihn als unseren Mysten ausgewählt hätten.«

Ich lächelte mit einem Hauch von Arroganz.

»Sie vergessen, Kronos, dass die Offenbarung in meinen Händen liegt. Ich bin der Hüter der Überlieferungen und Prophezeiungen. Ich sagte Ihnen bereits, dass die Veränderungen noch viel weitreichender sein werden, als wir alle bisher dachten – auch für uns. Lassen wir dieses Thema damit erst einmal auf sich beruhen. Morgen Abend um diese Zeit werden wir alle sehr viel schlauer sein als jetzt, falls meine Vermutungen sich bewahrheiten. Dann werden wir enthüllt sehen, wohin dieser *neue* Pfad uns als Nächstes führt.«

»Sie sagten eben, Fackelträger, dass es heute Ereignisse gab, die unvorhersehbar für Sie waren. Was, wenn diese

Schwäche sich bei Ihnen weiter entwickelt? Wenn Sie nicht mehr Herr sind über das, was bis morgen Abend geschehen wird? Und wer sollte besser wissen als Sie, dass es in meiner Obhut liegt, den Bund lückenlos zu halten? Unser Alexandro Orieades, Berg- und Höhlennymphe, ist jetzt schon viel zu lange ohne Nachfolger, als dass ich Ihnen zustimmen könnte.«

Ich wurde langsam ungeduldig.

»Er ist nicht ohne Nachfolger. Es ist vielmehr so, dass die neue Venus sich mitten unter uns befindet und damit ihr Recht auf ihren längst angestammten Platz eingefordert hat. Ich sehe da keine Lücke. Für mich wurde vielmehr ein Bestand bereinigt. Wie ein Milchzahn, der einem richtigen Zahn weichen muss. Weil er abgenutzt und seine Mission erfüllt war. Wir waren einer zu viel, haben es bis heute nur nicht wahrgenommen. Wenn es einen Fehler gab, dann diesen.«

Kronos dachte angestrengt nach, das war deutlich an seinem Gesicht abzulesen. Schließlich hellte seine Miene sich langsam auf, wie in einer Woge des Verstehens, und er nahm die Hände herunter, um sein Glas Whisky vom Tisch zu nehmen und den ersten Schluck zu trinken.

»Ich verstehe jetzt, Ian. Entschuldige, dass ich für einen Moment die falsche Blickrichtung hatte. Ja, der arme Alex. Vielleicht hätte man ahnen können, dass er unter der neuen Konstellation übrig sein würde.«

»Was hätte das genutzt? Aus unserem Verein tritt man nicht so einfach aus, das weißt du. Diese Mitgliedschaft gilt, *bis der Tod uns scheidet*. Aber Alex kannte das Risiko. Und ich denke, er war bereit, sich für das neue Zeitalter zu opfern. Er kam ja von sich aus zu mir nach Frankfurt, niemand hatte ihn darum gebeten. Er hatte seine Bestimmung gespürt und sie dann mit Leib und Seele erfüllt.«

»Und wer das nicht glaubt, dem verkaufst du einen Gebrauchtwagen?« Kronos zwinkerte mir mit dem linken Auge tatsächlich zu.

»Du hast doch gerade einen gekauft«, erwiderte ich auf diese Anzüglichkeit. »Also meckere nicht herum. Erzähl mir lieber, wie die Dinge hier in Berlin sich sonst entwickeln. Was macht unser Schützling, unsere Prinzessin Scheherazade? Hat sie sich in ihrem neuen Zuhause schon eingelebt?«

Kronos nahm einen großen Schluck Whisky.

»Wenn ich gewusst hätte, was wir uns da eingefangen haben, hätte ich kein Ausreisevisum aus Ägypten für dieses Mädchen besorgt. Dann hättest du dich alleine mit deiner Entdeckung aus diesem orientalischen Harem herumschlagen dürfen. Wie wir aus diesem Mädchen eine Wiedergeburt der toten Tron-Freundin formen sollen, ist mir ein Rätsel. Eine falsche Freundin, um einen falschen Tron zu finden …«

Er stockte, denn ich schaute ihn böse an, worauf er sich sofort korrigierte: »Schon gut – eine wiedergeborene Tron-Freundin, um einen wiedergeborenen Tron zu finden … die Idee entbehrt zwar nicht einer gewissen Kreativität, aber musste es gerade jemand sein, der sonst in einem Wüstenstaat lebt? Ewig meckert diese Braut, dass es hier zu kalt sei und so nass, der viele Regen! Das Verwalterpaar, ich selbst und sogar Mondrial haben das Mädchen nicht vor die Tür locken können. Ihr ganzer Kosmos ist ihr Schlafzimmer, ihr Wohnzimmer, das Bad und vor allem die Küche, weil es da schön warm ist. Wirklich, eine unmögliche Aufgabe. Ich glaube nicht, dass dieses Experiment gelingen wird. Und dann der ewige Ärger mit den Männern. Zum Glück sind es bisher nur dieser Frank, der Verwalter, und der Polizist, dieser Hammer, der sich zum Beschützer dieser nachgemachten Tatjana Junk aufspielt. Wenn weitere Männer sie entdecken, werden wir uns vor Kandidaten auf Trons emotionales Erbe nicht retten können!«

Ich lachte. Kronos' Triade war zu komisch.

»Mein Bester, du vergisst, dass unser Prinzesschen seit ihrem zwölften Lebensjahr nur in einem einzigen Gebäude gelebt hat, das obendrein ein Harem war. Du hättest sie mal ein bisschen ausführen sollen, nicht nur wie einen Sträfling in den nassen Garten zum Beinevertreten. Zeig ihr die Stadt, geh mit ihr einkaufen, lass sie Partys besuchen – all die Dinge, die junge Mädchen gerne tun. Ich gebe dir Brief und Siegel, dann taut sie auf und wird sich ganz schnell in ihre neue Rolle hineinfinden. Und die notwendige neue Sprache lernen – deutsch. Aber wir stehen ja nicht unter Zeitdruck, was diese Dinge angeht. Wir können warten, bis das Mädchen so weit ist, die Stelle der toten Nolo, der toten Tron-Freundin, gänzlich zu übernehmen.

Ich habe da vielleicht eine gute Idee. Lass uns den morgigen Tag mit unserer Prinzessin verbringen. Im Augenblick sind wir ohnehin zur Bewegungsunfähigkeit verdammt und müssen warten, bis die Gegenseite sich rührt. Also nutzen wir die gewonnene Zeit, um unser hübsches Juwel vom Nil nach Kräften zu verwöhnen. Ich denke, das wird auf jeden Fall ein riesiger Spaß. Und wenn du ehrlich bist, gibt es schlimmere Verpflichtungen, als sich um ein solch blutjunges Mädchen zu kümmern.«

21.

Damit gingen wir auseinander, allerdings nicht ohne die Verabredung zu treffen, uns am nächsten Tag gemeinsam um unser hübsches Mündel zu kümmern. Ich gab Kronos noch die Bitte mit auf den Weg, wenn er und das Mädchen mich abholen würden, auf jeden Fall auch Hammer mitzubringen, den Polizisten, der den Schutzengel für unsere Prinzessin spielte; irgendjemand würde ja den Tag über auf den Druiden aufzupassen haben. Und wer war besser dazu geeignet als ein leibhaftiger Polizist!

Am nächsten Morgen spielte sogar das Wetter mit. Der nassen Kälte des Vortags folgte ein ungewöhnlich milder Spätherbsttag. Da ich jedes Zeitgefühl verloren hatte und gewöhnlich auch keine Uhr trug, sah ich auf meinem Handy nach, welches Datum wir hatten: Es war Mittwoch, der 10. November 1998.

Als Parish, Saint Clair und ich beim gemeinsamen Frühstück saßen, stießen tatsächlich bald Kronos, Hammer und das Mädchen Tamara hinzu, die künftig Tatjana Junk heißen sollte, alias Nolo. Die Kleine zeigte den gelangweilten bis genervten Gesichtausdruck aufsässiger Teenager, und ich ahnte, welche Änderung in ihren Lebensumständen diesen sicher hormonell bedingten Stimmungsumschwung bei dem sonst so lebenslustigen Mädchen verursacht hatte.

Das würde hart werden …

Und der kurze Rock sowie das nicht minder aufreizende Top, die das Mädchen unter einem leichten, offenen Mantel trug, erhärteten diesen Verdacht. Für einen warmen Sommertag, wenn man sich am lauen Abend in einer Disco vergnügen wollte, war es vielleicht die richtige Kleidung. An einem zwar ungewöhnlich warmen, aber sicher nicht heißen Novembertag in Berlin war es ganz bestimmt die falsche Kleiderwahl, zumindest für einen Stadtbummel.

Erst jetzt bemerkte ich, dass seit der Ankunft von Kronos, Hammer und dem Mädchen alle im Restaurant anwesenden Männer über vierzehn unsere orientalische Schönheit mit weit aufgerissenen Augen und Mündern anstarrten. Selbst die sonst in diesem Haus so diskreten und zurückhaltenden Kellner waren nicht davon ausgenommen. Die anwesenden Frauen hingegen legten eine wachsende Gereiztheit an den Tag.

Rasch stand ich auf, um möglichen Tumulten zuvorzukommen.

»Parish, Hammer«, sagte ich, »passt bitte auf unseren guten Saint Clair auf und verlasst das Haus nicht. Besucht den Spa, lasst euch verwöhnen. Geht aber bitte nicht vor die Tür, denn ab da beginnt derzeit die Gefahr. Kronos und ich werden unserer Freundin hier ein wenig die Stadt zeigen, ein bisschen mit ihr einkaufen gehen und noch ein paar andere Kleinigkeiten erledigen. Wir sind spätestens am frühen Abend zurück. Bis dahin lasst es euch gut gehen. Wir sehen uns.«

Und ich gab Kronos ein Zeichen, mir mit dem Mädchen schnellstmöglich zu folgen, damit von den anderen Männern an unserem Tisch kein Widerspruch kommen konnte.

Auf dem Weg aus dem Hotel machte ich noch einmal kurz Station an der Rezeption, um den Bankettsaal des Hauses für den Abend zu reservieren und einige weitere Arrangements zu treffen. Ich war mir jetzt ganz sicher, dass wir diesen besonderen Raum am Ende des Tages würden gebrauchen können.

Kronos, der mein Gespräch mit dem Concierge mitbekam, war nicht im Mindesten überrascht; er ahnte sicher, was kommen würde. Ganz anders das Mädchen, das nur das Stichwort *Bankett* hörte und plötzlich ganz aufgeregt wurde.

»Ein Bankett? Dafür habe ich nichts anzuziehen! Oder darf ich nicht mit?«

Ich schaute in das schöne südländische Gesicht, das von langen goldbraunen Haaren gesäumt wurde und aus dem mich tiefdunkle Augen anschauten.

»Ein langweiliges Bankett ist doch nichts für ein so junges Ding wie dich. Aber du hast recht – wir sollten dir auf jeden Fall eine Ballrobe besorgen. Kronos hat seine Kreditkarte dabei, und ich hab reichlich Bargeld. Also los, schöne Scheherazade, stürze zwei alte Männer in den finanziellen Ruin!«

Erst schaute das Mädchen mich verständnislos an. Dann aber begriff es, was ich gemeint hatte, und schenkte mir ein wunderschönes, freches Lächeln. Und augenblicklich drehte es sich um und eilte Kronos und mir wie ein übermütiges junges Kätzchen voraus – doch nicht aus dem Gebäude, sondern gleich rechts hinter der Rezeption des Hotels in die dortige Geschäfts-Passage, in der es einige der teuersten Läden Berlins gab.

Oh ja, der Tag würde hart.

Während der nächsten Stunden arbeiteten wir uns die Straße Unter den Linden in Richtung Fernsehturm hinunter, wobei wir auch die damals noch vereinzelten Szene-Boutiquen und Salons in den Nebenstraßen nicht ausließen. Und während Kronos und ich immer mehr schicke Einkaufstaschen zu schleppen hatten, wurde das Mädchen immer ausgelassener und fröhlicher.

»Jetzt weiß ich«, sagte ich um die Mittagsstunde, »warum die Menschen früher das Reisen und Unterwegssein *Leiden* nannten und weshalb dieses Wort heute eine ganz andere Bedeutung hat. Tamara, Tatjana oder Nolo – ich kann nicht mehr! Bitte, lass uns eine Pause machen. Hier in der Nähe gibt es ein gutes Restaurant. Ich bin am Verhungern, und ich muss mich wirklich ein bisschen ausruhen …«

Schließlich hatte ich vor nicht einmal einer Woche noch schwer verletzt im Krankenhaus gelegen. Und was war seitdem alles passiert! Trons Tod hatte das Leben – mein Leben – dramatisch beschleunigt.

Das Mädchen war bei seiner Hatz über die Boulevards stehen geblieben und hatte sich mir zugewandt.

»Ich heiße Tamara«, sagte sie. »Noch bin ich Tamara. Und ich möchte es auch noch eine Weile bleiben … aber Prinzessin Scheherazade ist auch okay. Was ist das denn für ein Restaurant, in das du möchtest?«

Ich führte uns in die Leipziger Straße, eine Parallelstraße von Unter den Linden – und im Grunde eine riesige Baustelle. Aber hier gab es das *Borchardts*, in dem man sehr gut speisen konnte und wo man dank des großen Gastraums stets einen guten Überblick hatte, wer nach einem kam und wer das Restaurant vor einem verließ.

Wir mussten eine Weile warten, bis wir einen freien Tisch ergatterten. Allerdings war das Borchardts im Jahre 1998 noch keine Promi-Gaststätte wie heute. Mit uns saßen vor allem Bauarbeiter an den Tischen, die hier ihre Mittagspause machten und einen eigentümlichen Kontrast zu diskreten Anzugträgern bildeten, die sich möglicherweise an unsere Fersen geheftet hatten.

Die großen Fensterflächen erlaubten einen guten Blick auf die Straße, sodass man neugierige Fenstergucker leicht ausmachen konnte. Doch bisher waren wir unbehelligt geblieben.

Wir bestellten unser Essen, wobei Kronos und ich nicht schlecht staunten, als unser Schützling sich ohne lange Bedenkzeit unserer beider Wahl anschloss: Steak, englisch.

Kronos und ich wechselten einen bedeutungsvollen Blick. Und wir staunten noch mehr, als das zarte Persönchen wie ein Raubtier über die üppige Mahlzeit herfiel und sich immer wieder schmatzend die blutigen Lippen leckte.

Die Vorstellung war bemerkenswert und lenkte sehr gut von den wieder neugierigen Blicken der übrigen, ebenfalls meist männlichen Gäste ab. Das Mädchen war in ihrer ganzen Aufmachung ein echter Hingucker, und Kronos und ich als ihre beiden männlichen Begleiter ernteten dafür, dass wir ihr so nahe sein durften, neidische und eifersüchtige Blicke.

Tamara spürte diesmal die Aufmerksamkeit und genoss sie sichtlich. Die Lebenssäfte brodelten offenbar mächtig in ihr.

»Was für ein Ballkleid möchtest du denn haben?«, fragte ich schließlich. »Wir haben jede Menge eingekauft, aber ich kann mich nicht erinnern, dass eine Abendgarderobe darunter gewesen ist.«

Das Mädchen hielt kurz beim Essen inne und überlegte.

»Knallbunt muss es sein«, sagte sie dann zu meiner großen Enttäuschung.

Bevor ich etwas erwidern konnte, sprach sie einen anderen Gedanken aus.

»Wobei das für dein Hotel wohl die falsche Wahl ist, Ian. Da müsste das Kleid dezenter sein ... eleganter. Wir hatten mal einen Ägypter bei uns im *Magic Pyramid*, der sich europäisch gekleidet hatte. Er muss ein ziemlich mächtiger Mann gewesen sein, denn er brachte eine blonde Frau mit zu uns, was sonst ja verboten war. Die Frau war etwas ganz Besonderes. Die beiden waren offenbar in Kairo ausgegangen, ins Theater oder in die Oper, bevor sie zu uns kamen, denn die blonde Frau trug ein wunderschönes Abendkleid aus schwarzer Seide, ziemlich kurz und schulterlos und unglaublich elegant. Sie sah aus wie eine Prinzessin. So etwas möchte ich auch haben – ein kurzes schwarzes Ballkleid mit einem dazu passenden breiten schwarzen Halsband, das vorne einen einzelnen Diamanten hat.«

Das Mädchen blickte in unsere irritierten Gesichter.

»Na ja, es muss nicht gleich ein Diamant sein«, sagte sie lachend. »Strass tut es auch. Aber Seide wäre doch okay, oder?«

Nach dem Essen erledigten wir auch diesen Einkauf, der sich allerdings etwas aufwändiger und weniger spontan als die vorangegangenen gestaltete, da zu einem vollständigen Ballkleid ja mehr gehört als Kleid und Halsband. Passende Schuhe zum Beispiel.

Ein weiteres Problem war, dass unsere Tamara, erst einmal in das wirklich hinreißende Abendkleid verpackt, nicht mehr herauswollte, egal wie nachdrücklich wir ihr klarzumachen versuchten, dass ein Abendkleid nun wirklich nicht die passende Aufmachung für einen Einkaufsbummel war. Sie meinte nur, wir wären wohl eher darum besorgt, dass wir als ihre Begleiter in unserer Aufmachung gegen ihr neues schickes Outfit mächtig abfallen würden – womit sie recht hatte.

Also gaben wir schließlich unsere Versuche auf, das Mädchen zur Vernunft zu bringen und verlegten uns vielmehr darauf, ihren Anblick zu genießen.

Mittlerweile war es später Nachmittag geworden, und die milde Wärme des Tages verzog sich mit dem frühen Einsetzen der Dämmerung. Daher schickte ich unsere restlichen Einkäufe mit einem Taxi ins Adlon und schlug einen Museumsbesuch vor; die Berliner Museumsinsel ist ja nicht weit von Unter den Linden entfernt. Trotzdem nahmen wir uns ein Taxi, um uns zum Pergamonmuseum bringen zu lassen.

Als wir kurz darauf die breite Treppe zum Museumsvorplatz hinaufstiegen, bemerkte ich, dass wir die Einzigen waren, die in Richtung Eingangstür gingen; alle anderen kamen uns entgegen. Offensichtlich neigte die Öffnungszeit sich dem Ende zu. Das war gut, denn so würden wir bei unserem Rundgang ungestört sein und weniger Aufmerksamkeit erregen.

Als der Mann an der Eingangskasse bedauernd den Kopf schüttelte, holte ich einen Ausweis aus der Tasche, den mir unser guter Miles einmal für solche Zwecke ausgestellt hatte. Sofort eilte der Kassierer von seinem Pult weg, um einen Vorgesetzten zu holen. Seliges Deutschland, in dem keiner eine eigene Entscheidung treffen darf.

Nach kurzer Zeit kam der Kassierer mit einem großen bärtigen Mann im Schlepptau zu uns zurück. Der Bursche musterte uns aufmerksam, dieses in seinen Augen vermutlich seltsame Trio: zwei ältere Männer mit einem blutjungen Mädchen und wahrscheinlich unlauteren Absichten, aber mit einer mächtigen Eintrittskarte.

Unschlüssig, wer von uns das Sagen hatte, wandte er sich schließlich an mich: »Ich darf Sie eigentlich nicht mehr hereinlassen, wir schließen gerade.«

»Ich weiß«, entgegnete ich mit einem entwaffnenden Lächeln und trat mit ausgestreckter rechter Hand auf ihn zu, um ihn mit einem Händedruck zu begrüßen, interessiert beobachtet von den anderen Museumsmitarbeitern, die sich nach und nach im Hintergrund versammelten, um der seltsamen Szene mit den seltsamen drei Besuchern beizuwohnen – zwei schwarze Männer mit einem Mädchen im schwarzen Ballkleid.

Als der große bärtige Mann mir ebenfalls die Hand reichte, wobei er den ungewöhnlichen Händedruck mit dem angewinkelten Daumen spürte, stutzte er erst kurz und schaute mir dann in die Augen. Und nickte schließlich.

»Ich bin Jan Gaspard«, stellte ich mich vor. »Ich freue mich, Ihr Haus besuchen zu dürfen. Ich bin sicher, dass Sie für uns eine Ausnahme machen. Wir haben es leider nicht früher geschafft, und das stimmt mich untröstlich. Aber seien Sie versichert, dass wir Ihre Hausordnung strikt einhalten werden.«

Leiser, sodass die Umstehenden es nicht hören konnten, fügte ich hinzu:

»Ich möchte Sie aber trotzdem darum bitten, die Überwachungskameras während unseres Besuchs abzuschalten. Wir fassen nichts an, wir nehmen nichts mit. Wir wollen uns nur Ihre wundervolle Sammlung anschauen. Und Sie wissen, dass Sie dafür keinen Film von uns brauchen.«

Damit ließ ich die Hand des Kurators los. Er schaute zwar besorgt, nickte schließlich aber und gab uns den Weg in die Ausstellung frei.

So traten wir in den großen Saal mit dem riesigen Pergamonaltar ein. Das Mädchen Tamara war auf der Stelle still und beeindruckt. Mit großen Augen betrachtete sie die große Freitreppe, die griechischen Säulen und die in diesem Raum allgegenwärtigen Reliefs und Friese mit den Motiven aus der griechischen Mythologie. Der weiße Marmor schafft eine einzigartige Atmosphäre der Reinheit und Erhabenheit.

Der nächste Raum, den wir betraten, präsentierte das sogenannte Markttor von Milet – jenes Milet, in dem ein gewisser Thales einst als der Erste der sogenannten sieben Weisen der Antike die Grundlagen der Geometrie und Philosophie entwickelte. Das hier aufgebaute Markttor aus Milet stammte aus jener hellenistisch-römischen Blütezeit und war aus einem blassroten Marmor gefertigt.

»Milet?«, fragte Tamara. »Wo liegt das? Der Name hört sich schön an.«

»In der heutigen Türkei, an der Westküste, eigentlich schon im Orient. Es wurde seinerzeit von einem ziemlich erfolglosen, aber reichen lydischen König namens Krösus belagert, bevor ein deutlich erfolgreicherer persischer König namens Kyros der Zweite es unterwarf – und das Lydien des Krösus gleich mit. Allerdings geschah das mehr als ein halbes Jahrtausend bevor dieses römisch-rote Markttor entstand.«

Durch das Tor gingen wir jetzt in einen angrenzenden Raum, dessen Hauptausstellungsstück nach Passieren des Zugangs einem erst einmal im Rücken liegt; es bildet hier im Museum quasi die Rückseite des Markttors von Milet.

»Dreht euch mal um«, sagte ich deshalb zu Kronos und dem Mädchen. Und zumindest von dem Mädchen hörte ich ein überraschtes »Oh!« Nachdem das erste Erstaunen über den plötzlichen und gewaltigen Eindruck sich gelegt hatte, sagte sie: »Es ist wunderschön. Und dieses Blau!«

»Das Ischtar-Tor. Es stammt aus Babylon, im heutigen Irak.«

»Der Turmbau zu Babel. Ich hab davon gehört.«

Der Blick des Mädchens glitt über die rekonstruierten, im herrlichen Nachtblau glasierten Fassadenfliesen, zwischen denen Tierreliefs aus deutlich schlechter erhaltenen Originalfliesen herausgearbeitet waren.

»Was sind das für Tierbilder?«, fragte Tamara. »Löwe und Stier kann ich erkennen, aber die anderen …«

»Es sind Drachen«, erklärte Kronos. »Schlangen mit Beinen, um genau zu sein. Aber wir würden heute Drachen sagen.«

»Was bedeuten sie?« Das Mädchen schien über die Maßen fasziniert von den Bildern, die sich vor ihr erschlossen.

»Der Drache symbolisiert den babylonischen Hauptgott Marduk. Man nennt ihn auch *Herr der vier Weltgegen-*

den. Eigentlich ist Marduk sumerischen Ursprungs, wie so vieles in heutiger Zeit. Marduks Mutter war Tiamat, die auch als Chaosdrache personifiziert wird. Aus dem Namen Tiamat hat sich übrigens im Laufe der Jahrtausende dein künftiger Name Tatjana entwickelt, der ›kleiner Drache‹ bedeutet.«

Das Mädchen schaute sich um und schenkte Kronos einen kecken Seitenblick, bevor sie ihre Aufmerksamkeit wieder dem Monument vor uns widmete.

»Und der Stier? Welchen Gott verkörpert der?«

»Den Wettergott Adad. Sein Regen – sein Same – brachte Fruchtbarkeit, doch er konnte auch zerstörerisch sein, wenn er zu viel Samen schenkte. Überflutungen waren damals gefürchtete Naturkatastrophen. Deswegen war eines seiner weiteren Symbole der Blitz, der Unwetter hervorrief. Und der Löwe schließlich symbolisiert die Göttin Ischtar, der dieses Tor geweiht ist. Ischtar ist ebenfalls schon bei den Sumerern die Göttin der Liebe, der Fruchtbarkeit und des Krieges. Ihr Frauen könnt ja sehr streitbar sein. Wie viele Kriege wurden schon wegen euch gefochten!«

Tamara nickte.

»Bei uns in Ägypten heißt diese Göttin wohl Bastet und Sachmet, die milde und wilde Seite der Frau … Schmusekatze und Raubtier.«

Ich war beeindruckt und wechselte erneut einen bedeutungsvollen Blick mit Kronos.

»Das stimmt«, sagte ich. »Die Ägypter kamen auf ihren Kriegszügen bis ins Land der Sumerer und brachten auf dem Rückweg diese tolle Göttin mit an den Nil. Aus heutiger Sicht irritiert die Menschen eine Göttin wie die Ischtar allerdings. Als Sinnbild der sexuell selbstbestimmten Frau gaben die Babylonierinnen sich zum Frühlingsfest dieser Göttin auf der Prozessionsstraße, die genau durch dieses

Tor hier führte, vor dem wir stehen, gegen Geld fremden Männern hin – als Zeichen ihrer Verehrung der Ischtar. Von diesem Geld wurde dann die Pracht dieses Monuments finanziert.«

Tamara lächelte selbstbewusst.

»Oh ja, das kommt mir bekannt vor.«

»Dir ja«, erwiderte ich. »In der westlichen Welt jedoch, in der du jetzt lebst, war das viele Jahrhunderte lang sehr verstörend. Da machte man aus dem schönen Babylon ein Sündenbabel und nannte die Feste der Ischtar abschätzend, aber auch mit wohligem Schauer ›Orgien‹.

Wie verstörend das alles für Nicht-Babylonier ist, zeigt folgendes Beispiel: Die Ischtar-Feierlichkeiten fanden stets nach Einbruch der Dämmerung und am frühen Morgen statt, weil dann der Abend- beziehungsweise Morgenstern am Himmel stand, der hellste Himmelskörper nach Sonne und Mond. *Ischtar* heißt wörtlich übersetzt *Stern*. Und dieser hellste Stern ist die Venus, bis heute die sprichwörtliche Verkörperung der Frauen.

Der Planet Venus allerdings beschreibt, wenn man seinen Weg am Nachthimmel verfolgt, im Laufe von rund acht Jahren ziemlich genau ein Pentagramm am Himmelszelt, einen fünfstrahligen Stern. Ein Stern beschreibt einen Stern. So ist die Menschheit übrigens zu ihrem bis heute bekanntesten Sternsymbol überhaupt gekommen, dem Pentagramm. Doch die historischen Menschen fanden dieses Pentagramm der Venus noch an einer anderen Stelle, nämlich im Kerngehäuse eines Apfels. Wenn man einen Apfel quer aufschneidet, sieht man ebenfalls ein Pentagramm – was kein Wunder ist, gehört doch der Apfel zu den Rosengewächsen und hat fünf Blütenblätter, aus deren Basis sich die Frucht entwickelt. Und auch die Rose wird ja als ein eigentlich positives Symbol der Schönheit und Weiblichkeit gesehen. Nun taucht dieser Apfel der Venus oder Ischtar aber in der westlichen Welt in einem ganz anderen *Licht* auf. Du hast schon von Adam und Eva und der christlichen und jüdischen Schöpfungsgeschichte gehört?«

Das Mädchen nickte, ohne den Blick von den blauen Wänden zu nehmen. Daher fuhr ich fort:

»Da verführt Eva, die Frau, den Adam mit genau so einem Apfel, nachdem sie von einer Schlange dazu überredet worden war. Die Schlange kennen wir jetzt – als Marduk, den Drachen. Marduk wurde bei den Autoren der Vorzeit auch Baal genannt, ein Oberbegriff, in dem im Laufe der Jahrtausende viele verschiedene Götter aus jüdisch-christlicher Sicht als Personifizierung des alten Glaubens, also des Bösen, zusammenflossen. Baal ist die Schlange der Schöpfungsgeschichte, weil er zur Sünde verführt. Baal ist Beelzebub, der *Herr der Fliegen* und damit Herr der Verderbnis und der Teufel selber. Aber Baal ist auch Bel, der Gott der Kelten, der mit dem Fest Beltane am Frühlingsanfang das Fest der Ischtar kopiert. Und die nordische Mythologie kennt Baal als Baldur.

Baal ist also in vielen, wenn nicht gar allen Kulturen präsent. Und das mit gutem Grund. Er symbolisiert das männliche Prinzip. Mit dem Wort Baal war ursprünglich der Phallus gemeint. Später leiteten sich daraus die Bedeutungen von Herr, Meister, Besitzer, Ehemann, König und zuletzt Gott ab. Also ein männlicher Phallus, im Symbol einer Schlange oder eines Drachen, verführt die Frau Eva zur Sünde. Und die wiederum verführt mit ihrem Apfel den Mann Adam. Ein Kreis, der sich schließt.

Baal wurde allerdings noch auf andere Weise dargestellt, als glänzender weißer Stier beispielsweise. Warum das so ist, erschließt sich einer erfahrenen Frau wie dir, Tamara, sicher von selbst. Von einem Phallus zu einem *weißglänzenden* Stier auf seiner Spitze ist es allegorisch ja nicht weit. Es gibt in allen Sprachen bis heute sehr viele Worte, die dieses Weiße, Helle, Schöne mit der Silbe *bel* für *schön* umschreiben. Dahinter steckt tatsächlich nichts weiter als der männliche Geschlechtstrieb als Urprinzip. Auch das Wort Bulle stammt aus diesem Wortstamm. Und in der Bedeutung von *Anschwellen* auch das Wort Ball, wie Fußball oder Maskenball. Warum Letzteres sich in diesen Bedeutungskanon einreiht, darauf kommt man wohl wieder von allein ...«

Jetzt drehte das verführerische Mädchen sich zu uns um.

»Ich hätte auf den Diamanten am Halsband meiner *Ballrobe* bestehen sollen«, sagte sie mit allem kindlichen Ernst. »Die Ischtar-Mädels hätten es bestimmt getan. Aber sag mir endlich, Ian, wieso ging diese positive Bedeutung der Fruchtbarkeit verloren? Warum wurde aus dem Gott Baal der Teufel? Warum aus den Priesterinnen der Ischtar bloße Huren?«

Kronos übernahm an meiner Stelle die Erklärung.

»Dafür muss man noch ein bisschen weiter ausholen. Dieses Tor hier ließ König Nebukadnezer der Zweite im sechsten vorchristlichen Jahrhundert erbauen. Er war der größte babylonische König, den es je gab. Und er war Chaldäer, also Angehöriger eines semitischen Volksstamms ...«

Tamara unterbrach ihn.

»Semitisch? Also jüdisch?«

»Jein«, antwortete Kronos. »Die Chaldäer sind älter als das Judentum. Abraham, der Stammvater der Juden, war Chaldäer – und er stammt der Bibel zufolge aus dem sumerischen Ur. Doch erst Abraham, der Sohn des Tharah, wurde vom neuen Gott der Juden berufen und gründete mehr oder weniger seine eigene semitische Religion und Tradition, das Judentum, das sich von der Religion der Chaldäer mehr und mehr entfernte. Deshalb konnte Nebukadnezar einige Jahrhunderte nach Abraham dessen Volk, das sich am Berg Zion in Jerusalem niedergelassen hatte, als seinen Gegner und Feind betrachten – obwohl sie alle Brüder waren, die aus der legendären Stadt Ur stammten, von der es übrigens weiter hinten hier im Museum zahlreiche Exponate gibt.

Aber zurück zu Nebukadnezar. Der eroberte Jerusalem, zerstörte dort den Tempel Salomos, raubte ihn aus und brachte die damals sogenannten Judäer und ihre Schätze nach Babylon. Vierzig Jahre waren die Judäer in Babylon gefangen, bevor der persische Großkönig Kyros der Zweite – genau jener, der auch das Milet nebenan eroberte – nach einem Verrat durch babylonische Priester die Stadt fast kampflos übernahm und damit ganz nebenbei die Judäer befreite – die Juden. Kyros schenkte den Judäern aber nicht nur die Freiheit, er gab ihnen auch ihre von Nebukadnezar geraubten Tempelschätze zurück und *befahl* ihnen sogar, ihren Tempel in Jerusalem wieder aufzubauen.

Allerdings kehrten die Juden mit einem Trauma aus Babylon in die Heimat zurück. Nebukadnezar, der babylonische Semit, der ja nicht wie sie zu Gottes auserwähltem Volk gehörte, hatte sie besiegen können und mehr noch: Er hatte den Tempel ihres einen Gottes, die Wohnstatt des Herrn, zerstört und ihre Schätze geraubt.

Ihr Volk, dachten sich damals die jüdischen Weisen und Schriftgelehrten, musste den Zorn Gottes auf sich gezogen haben – und so war es wohl tatsächlich, denn überall waren vor der Niederlage gegen Nebukadnezar wieder alte Götzendienste in Mode gekommen. Die Menschen waren für einen Monotheismus offensichtlich noch nicht bereit gewesen. Viele Götter für viele Anlässe – das entsprach der

Tradition und der Gewohnheit. Und das alles für nur einen Gott abzulegen, den Gott Jahwe, war für die Menschen dieser frühen Epoche noch arg gewöhnungsbedürftig.

So interpretierten die jüdischen Gelehrten die babylonische Gefangenschaft also als Gottesstrafe; wenngleich sie von Stadt und Land dort tief beeindruckt waren; so gab es dort eines der sieben Weltwunder, die hängenden Gärten, und auch dieses herrliche Tor hier vor uns. Viele dieser Einflüsse aus Babylon lassen sich bis heute in den jüdisch-christlichen Traditionen tatsächlich wiederfinden.

Dann aber wurde auch das Land des Nebukadnezar erobert und unterworfen, und zwar von eben jenem Kyros dem Großen, der auch Milet unterwarf. Also, dachten sich die jüdischen Gelehrten, konnte auch der Weg des Nebukadnezar nicht der richtige und wahre Weg sein, und da Kyros ihnen, den Juden und Israeliten, ihre Schätze zurückgab und ihnen sogar half, ihre zerstörte Heimat wieder aufzubauen, mussten und konnten sie ihre Zeit in Babylon als Läuterung verstehen. Was natürlich bedeutete, dass sie die babylonische Lebensweise ein für alle Mal und vor aller Welt als verdorben brandmarken mussten, gewissermaßen als Quelle allen Übels. So wurde aus dem babylonischen Pentagramm der Ischtar für die moderne Welt der Drudenfuß des Teufels, das Zeichen des Bösen an sich. Ein Zeichen der Sündhaftigkeit und Verderbtheit.« Er lächelte. »So kann er sein, der Lauf der Welt.«

Eine Zeit lang herrschte Stille in den Hallen des Museums, bevor das Mädchen fragte: »Aber wie soll das denn gehen, Leben ohne Sünde? Die Menschen würden doch aussterben? Wie denken sich das diese kultivierten modernen Menschen? Das ist doch wider die Natur, so ganz ohne Trieb.«

Es war eine echte Herausforderung, diese Aussage aus

dem Mund eines hübschen jungen Mädchens an einem einsamen Ort wie diesem zu hören.

»Deshalb lohnt es sich, in diesen Dingen aufmerksam zu bleiben«, erwiderte ich. »Das Pentagramm ist ja auch zu einem Symbol der Geheimbünde geworden, zu einem Zauber der Magier, zum Zeichen der Freimaurer zum Beispiel. Und sie verehren diese Fünfzahl und das Pentagramm als Vereinigung der Drei- und der Zweizahl – also als Vereinigung des männlichen Prinzips, der *Dreizahl*, mit dem weiblichen, der *Zweizahl*.«

»Zwei und drei, zusammengeschrieben als dreiundzwanzig, vereint als fünf«, ergänzte Kronos.

»Ja«, führte ich meinen Gedankengang fort, »selige Zahlenmystik. Entfernst du aus der Dreiheit die Zweiheit, aus dem männlichen das weibliche Prinzip, also drei minus zwei, hast du die Ur-Einheit – den ursprünglichen Gott, den Einen, der Mann und Frau, Drei und Zwei, geschaffen hat. Auch die *Monas* genannt. Dieser Symbolik, dieser Zahlenmystik wegen ist der monotheistische Gott der Juden, der Moslems und der Christen ein männlicher Gott. Ein Mann ohne weibische Allüren, ganz Macht und Kraft. Aber ein Nichts ohne das weibliche Prinzip, denn ohne dieses Prinzip gäbe es kein Sein.

Für die Monotheisten der verschiedenen Religionen aber, zuerst allerdings für die Juden, bedeutete diese Evolution ihres Glauben hin zu einem Eingott, dass sie einen Namen für diesen Allmächtigen benötigten. Tatsächlich findet man diesen Namen im Alten Testament der christlichen Bibel, das ja weitgehend der jüdischen Thora entspricht. Und da ist dieser Name – wieder reine Zahlenmystik – zweihundertdreißig Mal genannt, also ein Zehnfaches von der Zwei-Dreiheit von Mann und Frau.«

»Und wie lautete dieser Name?«, fragte das Mädchen.

»*El*. Und auch El war ursprünglich ein sumerischer Gott aus Ur, oder auch der Oberbegriff für alle Götter, weil er den absoluten Göttervater symbolisierte. Die Juden geben seinen Namen daher meist im Plural wieder, als *Elohim*, um seine Vielheit zu symbolisieren und die in ihm vollzogene Verschmelzung der ursprünglichen naturalistischen Götter. Allerdings wurde auch El in seinen sumerischen Anfängen als *Stier*-El von seinen Anhängern angerufen, was seine sehr große Nähe zu Baal und Adad deutlich macht. Dieser *El* hat übrigens bis heute wie Baal oder Bel in sehr vielen Worten überlebt – im Wort Israel zum Beispiel, das wörtlich meint: *Gott herrscht*. Der Plural, Elohim, ist in seiner Ursprungsbedeutung als *Starker* oder *Mächtiger* gleich mit dem arabischen Wort *Allah*. Auch in dem Wort *Elite* als Bezeichnung für die Besten der Besten treffen wir diesen all-einen Gott wieder. Und im *Elixier*, dem Göttertrank, der Heilung, Liebe oder Unsterblichkeit verleihen soll. Oder die magische *Elle*, mit der die alten Ägypter einst das Maß der Pyramide festlegten – auch hier ist El das Maß aller Dinge.

Wortwörtlich treffen wir das Wort *El* aber auch noch in der Kurzform der Bezeichnung für das Wort *Elektron* wieder, dem Synonym für das älteste den Menschen bekannte Edelmetall, eine natürliche Vermischung von Gold und Silber. Welch eine Überraschung für die Menschheit, als sich aus diesem göttlichen Urmetall durch Läuterung Gold und Silber herausziehen ließen – Gold für das männliche Prinzip, Silber für das weibliche –, weil drei nun einmal mehr ist als zwei. Und beide wurden durch Feuer aus El geboren, dem Elektron. Wunderbare, rätselhafte Alchemie. Umso mehr, als es in der antiken Welt noch eine zweite Substanz gab, die sich aufgrund der gleichen Färbung wie Elektron ebenfalls mit diesem Namen schmücken durfte: Bernstein. Ein weiterer magischer Stoff, denn es war ein

Stein, der brennen konnte; deswegen hieß Bernstein ursprünglich auch *Brennstein*. Damals wusste man noch nicht, dass es kein Stein, sondern ausgehärtetes fossiles Baumharz war. Und *dieser* Elektron konnte noch mehr Zauber. Rieb man ihn beispielsweise an einem Katzenfell, übte er eine unsichtbare Kraft auf andere Gegenstände aus. Heute weiß man, dass es sich dabei um *elektromagnetische* Kräfte handelt. Und da haben wir es wieder: *El*-ektromagnetismus, von Elektron, also dem göttlichen magischen Urstoff, der seinen Namen vom Göttervater von Ur hat – bis heute.«

Das Mädchen zog die Stirn kraus, was sehr niedlich aussah.

»Soll das heißen, die Juden nannten ihren Gott nach einem Edelmetall beziehungsweise einem Edelstein?«

»Nicht nur die Juden. Alle monotheistischen Religionen, die ihren einen Gott auf den sumerischen Pantheon zurückführen können. Deshalb ist die Welt so, wie sie heute ist, vordergründig und materialistisch. Im Hintergrund aber schlummert die Moralität derer, die aus Babylon fliehen konnten. Oder die animalische Triebhaftigkeit jener, die Babylon nie wirklich verlassen haben.«

»Und wer oder was seid ihr? Beziehungsweise, wer sind wir?«

»Unser Gott ist Mithras, der Stiertöter, der Überwinder der menschlichen Triebhaftigkeit.« Ich machte eine Pause. »Allerdings steckt in dieser Metapher der Stiertötung eine zeitliche Dimension, die die meisten Menschen heute übersehen. Wenn Mithras erst als erwachsener, reifer Mann und Jäger den Stier tötet, dann hat er vorher wohl mit dem Stier gelebt, nicht wahr?«

»Also erst Orgie und dann Überwindung des Triebes, indem der Mann den Stier feierlich erlegt?«, fragte das Mädchen lachend.

»Ja«, entgegnete ich. »Es ist eine Entwicklung. Ein Reifeprozess des ewigen Menschen. Der Weg ist das Ziel. Ich muss wissen und erlebt haben, wofür der Stier steht, um ihn töten zu können. Ich muss seine lebendige Urgewalt gespürt haben, um ihn bändigen zu können. Wer nur eines der Extreme lebt – Keuschheit, Zölibat oder abgrundtiefe Lasterhaftigkeit –, hat die wahre Initiation noch nicht kosten dürfen. Darin unterscheiden sich Erleuchtete von Unwissenden – sie suchen und wissen schließlich auch, während die anderen nur gefunden zu haben *glauben.* Auf der Rückseite eines Mithras-Altars sind deshalb zwei Männer auf einem Bett abgebildet – ein Schelm, wer Böses dabei denkt. Denn die Triebhaftigkeit haben diese beiden Herren zu diesem Zeitpunkt der Initiation längst überwunden.«

Das Mädchen krauste die zierliche Nase.

»So, haben sie das? Und diese beiden Stiertöter wollen mir nicht etwa noch ihre glänzenden weißen Stiere zeigen, ihre aufgeblasenen Bullen?«

Goldenbraun gewebt wie die Sonne
Fesselt meinen Verstand, ihre Wonne
Die ganze Nacht
Kein Kampf durchwacht
Nie mehr bedau'n mit Goldenbraun.

Stets eine letzte Hast
Auf ihrem Schiff gebunden an den Mast
Zu fernen Ländern – fass mich an den Händen
Nie mehr bedau'n mit Goldenbraun

Goldenbraune feine Mätress'
Durch die Zeitalter führt sie nach – West
Von weit weg – bleib einen Tag an Deck

Nie mehr bedau'n mit Goldenbraun
Nie mehr bedau'n mit Goldenbraun
Nie mehr bedau'n mit Goldenbraun[2]

Und die Venus auf der Passionsstraße der Ischtar leckte sich mit der Zunge leicht und wie in Gedanken die Oberlippe. Nach Art der Orientalinnen ließ sie ihren Stern leuchten an diesem so heiligen Ort, dass es einem Sterblichen den Atem nahm. Der reine Garten Eden, das unverfälschte, natürliche Paradies.

Bis die wilde Löwin mit aller Gewalt über den weißen Stier herfiel und ihn gierig verschlang.

22.

Als wir das Pergamonmuseum schließlich verließen, erwartete uns der bärtige Kurator als letzter der Museumsmitarbeiter an der Ausgangstür. Nur ein stumpfsinnig dreinblickender Wachmann befand sich noch in seiner Gesellschaft. Letzterer schloss uns das Portal auf und öffnete uns die große Tür, durch die uns sofort die empfindlich abgekühlte Nachtluft entgegenströmte. Nicht nur Tamara fröstelte es sehr.

Wir mussten durch die Kälte bis zur Straße Unter den Linden laufen, wo wir ein Taxi erwischten, das uns die paar hundert Meter zurück zum Adlon fuhr.

Dort erkundigte ich mich an der Rezeption, ob für uns alle gewünschten Vorbereitungen getroffen worden waren,

[2] Anmerk. d. Autors: Lyrics inspiriert von *The Stranglers*

was man mir sofort bestätigte. Also ließ ich Parish, Saint Clair und Hammer informieren, dass wir von unserem amüsanten kleinen Ausflug zurück seien und sie im Bankettsaal erwarteten.

Es ging auf die *elfte* Abendstunde zu, dreiundzwanzig Uhr, die magische Stunde vor Mitternacht, als wir sechs endlich an einem großen, kreisrunden und festlich gedeckten Tisch mitten im Bankettsaal Platz nahmen. Die riesigen Kronleuchter, die sonst den Raum, der sich über zwei Geschosse erstreckte, erleuchteten, waren ausgeschaltet worden. Mehrere Gartenfackeln, die entlang der Wände aufgestellt waren, und hohe Kerzen in drei je siebenarmigen Kerzenständern auf der Festtafel selbst spendeten das einzige, flackernde und gelblich schimmernde Licht.

Sobald wir saßen, erschienen wie auf einen geheimen Befehl livrierte Kellner, die kalte Speisen, Brot, Wasser und Wein servierten. Ein Kellner baute zusätzlich auf einer Anrichte, die ein Stück abseits stand, eine Batterie von Flaschen auf, die ich zufrieden als erlesene Auswahl an Whiskys identifizierte.

Breite, niedrige Gläser und ein großer silberner Krug wurden dazugestellt. In dem Krug befand sich eine munter vor sich hin dampfende Flüssigkeit. Zu guter Letzt erschien ein Mann in einem dunklen Anzug, der Hotelmanager, der wortlos und ohne einen Seitenblick eine große quadratische Schatulle am Rand der Anrichte niederlegte und dann so wortlos, wie er erschienen war, als letzter Hotelangestellter den Raum verließ und die doppelflügelige Tür leise hinter sich schloss.

»Essen wir etwas«, sagte ich in die Stille, die nach dem Abgang der seltsamen Prozession entstanden war. Und fast gleichzeitig griffen wir fünf Männer und die Frau zu den köstlichen Leckereien, die man uns aufgetischt hatte.

»Was feiern wir denn?«

Es war Saint Clair, der diese Frage stellte, nachdem wir alle schweigsam unseren ersten Hunger gestillt hatten.

»Den Aufgang des Abendsterns«, antwortete ich leichthin, ohne recht über das nachzudenken, was ich da sagte.

»Ah, die Venus«, nahm der Druide sichtlich aufgeräumt den zugespielten Ball auf. Und zu dem Mädchen gewandt, fügte er an: »Ja, mein Täubchen, der gute schwarze Mann hier an meiner Seite ...«, Saint Clair deutete auf den neben ihm sitzenden Parish, »... hat mir gesagt, wer Sie sind, Frau Junk: Nolo, die Freundin unseres leider viel zu früh verstorbenen Freundes Tron. Nachträglich mein aufrichtiges Beileid zu diesem herben Verlust. Dann ist dies sozusagen der Leichenschmaus von Trons engsten Freunden?«

Es war immer wieder erstaunlich, was ein verführerisch gekleidetes Mädchen aus erwachsenen Männern machen konnte. Saint Clair war wie verwandelt; drei Wochen Klause waren also nicht ohne Spuren geblieben. Und wir befanden uns hier nun mitten in einem Wettbewerb.

»Nicht nur Tron ist uns abhanden gekommen«, antwortete derweil Kronos. »Wir haben auch den Tod unserer Nymphe Alexandro zu beklagen. Den Planeten Venus aus unserem Mithras-Kult. Wenn man bedenkt, dass auch ich selbst erst seit ziemlich kurzer Zeit das Amt des Saturn in unserer Gemeinschaft verkörpere, weil der, der mir in dieser Funktion voranging, ebenfalls ganz plötzlich verstarb, muss man sagen, dass Tron unsere Welt ganz schön in Bewegung versetzt hat.«

Das Mädchen verschluckte sich beinahe.

Saint Clair quittierte dies mit einem aufmerksamen Seitenblick, kommentierte seine Beobachtung aber nicht. Stattdessen sagte er: »Stimmt, noch eine Venus, deren Glanz nun aber leider erloschen ist. Ihr Laden scheint in der Tat ganz schön in Unordnung geraten zu sein, Meister Kronos. Wobei die Position der Nymphe in Ihrem Kult, der Weihegrad der Venus, ja auch die undankbarste ist. Da lobe ich mir als Mann eine Venus aus Fleisch und Blut, als Inkarnation des himmlischen Pentagramms.«

Und der Druide hob sein Weinglas und trank dem Mädchen zu, das diese Geste mit einem Lächeln erwiderte.

Kronos reagierte sichtlich indigniert.

»Wie meinen Sie das denn? Die Nymphe ist ein Weihegrad wie die sechs anderen auch, genauso ehrenvoll und auserlesen.«

Saint Clair lachte anzüglich.

»Ach ja? Die lateinischen und frühchristlichen Chronisten berichten da aber etwas ganz anderes. Da zieht man eigene Schlüsse, warum in einer reinen Männergemeinschaft wie der Ihren jemand als Nymphe zum Bräutigam gemacht wird. Mithras war bei den römischen Soldaten sehr beliebt – und Soldaten ließen ja zu allen Zeiten gern auch mal außerhalb der Garnison etwas strammstehen. Was ja auch kein Wunder war in einer reinen Männergesellschaft. Man denke nur an das Abendmahlsbild des Mithras und des Sonnengottes: zwei Männer in einem Bett. Wobei ... da kommt mir ein Gedanke. Ihr Venusknabe ist Ihnen ja abhanden gekommen, Meister Kronos. Ich hoffe nicht, dass Sie mich als dessen Nachfolger ausersehen haben. Ich bin schon Meister und habe mein Wissen. Ich glaube nicht, dass ich Ihre Initiationen brauche.«

Bevor Kronos etwas erwidern konnte, ergriff ich das Wort.

»Sie denken also, unser Mithras-Kult, der wahre Mithras-Kult, triebe mitunter homophile Spielchen, Saint Clair? Wie man sie auch dem von Ihren Ahnen gegründeten Templerorden vorwarf, bevor man ihn wegen dieser angeblichen moralischen Verfehlungen vernichtete? Abgesehen davon, mein Freund, dass wir an der Schwelle des einundzwanzigsten Jahrhunderts solch reaktionäres Gedankengut überwiegend hinter uns gelassen haben – wovon Sie hier reden, hat mit dem wahren Mithraismus nichts, aber auch gar nichts zu tun. Mithras ist der Stiertöter, der Überwinder der männlichen Triebhaftigkeit. Der Stierbändiger. Nicht dessen hemmungsloser Buhle. Und auch wenn Mithras der Weg ist – ob dieser Weg eines Mannes über den Körper eines anderen Mannes führt, steht im Ermessen des Einzelnen und ist nicht Sache seiner Religion. Das, wovon Sie reden, ehrwürdiger Merlin ...«, ich sah im Augenwinkel, wie die neue Nolo ob dieser Anrede sichtlich stutzte, »... war bei den römischen Mithras-Mysten verbreitet. Aber das waren keine wahren Initiierten. Der stramme rote Löwe aus Rom hatte nur mitbekommen, dass wir Hohepriester des Mithra, wie unser Lichtgott ja ursprünglich hieß, wahre Magier waren und unseren Zauber wie auch unsere Spuren in allen damals bekannten Kulturen hinterlassen hatten.

Die Römer kamen nach Ägypten – Lichtgott und Magie und die große Wiederbelebung. Sie kamen nach Gallien und Britannien – Kelten, Sonnenkreise, Druiden und ein Trank der Unsterblichkeit. Mächtige Zauber und noch mächtigere Zauberer. Das nüchterne römische Militärwesen und seine Soldaten, die sich abseits von Disziplin und Kampfgetümmel nach mystischen Reizen sehnten, waren mehr als interessiert an diesem unbekannten Kosmos.

Aber die Römer waren Feinde der Perser, der Ägypter und der Kelten. Glauben Sie wirklich, Saint Clair, dass die Nachfahren von Romulus und Remus tatsächlich Zugang zu deren geheimen Mysterien erhielten? Sie kopierten oder erfanden seltsame Rituale und bizarre Liturgien, die so unsäglich albern waren, dass sie es nicht wagten, sie schriftlich zu dokumentieren. Sie nannten es ein ›Geheimnis‹, um damit Eindruck bei den Nicht-Initiierten zu schinden. Doch alles, was sie wirklich zu bieten hatten, waren sexuelle, aus Frauenmangel meist gleichgeschlechtliche Ausschweifungen – der Zeitvertreib gelangweilter, unbefriedigter Männer. Aber das war nie der Kern der wahren Magie der Sumerer und später der Perser, wie wir sie in unserem Kult heute als deren wahre Erben lehren und bewahren. Das damals waren nur tumbe Spielchen unreifer römischer Kinder, unter dem Deckmantel ehrenvoller soldatischer Biedermänner.

Wir aber haben einem Mysten unseres Kultes weit mehr als einen solchen feuchtwarmen Horizont zu bieten. Wir schreiben Menschheitsgeschichte. Wir verändern den Lauf der Dinge. Wir finden und ernennen Weltenerlöser. Wir gründen und vernichten Religionen. Wir erschaffen die Realität. Und wir gebieten, wenn es sein muss, selbst der Zeit!«

Ich hatte erreicht, was ich wollte: Saint Clair schwieg und dachte nach. Aber auch die anderen am Tisch hatten innegehalten und fragten sich jetzt wohl, wohin dieser merkwürdige Disput noch führen könnte.

»Du bist also ein Zauberer, Cautes? Ein wahrer Magier? Einer, der mehr kann als ich mit meinen Horoskopen, meinen Sternenorakeln? Nun, dann beweise es mir!«

Kronos und selbst Parish, soweit dies bei dessen dunkler Hautfarbe überhaupt möglich war, erblassten. Sie hatten sich fangen lassen von der unerwartet aufgeheizten Emotion im Raum. Sie empfanden die Verdächtigungen, die in Saint Clairs Herausforderung lagen, als offene Beleidigung und hätten sie offensichtlich gern mit gleicher Münze heimgezahlt. Doch bevor einer von den beiden seiner Wut freien Lauf lassen konnte, entgegnete ich dem Druiden:

»Also gut. Ein Zauber. Du sollst ihn haben, Druide. Du hast eben vom Pentagramm der Venus gesprochen, von dem fünfzackigen Stern, der die Vereinigung von Mann und Frau darstellt. Du, Merlin, bist Druide. Und Freimaurer. Du weißt um deren Symbole. Sage allen Anwesenden hier, welchen Buchstaben die Freimaurer in die Gloriole ihres Pentagramms zeichnen. Und ich verbinde diesen Buchstaben mit der Prophezeiung, dass der Name der nächsten Wiedergeburt unseres Mithras genau mit diesem Buchstaben beginnen wird!«

Erst schaute Saint Clair irritiert, dann begriff er und lachte hell auf.

»Was für ein billiger Trick, Zauberer. Der hat vielleicht bei den einfältigen Menschen der Zeitenwende gezogen. Da sicher du oder deinesgleichen den entsprechenden Kandidaten auswählen werden, braucht ihr ja nur nach dem richtigen Jungen mit dem richtigen Namen Ausschau zu halten …«

»Der Buchstabe«, sagte ich ungeduldig. »Welchen Buchstaben schreibt ihr Freimaurer in den symbolischen Schoß der Venus?«

Saint Clair verzog unwirsch den Mund. Dann aber sagte er:

»Es ist ein *G*. Ein *G* wie das der Gloriole, in dem dieser Buchstabe gezeichnet steht. Ein *G* wie in Geometrie, die fünfte Wissenschaft der Maurer. *G* wie in Geselle, an den sich das Pentagramm als Aufforderung zum Beschreiten des Erkenntnispfades bezieht.«

Ich lächelte.

»Ach ja, richtig … ein *G*. Genauso wie in meinem ›Ian G.‹, meinem Akronym als Hacker. Oder dem ersten Buchstaben meines wahren Nachnamens. Oder wie bei dem heiligen Georg, dem Drachentöter. Schau also meine Magie,

Druide: Ich gehe weiter – wir suchen einen Drachentöter, einen Vernichter der listigen Schlangen, einen wahren Georg. Und ich prophezeie dir hier vor meinen Zeugen und vor dem Angesicht der ewigen Götter: Wir werden einen solchen heiligen Georg zur rechten Zeit finden, und zwar in genau fünf Jahren, wie dein Pentagramm es gebietet.«

In Kronos' Gesicht zeigte sich jetzt nackte Panik, was kein Wunder war, denn eine solche Prophezeiung schränkte natürlich die Auswahlmöglichkeiten bei der Bestimmung des Lichtkindes ganz erheblich ein. Plötzlich hatten wir nur noch ein bestimmtes Jahr, in dem wir einen bestimmten jungen Mann mit einem bestimmten Namen finden mussten, der eine ganz bestimmte Profession haben musste – das Hacken von großen Geheimnissen, von verschlüsselten Chiffren. Die Chancen auf Erfolg sanken mit dieser Weissagung fast gegen null, zumindest aus der Sicht von Kronos.

»Geht das jetzt nicht ein wenig zu weit?«, fragte denn auch der Pater unseres Kultes. »Wollten wir hier nicht eigentlich einen neuen Venus finden und nicht schon ein Orakel für den wiedergeborenen Mithras?«

»Wir sind mitten dabei!«, erklärte ich dem Kronos, der offensichtlich aber nicht mehr verstand, was vor sich ging.

»Es geht also immer noch um *den* Venus, ja?«, hakte Saint Clair unterdessen nach. »Da wirst du mir als Beweis deiner Zauberkraft aber mehr bieten müssen als dieses lächerliche Séance-Spiel mit irgendeinem Georg, Ian.«

Ich versuchte so erheitert wie möglich zu reagieren.

»Du glaubst, das hier ist ein Spiel? Sei versichert, es ist bitterer Ernst. Angesichts des Leichenschmauses, wie du es nennst, sogar tödlicher Ernst.«

Saint Clair begriff die Bedrohung nicht. Daher stand ich von meinem Platz auf und schob den Stuhl hinter mir zu Seite.

»Du willst noch mehr Zauberei, obwohl die Wette, die ich dir gerade vorschlug, schon allerhöchste Magie darstellt? Na gut.«

Und ich bewegte mich in schnellen, winzigen Schritten rückwärts auf die Wand hinter mir zu, sodass es im schummrigen Licht des Zimmers für die anderen Anwesenden so aussehen musste, als würde ich von meinem Platz fortschweben.

Wieder war der Druide für einen Moment verwirrt von dem, was ich trieb und was ihn seine Augen glauben machten. Dann aber glaubte er meinen *Trick* zu durchschauen und lachte aufgesetzt. Ich hielt in meiner kleinen Vorführung inne, die außer Saint Clair auch alle anderen ungläubig verfolgt hatten.

Ich schaute das Mädchen Tamara an und lächelte, so süß ich konnte. Tamara erwiderte das Lächeln, zwar etwas unsicher, weil sie mit all dem, was gerade passierte, ebenfalls noch nichts anfangen konnte. Doch Saint Clair tappte auch in diese Falle, als er meinem Blick folgte und der Reaktion des Mädchens eher unbewusst gewahr wurde, die mir galt, nicht ihm.

»Sind wir hier im Zirkus?«, polterte er großmäulig. »Es ist grotesk, was Sie hier treiben, Ian. Mir wird es langsam zu blöde. Sie und Ihre billigen Schießbudentricks!«

Ich blickte meinen Widersacher mit ernster Miene an.

»Sie nennen dieses Beispiel von Levitation einen billigen Schießbudentrick? Meine Prophezeiung eine lächerliche Séance? Nun, aller guten Dinge sind bekanntlich drei, nicht wahr? Weil aller guten Dinge ja männlich sein müssen. Stimmt's? So wie Ihr *G* im weiblichen Pentagramm, der lateinische Buchstabe *G*, oder im Hebräischen der Buchstabe *Gimel*, der ja auch der dritte Buchstabe des hebräischen Alphabets ist und mit dem Zahlwort *Drei* gleichgesetzt wird. Wie wäre es also mit einer wahrhaftigen Materialisation, hier vor Ihren Augen? Eine Vergegenständlichung aus dem Nichts? Eine Teleportation sozusagen, aus einer anderen Dimension heraus, einer anderen Zeit, hierher zu uns in diesen Saal der Geheimnisse und Rätsel, der Mysterien und verborgenen Wahrheiten. Die Materialisation eines Etwas, das es so gar nicht geben kann. Die Erschaffung einer wahrlich königlichen wilden Chimäre. Eines Wesens, das die Welt noch nicht gesehen hat. Aber nicht als Trugbild, sondern lebendig!«

Merkwürdige Reden an merkwürdigen Örtlichkeiten verwirren die Sinne. Und ich verwirrte wie gewünscht und erwartet meinen lieben Saint Clair.

Mit einer raschen Bewegung fasste ich die unteren Enden meines langen schwarzen Mantels, den ich nach wie vor trug, und schlug damit kurz auf und ab, sodass ich aussehen musste wie eine große Fledermaus, die unbeholfen zu fliegen versuchte. Dann trat ich mit einer noch schnelleren Bewegung zur Seite.

Augenblicklich gingen ein Raunen und ein kurzer Aufschrei durch die Kehlen der fünf Personen, die noch am Tisch saßen. Ihre Blicke richteten sich in einer dramatischen Schrecksekunde genau auf einen Punkt hinter der Stelle, an der ich eben noch gestanden hatte. Und von diesem Punkt ließ sich jetzt ein heiseres, bedrohliches Grollen vernehmen.

»Oh, Shit! Nicht bewegen!«, sagte die durch starre Lippen vernehmbare Stimme von Parish.

Für einen Moment erstarb das Grollen neben mir; dafür war jetzt der schwere Atem der Männer und der Frau am Tisch zu hören.

Auch meine Sinne waren über die Maßen angespannt. Ich sah jede kleinste Bewegung der fünf, hörte, wie ihr Herzschlag sich beschleunigte, und atmete den Schweiß, der ihnen auf die Stirn trat. Der Duft der Angst. Todesangst. Das wusste ich. Doch sagte ich nichts. Zog mich nur noch weiter in die Schatten hinter mir zurück.

Das Grollen begann von neuem, und das Tier neben mir regte sich, fletschte die riesigen Zähne und schwenkte den mächtigen Kopf nach links und rechts, um sich seiner Witterung sicher zu werden. Es roch Fleisch, frisches Fleisch. Es war zur Jagd bereit. Und dazu das unheilvolle Grollen, das nun zu einem ungeduldigen Brüllen wurde, während das Tier sein gewaltiges Haupt schüttelte.

Noch einmal richtete es das riesige Maul und die Nase in die Höhe. Dann bewegte sich die ungeheure rote Löwin mit langsamen, aufreizend geschmeidigen Schritten auf den Tisch und die Unglücklichen zu, die daran saßen.

Ich hörte den Druiden, der ja noch den sichersten Platz auf der anderen Seite der großen Tischplatte hatte, mit rasselndem Atem darum kämpfen, die Beherrschung wiederzuerlangen.

»Wirklich sehr eindrucksvoll, Ian«, sagte er kaum hörbar und ohne die Lippen zu bewegen. »Aber ich hoffe, dass Ihr Miezekätzchen bereits satt ist, wenn Sie es hier frei laufen lassen. Und die rote Farbe …«, versuchte der Schotte gleichmütig und mutig zu klingen.

Doch die aggressive und unmittelbare Nähe des riesigen Tieres verfehlte ihre Wirkung nicht. Und die nackte Angst des eben noch so übermütig prahlenden Mannes blieb spürbar.

»Ian? Wo sind Sie?«

Jetzt klang echte Verzweiflung aus der Stimme.

Mittlerweile hatte die geschmeidige, greifbare Gefahr ausstrahlende Raubkatze begonnen, um den Tisch herumzustreifen, sodass die Menschen an der Tafel die Lebendigkeit und die pulsierende gierige Wärme des Jägers beinahe auf der Haut fühlen konnten. An wem die Großkatze auch vorüberstreifte – er hielt den Atem an, um ja keine tödliche Neugier zu erregen.

Ganz leise hörte ich, wie eine metallene Feder sich langsam und mit kaum wahrnehmbarem Knarren spannte. Ich ließ den Blick über mein Publikum schweifen und erkannte bald, dass Hammer, der Polizist, der bisher völlig unbeachtet von allen das feudale Essen in sich hineingeschaufelt hatte, heimlich unter dem Tisch eine Waffe entsicherte und schussbereit machte. Das Klicken, das ich vernahm, ließ auf einen kleinkalibrigen Revolver schließen – sicher nur ein schwacher Schutz gegen dieses Großwild, aber immerhin. Die anderen hatten eine solche Lebensversicherung nicht.

Mittlerweile war die unheimliche Löwin hinter Saint Clair angelangt, der mit vor Angst geweiteten Augen nicht den Kopf zu bewegen wagte. Doch das riesige rote Tier hielt auch bei ihm nicht inne, sondern machte noch einen weiteren geschmeidigen Schritt, bevor die nachfolgenden Ereignisse mit unglaublicher Geschwindigkeit das Chaos über den Bankettsaal des Berliner Hotels Adlon hereinbrechen ließen …

23.

Kaum hatte die gewaltige Löwin bei ihrem geschmeidigen Gang um die Tafelrunde den entsetzensstarren Saint Clair passiert, löste sich in einem kaum wahrnehmbaren Ruck die Anspannung beim Druiden. Im selben Moment fuhr die riesige Katze herum, um mit dem Schwung ihrer mächtigen Tatze nach Hals und Kopf des Unglücklichen zu zielen.

Dies war das Zeichen für Hammer, seinen kleinen, aber tödlichen Revolver unter der Tischplatte, wo er die entsicherte Waffe bisher verborgen hatte, hervorzuziehen, auf das entfesselte Raubtier zu richten und abzufeuern.

Derweil gerieten auch Kronos und das Mädchen Tamara in wilde Panik, schrien ihre ganze Angst heraus und sprangen hastig vom Tisch weg, um sich in Sicherheit zu bringen. An Saint Clair dachten sie nicht. Nur Parish blieb mit beinahe unnatürlicher Ruhe sitzen.

Hammer feuerte unterdessen, bis sein Magazin leer war, aber auch dann riss er weiter den Abzugshebel durch und ließ den Schlagbolzen der Waffe auf die längst verschossenen Patronenhülsen klicken.

Bis sich endlich das Bild, das sich ihm vor seinen Augen bot, einen Weg bis zu seinem Verstand freikämpfen konnte. Dann ließ er erschreckt die Waffe zu Boden fallen.

»O Gott!« war alles, was er noch sagen konnte.

Was er sah, war allerdings auch unbegreiflich.

Hinter dem sterbenden Saint Clair stand jetzt eine hochgewachsene, junge Frau mit roten Korkenzieherlocken und blasser, vornehmer Haut, die im schwachen Licht in diesem Saal weiß schimmerte. Sie hielt den Kopf des Druiden in den Händen, den sie in dem Moment, als Hammer wild zu feuern begann, mitsamt dem Körper des Druiden schützend vor ihren Leib gezogen hatte.

So hatten die Schüsse des Polizisten den entsetzten Saint Clair getroffen und nicht die vermeintliche Raubkatze. Rot strömte das Blut aus den vielen Wunden am Oberkörper und sickerte durch die Kleidung des Druiden.

Die rothaarige Frau lächelte, als sie den Kopf des Toten

losließ und über dessen Schulter hinweg die Spitze des Zeigefingers ihrer linken Hand in eine der entstehenden Blutlachen tauchte. Mit einer anmutigen Bewegung führte sie den Finger dann gegen die Stirn und malte sich mit dem noch warmen Blut einen einzelnen Punkt genau oberhalb ihrer Nasenwurzel.

Dann wischte sie den verschmierten Finger achtlos am Rücken des Toten ab und drückte schließlich dessen Oberkörper nach vorn, sodass er mit dem Gesicht nach unten auf seinem Teller zu liegen kam und wir anderen ihm nicht mehr in die toten, erloschenen Augen schauen mussten.

»Ian? Wo sind Sie? Ich glaube nicht, dass Sie bei dem noch irgendeinen Funken finden. Zumindest sollten Sie nicht danach suchen ... Ian?«

Ich trat aus dem schützenden Schatten heraus in einen Lichtkreis der Fackeln. »Margo! Welche Freude, dich hier begrüßen zu dürfen. Schön, dass du meiner Einladung folgen konntest. Wir hatten ja noch nicht die Gelegenheit, uns zu begrüßen. Ich glaube, Parish kennst du schon. Und Hammer ebenfalls, nicht wahr? Aber Hammer, beruhigen Sie sich endlich. Und die junge Dame hier ist unsere neue Tatjana Junk, alias Nolo ... du weißt schon. Und Kronos? Wo stecken Sie? Ah, da sind Sie ja! Walten Sie Ihres Amtes.«

Kronos trat nun ebenfalls aus dem Schatten, in den er sich geflüchtet hatte. Anfangs wirkte er noch ein wenig unsicher, dann aber gewann er seine alte Selbstsicherheit und Gewandtheit zurück und trat auf die schöne Frau zu, wobei er mich fragend anschaute. Ich nickte kurz. Und auch sein letzter Zweifel war verschwunden.

Als er unmittelbar vor der schlanken Gestalt stand, fragte er in feierlichem Tonfall, der so gar nicht zu den Ereignissen von eben passte: »Wer ist der Vater?«

»Derjenige, der alles erzeugt und belebt«, antwortete die Venus ebenso ruhig.

»Wer war der Vater?«

»Derjenige, der das Leben nahm nach seinem Dünken.«

»Wie wurdest du ein Löwe?« Kronos stockte und verbesserte sich: »Eine Löwin.«

Frauen waren für den inneren Zirkel unseres Kultes noch sehr ungewöhnlich.

»Durch die Kraft des Vaters.«

»Wer soll dir Trinken und Essen geben und deine Nahrung sein?«

»Der das Licht gebären wird.«

»Wer wird dir seinen ewigen Schutz und Schirm gewähren?«

»Der Anfang und Ende ist.«

»Willst du also seine Tochter sein, bis der Tod uns scheidet?«

»Ich will.«

»Dann sag mir, wo ist das verlorene Lichtkind?«

Mit dieser Frage hatte die eben noch wilde Löwin nicht gerechnet. Ich sah, wie ihre Pupillen sich leicht weiteten. Dann aber sagte sie in ihrem ruhigen, festen Tonfall: »Es ist von seiner Reise nach Westen zurückgekehrt ins Land seiner Väter und ruht wieder in seiner schwarzen Gruft.«

Nun ging ich zur Bar, zog mir eines der breiten, niedrigen Gläser heran und schenkte es voll Whisky. Dann nahm ich den immer noch leicht dampfenden Krug und füllte daraus ein wenig ölig-sämige Flüssigkeit, die wie zerlassene Butter aussah, ins Glas. Mit einem Cocktailrührer vermischte ich alles und brachte das Glas der noch immer ganz ruhig und beherrscht dastehenden Margo. Im Vorbeigehen nahm ich auch die Schatulle von der Anrichte, die der Hotelmanager vorhin dort abgelegt hatte.

»Hier, trink das«, sagte ich, als ich bei Margo war und ihr den von mir bereiteten Trank reichte. »Trink, ohne abzusetzen. Das ist ein Befehl.«

Die Rothaarige nahm das gefüllte Glas, trank das öligscharfe Getränk in einem Zug und reichte mir das leere Glas zurück.

Der neue Kronos nickte, und ich warf das Glas mit Schwung gegen die nächste Wand, wo es klirrend in einer Kaskade aus Splittern zerbarst. Kronos wandte sich wieder unserer Initiantin zu. Automatisch hob ich drei Finger meiner rechten Hand zum Schwur.

»Wahrlich, meine Venus, Ihre Beherrschtheit und Anmut beeindrucken mich.«

Kronos sprach jetzt mit seiner gewohnt ruhigen Stimme eines erfahrenen Patres, sodass der Tumult von eben nur noch eine düstere Erinnerung an einen schrecklichen Sturm war – hätte da nicht der tote Saint Clair in seinem Blut am Tisch gelegen.

Kronos packte unsere neue Venus mit beiden Händen am Kopf.

»Das war Ihre Taufe, Ihre Aufnahme als neues Mitglied in den Mithrasbund. Sie haben nunmehr den zweiten Erkenntnisgrad erklommen durch das, was Ihnen durch das Leben verkündet wurde und was Sie uns als Ihr Wissen durch Ihre Taten offenbarten. Mögen Sie eine würdige Bewahrerin der unsterblichen Wahrheiten sein, die unser Bund nun schon seit Anbeginn der Menschheit von Generation zu Generation weiterträgt.«

Kronos ließ den Kopf der Rothaarigen los und drehte sich zu mir um. Dann nahm er mir die Schatulle aus der Hand, bevor er sich wieder Margo zuwandte. Er öffnete das quadratische Etui und entnahm ihm eine halbrunde Krone aus rot schimmerndem Kupfer und mit zahlreichen türkis glänzenden Edelsteinen. Die leere Kiste gab er mir zurück, das Schmuckstück aber hob er auf Margos Kopf, wo er es in ihrem Haar feststeckte.

»Nimm dieses Diadem aus geläutertem Kupfer und erlesenem Türkis. Es ist von nun an dein Zeichen in unserem Bund, bis du würdig bist, die Lanze des Mars zu empfangen als Zeichen deiner wachsenden Reife.«

Kronos holte tief Luft.

»Es erfüllt mich mit Freude, was du für uns vollbracht hast. Du hast uns vor großem Schaden bewahrt, indem du jenen, der die von uns erwählte neue Heilige Stadt zerstören wollte, das neue Jerusalem, seiner gerechten Strafe zugeführt hast, bevor er seinen Frevel vollenden konnte. Du hast die Braut Gottes als deine Schwester erkannt, hast sie vor unser aller Augen unter deinen mächtigen Schutz gestellt und dich damit auf ewig gegen die deines Samens gestellt. Ein Schritt ohne Wiederkehr. Ich weiß es, und ich würdige es. Du bist für deine Schwester aus der Dunkelheit deines vergangenen Lebens hinaus ins Licht deines neuen Daseins getreten.

Daher seien Sie von nun an dem zweiten Weihegrad nach Nymphus, die heilige Braut unseres Kultes, an den Morgen- und Abendhimmel gesetzt, seit Ihnen der Lichtgott seinen hellen Schimmer schenkte. Venus sei von nun an Ihre ewig rastlose Seele auf der Suche nach dem siebten und letzten Himmel, weshalb Sie zukünftig unter Ihresgleichen *Elektra* genannt sein sollen als Tochter des Ein-ewigen.«

Es entstand eine bedeutungsvolle Pause, in der sich Kronos und Margo – Elektra – eindringlich in die Augen sahen. Ich musterte derweil die Umstehenden, um deren Reaktionen zu ergründen.

Parish – Mercurius – schien immer noch am ruhigsten

von allen. Er saß nach wie vor am Tisch; die ganze Zeit seit Erscheinen der Löwin hatte er sich nicht gerührt. Nolo, die künftige Tatjana, zeigte noch Anzeichen von Verwirrung; allerdings war nun auch wachsende Neugier in ihrem Gesicht zu entdecken. Sie war ein aufgewecktes Mädchen und erahnte immer mehr Bedeutungen unseres Kultes.

Dass die Ereignisse von eben sich vor allem um sie gedreht hatten, erkannte sie jetzt schon instinktiv. Doch ob sie auch begriff, dass Saint Clair sich nur von mir zu diesem Bankett hatte führen lassen, um sie zu töten, glaubte ich nicht. Woher sollte sie auch wissen, dass der alte Druide sich mit ihrem Tod vom Verrat an seinem Herren, dem Baron, reinwaschen wollte? Ja, dieser Unwürdige hatte tatsächlich gehofft, uns unseren Lockvogel für eine künftige Reinkarnation des toten Trons, unseres Messias, nehmen zu können. Eine vorhersehbare Schandtat.

So aber ging der Schändliche uns in die Venusfalle und lieferte den stärksten Urstoff für eine Initiation in unseren Kult, ohne den dieses Ritual nun einmal nicht funktionierte. Und nicht einmal ein Mitglied unseres Bundes musste diesen Blutzoll einfordern – das übernahm der arme Hammer.

Hammer. Ich schaute nach dem sonst so coolen Polizisten, der immer noch wie versteinert vor dem Stuhl stand und auf den Toten starrte.

Ich tippte Kronos an den Arm und nickte, als er endlich den Blick von unserer neuen Elektra losriss und mich ansah, in Hammers Richtung. Er folgte meinem Blick, und ein »Oh!« entfuhr ihm.

Er ging zu dem Polizisten, legte den Arm um ihn und führte ihn zur Anrichte mit den Getränken.

»Grämen Sie sich nicht, Hammer«, hörte ich unseren Patre sagen. »Sie haben keinen Unschuldigen getroffen.

Hätten Sie diesen Mistkerl nicht erschossen, hätte Ihr und unser Schützling, die süße Nolo, diesen Abend nicht überlebt. Der Baron entführte und tötete die wahre Nolo, und nun wollte er auch die von uns auserwählte Wiedergeburt dieses Mädchens töten. Und Saint Clair sollte sein Arm sein, der diesen Mord ausführt.«

Die beiden hatten nun die Anrichte erreicht. Kronos ließ den Polizisten los, um ihm einen dreifachen Whisky einzuschenken. Hammer nahm das Glas wie ferngesteuert entgegen.

»Trinken Sie. So ist gut, ja … trinken Sie alles aus auf diesen Schreck. Sie haben zum ersten Mal jemanden im Dienst erschossen, ja? Sehen Sie es so, Hammer: Sie hatten den Schutz unserer Prinzessin Scheherazade übernommen. Und jetzt ist tatsächlich der Ernstfall eingetreten. Sie waren zur rechten Zeit am rechten Ort und haben gemeinsam mit unserer neuen Freundin Elektra der Gerechtigkeit zum Sieg verholfen. Seien Sie versichert, dass der alte Mann nicht einmal eine winzige Lücke in dieser Welt hinterlassen wird. Sein Sohn steht schon bereit und wird Ihnen auf ewig dankbar sein, dass er nun ein wenig eher das Erbe seines Vaters in dieser Welt übernehmen kann. So einfach ist das. Wie fühlen Sie sich?«

Hammer hatte den Whisky getrunken.

»Es geht«, sagte er schließlich. »Aber dieser Scheißlöwe … verdammt, wo kam der her? Wo ist er hin? Ich wollte ihn erschießen!«

»Gut, dass Sie es nicht getan haben. Das war nichts als eine geschickte Suggestion unseres Zauberers Ian. Hätten Sie die Löwin tatsächlich getroffen, hätten Sie wahrscheinlich unsere teure Elektra erschossen. Und Sie müssen zugeben – so ist alles viel besser, oder?«

EPILOG

Dienstag, 21. Oktober 2003

Die Azoren sind ein seltsamer Archipel mitten in den Weiten jenes Ozeans, dem einst die Atlantier, die Bewohner von Atlantis, seinen bis heute gültigen Namen gaben.

Die Azoren sind ein einzigartiger Schmelztiegel. Irgendwie vergessen von der Welt und doch an den Brennpunkten der Geschichte von unschätzbar großer Bedeutung. Ohne die Azoren hätte Kolumbus den Rückweg aus der Neuen Welt nie geschafft. Ohne die Azoren hätte auch das Informationszeitalter mit seinen frühen Transatlantikkabeln der ersten Telegrafengesellschaften nie den Atlantik überspannt. Und ohne die Azoren wäre so mancher Krieg von vornherein verloren gewesen – der Zweite Weltkrieg beispielsweise, als ein Eingreifen der Alliierten ohne den strategischen Zwischenstopp im Atlantik nicht denkbar gewesen wäre.

Die Lage der Azoren auf der Nahtstelle zwischen Alter und Neuer Welt war der Grund für diese immense strategische Bedeutung.

»Weißt du eigentlich, wer das Hotel São Pedro hier ursprünglich erbaut hat?«

Meine Frage riss meinen Bruder Tom, meinen schwarzen Zwilling, aus seinen Gedanken. Wir hatten uns eine Zeit lang im Foyer des feudalen Hauses schweigend gegenübergesessen und jeder hatte für sich bei einem Kaffee seinen Gedanken über unser vergangenes Gespräch nachgehangen.

Mit einem tiefen Seufzer setzte mein schwarzer Freund zu seiner Antwort an: »Sicher. Das war ein Namensvetter von mir, Thomas Hickling, nicht wahr? Dies hier war seine frühere Residenz. Er hat auch den wunderschönen Park Terra Nostra drüben in Furnas angelegt. Soviel ich weiß, war er durch den Orangenhandel märchenhaft reich geworden. Doch mittellos war dieser Brahmane schon bei seiner Ankunft hier in den frühen 1770ern nicht. Warum fragst du nach ihm, Ian?«

»Ich habe darüber nachdenken müssen, wo seine kleine Reise unseren neuen Schützling Georg Brand noch alles hinführen wird. Ja, er heißt ja tatsächlich Georg, wie von mir an jenem schicksalhaften Abend in Berlin vorhersagt, in einem anderen guten Hotel.«

Bei der Erinnerung an dieses Erlebnis musste ich lächeln.

»Das Erbe unserer Hacker-Legende Tron anzutreten, wird keine leichte Aufgabe für den jungen Mann«, fuhr ich schließlich fort. »Deine Bostoner Brahmanen werden unseren Freund sicher nicht sehr viel später entdecken als der Baron. Du weißt, wer Hicklings Enkel war?«

Tom stieß einen leisen Pfiff aus.

»Ja. William Hickling *Prescott.* Wir sind bei den Ahnen des amtierenden amerikanischen Präsidenten zu Gast!«

»Nicht nur das. Mein Kollege Prescott war ja Historiker und Schriftsteller ... er schrieb zu seiner Zeit im frühen neunzehnten Jahrhundert die Standardwerke über die Konquistadoren in Mexiko und Peru sowie über den spanischen König Philipp den Zweiten. Du ahnst, worauf ich hinaus will?«

Statt einer Antwort schnaubte Tom.

»Unser Freund Tupac Amaru Shakur. Der amtierende Mercurius in unserem Kult. Der Rabe Corax. Der von uns wieder zurück ins Leben geholte Westcoast-Rapper, der eigentlich von der Ostküste stammt. Und sein schöner Vorgänger Tupac Amaru, der letzte Inkaherrscher …«

»… den der Vizekönig und Statthalter Philipps des Zweiten im Jahr 1572 so spektakulär öffentlich hinrichten ließ. War der historische Tupac Amaru da nicht genau so alt wie unser Tupac bei seiner Ermordung 1996 in Las Vegas?«

»Kann sein. Das genaue Geburtsdatum des Inkas Tupac ist ja nicht bekannt. Aber er war wohl auch Mitte zwanzig.«

»Ja«, sagte ich schmunzelnd, »unser Mercurius hat ein Faible für Inszenierungen. Da war er ganz gewiss eine gute Wahl für unseren Mithras-Kult. Wusstest du auch, dass dieser spanische Großkönig Philipp der Zweite seltsamerweise denselben Todestag hat wie unser Star-Rapper? Den dreizehnten September.«

»Und ein Hickling war tatsächlich Biograf dieses höchst wahrscheinlich katholischen Monarchen?«, fragte Tom kopfschüttelnd.

»*Hickling Prescott*, ja. Der seinerseits war ein protestantischer Bostoner Brahmane, alter Neuengland-Geldadel. Harvardabsolvent. Wir verdanken ihm unter anderem die Wiederentdeckung des Datums von Philipps Krönung, des 23. August 1556. Damals dankte Philipps Vater, Karl der Fünfte, zu dessen Gunsten ab. Übrigens – auch Karl der Fünfte wurde an einem 23. gekrönt, am 23. Oktober 1520. Er war der letzte deutsche König, der auch römischer Kaiser war. Regierte ein Reich, in dem dank der vielen Kolonien die Sonne niemals unterging.«

»Ja, *deine* Dreiundzwanzig, mein lieber Cautes. Was denkst du denn, was den alten Neuengland-Geldadel à la Hickling an dem noch älteren europäischen Hochadel interessiert hat? Philipp und Karl waren Habsburger, nicht wahr? Die mächtigste Herrscherdynastie des ebenfalls alten Europa.«

»Was unseren Prescott interessierte? Nun, was alle Prescotts interessiert: woher diese Macht kommt. Wusstest du, dass es schon zu Zeiten Karls des Fünften so etwas wie Wahlkämpfe gab? Ja, es ist so. Karl der Fünfte wurde von den damaligen deutschen Kurfürsten in Frankfurt am Main in sein Amt gewählt. Seine Gegner waren Franz der Erste von Frankreich und Heinrich der Achte von England. Karl aber hatte seinerzeit die klar besseren Wahlkampfmanager – die Fugger. Und er siegte. Die Fugger hatten nämlich weitreichende Interessen in den neuen Überseebesitzungen, also in Südamerika.«

»Das mächtigste Unternehmen in der Menschheitsgeschichte, ja? In ihrer Blütezeit waren die Fugger reicher und mächtiger als die hundert größten Konzerne der Gegenwart zusammen, nicht wahr? Oh ja, das musste unsere netten Brahmanen mächtig interessieren. Die *Fugger von der Lilie*, so hieß doch der erfolgreichere Zweig der Familie? Aber warte mal … war nicht Anton Fugger einst unser Kronos, der Pater unserer sieben Zwerge, der sieben wissenden Planeten unseres Mithras-Kultes? Haben wir ihm dafür nicht die Stierhörner in seinem Lilien-Wappen verliehen?«

»Richtig, Bruder Cautepates. Schau mal da hinüber, zur Rezeption. Siehst du das Wappen der Azoren an der Wand?«

»Zwei stehende Stiere an goldenen Ketten, ja. Dazu goldene Sterne auf blauem Grund – dem blauen Grund, der die Form eines Habichts zeichnet. Und noch mal auf rotem Wappenschild. Und ein Helm mit *sieben* Sehschlitzen! Das ist mithräische Ikonografie! Warum ist mir das bei unseren anderen Besuchen hier nie aufgefallen?«

»Wahrscheinlich, weil du der Sänger von uns beiden bist und ich der Schreiber. Du als Sinnbild der Nacht hast bekanntlich das Ohr als bestes deiner Sinne. Meinem Tag aber gehört das Auge und das Sehen.

Übrigens, der Habicht im Azoren-Wappen ist der Hinweis auf die Habsburger, die sich ja in ihrer Familienlegende auf den Besitz der sagenumwobenen Habichtsburg berufen. Habichte hat es auf den Azoren nie gegeben. Die Behauptung der Chronisten, die ersten Azoreaner hätten die hier sogenannten Rothschild-Bussarde bei ihrer Ankunft auf den Inseln mit Habichten verwechselt, ist schlichtweg falsch.«

»Und was haben jetzt die *Habichtsburger* mit den Azoren zu tun?«

Ich antwortete nach kurzem Zögern: »Philipp der Zweite verleibte sich 1580 Portugal ein und machte es zu einem Teil seines Großreichs – und mit Portugal auch die Azoren. Die Bewohner der Azoreninsel Terceira wehrten sich dabei am längsten gegen die Spanier. Sie besiegten die Invasoren sogar noch 1581 in einer der seltsamsten Schlachten der Weltgeschichte: Sie schlugen die Angreifer mit einer Herde wilder Stiere in die Flucht. Schon komisch, nicht wahr? Ausgerechnet Stiere. Die ganze bekannte Welt hat damals darüber gelacht. Daher auch die Ketten um den Hals der Stiere im azoreanischen Wappen.«

Tom musste ebenfalls lachen. »Mit Stieren? Und der Habicht legte die wilden Stiere an die goldene Kette. So wie einstmals unser Gott Mithras den wilden Himmelsstier zähmte. Aber, guter Cautes, wohin willst du mich mit dieser amüsanten Plauderei führen? Wie du sagst, ist mein Sinn eher das Hören. Und ich höre einige seltsame Zwischentöne in deiner Rede. Doch das Ziel deiner Erzählung will sich mir nicht offenbaren.«

»Alter Sänger!«, versetzte ich scherzhaft, während ich mit einer Geste bei einem der bereitstehenden Kellner frischen Kaffee für uns bestellte.

Es dauerte nicht lange, da dampften auch schon die frisch zubereiteten Getränke vor uns auf dem Tisch. Ich führte meine Tasse an den Mund und trank einen Schluck, bevor ich Tom den eigentlichen Sinn meiner Ausführungen zu erklären begann.

»Ja, der Kaffee ist gut. Man merkt, dass wir hier der Heimat des besten Kaffees der Welt ein wenig näher sind. Jamaika Blue Mountain. Was für ein Genuss! By the way … das wird auch unser neuer Schützling Georg Brand, der den Kaffee ja auch so liebt wie wir, demnächst erfahren. Du wirst sehen. Aber zuvor … du willst wissen, worauf ich eigentlich hinaus möchte. Nun, ich sage es dir: Der zweite Akt in unserem große Drama steht an. Nachdem wir diesen Berliner Jung-Hacker Georg Brand alias T-Rex gefunden und auf den Pfad zur Erleuchtung geschickt haben, um aus ihm die Reinkarnation des so tragisch aus dem Leben geschiedenen größten Geheimnisentschlüsselers der jüngeren Menschheitsgeschichte zu machen – zum Nachfolger Trons –, müssen wir nun entscheiden, wohin die weitere Reise für den jungen Mann geht. Es gilt, dafür eine vortreffliche Inszenierung zu erschaffen. Und … na ja, mein lieber Tom, überleg nur, was wir eben an historischen Zutaten für eine weitere kleine Inszenierung alles ermittelt haben, ausgehend von unserem Hotel hier: Da haben wir auf der einen Seite einen sagenhaft reichen und mächtigen Kaufmann aus dem Mittelalter, der sich erst einen Kaiser, dann mehrere Könige kaufte. Wir haben einen dieser Könige, der ein gottverlassenes Archipel samt Stierherde erobert. Dessen Vizekönig und Stellvertreter wiederum ließ auf der anderen Seite des Ozeans, in der Neuen Welt, einen jungen Führer der Widerstandsbewegung hinrichten – den letzten Inka-König Tupac Amaru. Und wir haben einen dieser unberührbaren Neuengland-Brahmanen, der die Geschichtsschreibung übernahm.«

Ich machte eine bedeutungsvolle Pause, bevor ich fortfuhr.

»Was hältst du davon, mein lieber Cautepates, wenn wir hier auf diesem Splitter des einst mächtigsten und ersten Reiches der Welt diese Geschichte wiederholen und den garstigen Stier dieser Inseln von seinen goldenen Ketten befreien? Was, wenn wir die Geschichte wiederholen, diesmal jedoch spiegelverkehrt gegenüber der Vorlage, mit ausgetauschten Vorzeichen sozusagen? Du schaust fragend. Wie ich das meine? Nun – was wäre, wenn sich diesmal ein wahrhaft auferstandener Tupac Amaru, unser Mercurius, einen ebenfalls echten Philipp zum Werkzeug macht, um einem anderen immer noch mächtigen Fugger das Handwerk zu legen? Wir kaufen uns sozusagen einen großen Kaufmann. Ziehen ihn, wie der Fugger einst den Ur-Tupac Amaru, aus dem Verkehr. Und statt unseres Hickling-Enkels und Präsidenten-Ahnen werde ich selbst dazu die Geschichtsschreibung übernehmen. Was hältst du davon, mein dunkler Bruder? Kann das gelingen?«

Tom blickte mir in die Augen.

»Wenn du einen echten Philipp auftreiben kannst, den König in diesem Spiel, wird es ein mächtiges Zeichen werden für jene, die solche Zeichen lesen können. Die alte Ordnung wird verkehrt, und die geltenden Naturgesetze werden um die eigene Achse gedreht. Aus einem Opfer wird ein Rächer, aus einem Jäger ein Gejagter. Es könnte die Welt in ihrer derzeitigen Form aus den Angeln heben. Das würde in der Tat eine wahre zweieiige Zwillingskonstruktion abgeben, lieber Cautes, absolut unser beider würdig – und das alles festgelegt auf einem Rest der alten Zwillingsinsel, welcher der Titanensohn Atlas stellvertretend für seine neun Brüder einst ihren wahren Namen gab.

Fürwahr, ich denke, wir würden so einen guten und wunderschönen Schritt weiterkommen, um unseren neuen Wassermann zu finden, den wiedergeborenen Gott Poseidon, den Titan des neuen Zeitalters. Das ergäbe ein prächtiges Evangelium unseres neuen Messias. Was also ist dein Plan, Cautes, Fackelträger des Mithras, dem die Menschen einst den Namen Luzifer verliehen, weil er ihnen das Licht brachte? Was hast du vor, du ewiger Intrigant? Wer wird dein König Philipp sein in diesem Spiel?«

Toms Miene nahm einen schelmischen Ausdruck an.

»Die Menschen haben den Namen Luzifer häufig verliehen«, erwiderte ich ernst. »Selbst Jesus hat man unter diesem Namen einst in die kirchlichen Liturgien eingebunden, weil auch er ein Lichtbringer war. Dann gaben sie dem Satan diesen Namen, weil er der vom Himmel gefallene Morgenstern gewesen sein soll. Aber du hast recht, wenn unsere Inszenierung gelingen sollte, wird man es wohl für Teufelswerk halten, weil es dann eine so einfache Erklärung wäre. Aber … der Plan. Unser neuer Anwärter auf den Messiasthron, der Berliner Hacker Georg Brand, von dessen gemeinsamer Reise nach Los Angeles du mir vorhin erzählt hast, dürfte mittlerweile wieder zurück in seiner Studentenbude sein. Er ist auf seinem Pfad. Und er hat noch knapp drei Tage für die Lösung seines ersten

Rätsels. Du und ich, wir beide wissen, dass er es schaffen wird. Aber die nächste Chiffre wartet schon. Und da geht es um die *Titanic.* Du erinnerst dich, was dieser Ballard mir von seiner Begegnung mit Tron berichtet hat? Von Trons Director's Cut des *Titanic*-Films? Unser Georg wird hoffentlich für uns entschlüsseln, was es mit diesem Streifen auf sich hat. Und wie der Zufall es will«, ich zwinkerte Tom wieder freundlich zu, »versucht eine gewisse Familie Namens *Philipps* seit über neunzig Jahren ebenfalls hinter das Geheimnis des *Titanic*-Untergangs zu kommen. Diese Philipps sind zwar keine Könige, aber immerhin echte Lords des Empire.«

»Lords, ja? Und das soll ein Zufall sein? Womit wir auf wunderbare Weise einen blaublütigen Philipp für unsere kuriose Zwillingskonstruktion haben. Hört sich für mich fast schon nach Vorsehung an.«

»Wenn du es sagst. Ich denke, wir lassen die Würfel einfach einmal rollen und schauen, was draus wird. – Sieh nur, Tom, wer da gerade zur Tür des Hotels hereinkommt. Der vornehme junge Mann dort, in dem edlen englischen Tweed.«

Mein schwarzer Bruder war sichtlich überrascht.

»Das ist jetzt nicht dein Philipps, oder? Ich fasse es nicht!«

»Natürlich ist er das. Jay Owen Philipps, Lord Kylsant. Ich habe unseren Mercurius – Tupac – gebeten, ihn anzurufen. Dein Musikerkollege gab seiner Lordschaft den Tipp, dass es hier auf den Azoren möglicherweise einen hilfreichen Hinweis bei der Suche seiner Familie nach der Wahrheit der *Titanic*-Tragödie geben könnte. Das ließ unser Blaublut da drüben nicht lange zögern – und schon ist er hier.«

»Was für einen Hinweis wird er hier denn finden?«

»Mich wird er hier finden. Und ich bringe ihn mit

unserem Berliner Studenten zusammen. Allerdings wird er mich nachher eher wie zufällig entdecken. Anschließend schauen wir dann, welche kritische Masse für wen daraus entstehen wird. Schließlich wollen wir am Ende ja einen richtigen modernen Fugger zur Strecke bringen! So einen wie Rockefeller oder Kerkorian oder Morgan – oder den Baron, der immer noch nicht ahnt, was für eine mächtige Löwin wir aus seiner Tochter gemacht haben!«